2020—2021年张家界市哲学社会科学立项课题

张家界市民间故事精选

主　编　熊雁鸣　戴楚洲

郑州大学出版社

图书在版编目(CIP)数据

张家界市民间故事精选 / 熊雁鸣，戴楚洲主编. — 郑州 ：郑州大学出版社，2022. 9
ISBN 978-7-5645-8999-8

Ⅰ. ①张… Ⅱ. ①熊…②戴… Ⅲ. ①民间故事 - 作品集 - 张家界 Ⅳ. ①I277.3

中国版本图书馆 CIP 数据核字(2022)第 152248 号

张家界市民间故事精选
ZHANGJIAJIE SHI MINJIAN GUSHI JINGXUAN

策划编辑	成振珂	封面设计	陈　青
责任编辑	成振珂	版式设计	凌　青
责任校对	席静雅	责任监制	李瑞卿

出版发行	郑州大学出版社	地　　址	郑州市大学路 40 号(450052)
出 版 人	孙保营	网　　址	http://www.zzup.cn
经　　销	全国新华书店	发行电话	0371-66966070
印　　刷	河南龙华印务有限公司		
开　　本	710 mm×1 010 mm　1 / 16		
印　　张	19.5	字　　数	222 千字
版　　次	2022 年 9 月第 1 版	印　　次	2022 年 9 月第 1 次印刷

书　　号	ISBN 978-7-5645-8999-8	定　　价	158.00 元

《张家界市民间故事精选》

编 委 会

顾　　问　李宗范　康德鑫

主　　编　熊雁鸣　戴楚洲

副 主 编　钟菊华　谷俊德　熊子钧

参编单位　张家界市文化旅游广电体育局

张家界市群艺民俗文化研究院

张家界市翻译工作者协会

前　言

湖南省张家界市的前身是国务院于1988年5月发文批准建立的省辖地级大庸市。1994年4月，国务院又发文批准更名为张家界市。中国著名的旅游城市张家界市地处湖南省西北部、澧水中上游、武陵山脉腹地。全市土地总面积为9 533.77平方公里，辖永定区、武陵源区和慈利县、桑植县4个区（县），共计64个乡（镇）、8个街道办事处。

张家界市人文历史悠久，文化资源底蕴深厚，名胜古迹众多。在20万年以前的旧石器时代早期，澧水流域远古人类“早期智人”使用打制石器从事砍伐树木、搏斗野兽等活动。商周时期，为濮人、巴人、楚人和苗人等古代民族生息繁衍之地。澧水流域历代沿革时有变化。自秦统一六国以来，历代朝廷均在澧水流域设置郡县、羁縻州县以及土司、卫所机构等，统治本地各族先民，促进民族文化融合。

张家界市境内自古以来就是少数民族聚居区。据张家界市公安局统计，至2021年年末，张家界全市常住人口151.03万人，户籍总人口为167.97万人，其中少数民族总人口达70多万人。张家界市聚居着土家族、白族、苗族、回族等世居少数民族，每个民族都有丰富多彩的民间故事，值得收集整理和仔细阅读。

1984年，文化部组织开展中国民间文学三套集成（即民间故事、民间歌谣、民间谚语）普查、编印工作。民间文学是民众口头创作、口头流传的文学，“民间故事”是民间文学的重要门类之一。从广义上讲，“民间故事”就是各族人民口头创作并口头传播的、具有虚构的内容和口头散文形式的叙事文学作品，体裁包括神话、传说和故事，口耳相传，委婉动听。在漫长的历史发展过程中，张家界市各族人民创作出了喜闻乐道的民间故事，具有鲜明的地方特点和民族特色。这些富有吸引力、能够感染人的民间故事源远流长，世代流传。张家界市民间故事内容丰富，思想性强，有的揭露土司的野蛮统治，有的歌颂英雄人物，有的反映爱情生活，有的描述妇女苦难。“神话”是关于神化的古代英雄的古老故事，是对自然现象和社会生活的解释，是人类童年时代具有幻想性的故事，包括自然风物起源、远古人类来源、神性英雄和图腾神话等。张家界市神话故事有《涨洪水的故事》《太阳和月亮》《八部大王》和《谷种》等。“民间传说”是土家先民口头创作的与历史事件、历史人物、地方古迹、自然风物和社会习俗有关的故事，是土家先民口头流传的关于某人某事的叙述，包括史事传说、人物传说、地方传说和风俗传说等。一些传说把人物刻画得惟妙惟肖、栩栩如生，极具人情味和感染力。张家界市民间传说较多，民族特色较浓。其中，历史人物传说有《向老官人的传说》《向王天子的故事》《八耳锅》《覃垕王的故事》等。山川地名传说有《张家界地名的来历》《望郎峰的传说》《天子山的将军岩》等。风俗传说有《土家族过赶年的来历》《四月八嫁毛虫》《新娘哭嫁的根巴》《土家民家的“连理会”》《白族大二三神的由来》《白族仗鼓舞的由来》《三元教》《三元傩神》等。“故事”是用作讲述对象的事情，有连贯性，以日常生活为题材，现实感比较强，包括动物故事、幻想故事、生活故事、寓言故事和红色故事（单例出版）等。张家界市既有反映爱情婚姻家庭的生活故事，又有体现土家先民智慧的机智人物故事。其中，生活故事有《三老庚吃白食》《小气的财主》《兄弟分家》《县官断案》《木匠做官》等；机智人物故事有《龚垮吾的故事》《奇才陈洋盘》等。“民间笑话”是以引人发笑为特点或以尖锐讽刺为内容的短小故事，包括家庭笑话、行业笑话等。土家族笑话是土家族民间文学独特的讽刺艺术，情节简单，叙事明快，有《抬猪》《岂敢》《害得我挨骂》《哪个是先生的》《写文章与生孩子》等。

张家界市民间故事在人民群众中口耳相传。它反映的是历代先民的生活，彰显的是人民群众的智慧，抒发的是普通百姓的情感。民间故事通俗易懂，博大精深，既是非物质文化遗产，又是世代传承的民间文学。《张家界市民间故事精选》一书是编者选择的耳熟能详的民间散文代表作品。有的体现群众的吃苦精神；有的总结生活的经验；有的表达对生活遭遇的感慨；有的蕴含朴素辩证的哲理。这些民间故事都是张家界市广大群众共同传承的精神财富和旅游资源。此书为张家界市社科联 2020—2021 年张家界市哲学社会科学立项课题，所属学科为民俗学（含中国民间文学），课题编号：zjjsk1202008。我们真诚希望更多民间文艺爱好者传承、研究张家界市民间故事的文化底蕴和旅游价值，促进张家界市文旅融合发展。

《张家界市民间故事精选》编委会

2022 年 8 月

目　录

第一部分　神　话

第二部分　传　说

第三部分　故　事

第一部分　神　话

涨洪水的故事

传说开天辟地的时候，武陵山区有七个力大无穷的兄弟。他们都是孝子，母亲生病了，想吃雷公肉，七兄弟就想方设法捉雷公。

有一天，七兄弟把蒸好的棕树籽籽撒在坪里，用脚"叱哩咯哪"地踩起来。雷公看到有人糟踏粮食，心里起火，打算劈死这些人。于是，雷公双手拿锤，踩着云头下来。这时侯，大耳朵三哥听到哒，大眼睛四哥看到哒，大哥长腿踢来哒[1]，二哥长手伸来哒，五哥铁索拿来哒，六哥铁柜打开哒。当雷公站在屋脊上扬起铁锤要劈时，突然之间，脖子被人卡住，手脚被人捉住。雷公被锁在铁柜里后，眼泪汪汪地哭喊着："玉皇大帝！是你把我害苦了，我长翅膀也飞不出去。"七兄弟笑开了："玉皇大帝！是你送来雷公的肉，让娘吃哒好起床呢。"

七兄弟嫌雷公太瘦，想把他喂肥哒再杀给娘吃。他们有的上山，有的下河，各做各的事去哒。家里留下小弟弟和小妹妹两人看守关在铁柜子里的雷公。雷公很狡猾，他哄骗两个伢儿，说口渴要水喝，吃烟要火。小弟弟和小妹妹看到雷公可怜，就跟他给了水和火。雷公有了阴水和阳火，"叭"的一声炸开铁柜，逃跑了。雷公逃回天宫以后，向玉皇大帝哭诉，要玉皇大帝为他报仇。玉皇大帝发

---

① 哒：方言，是动态助词，相当于表示完成态的"了"。

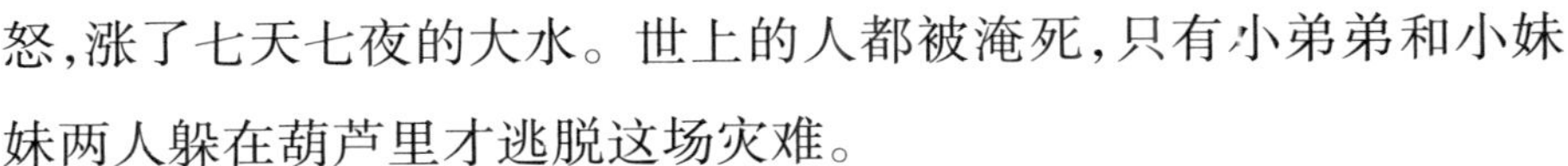

怒，涨了七天七夜的大水。世上的人都被淹死，只有小弟弟和小妹妹两人躲在葫芦里才逃脱这场灾难。

原来，雷公为了报答小弟弟和小妹妹两人救他的恩情，在涨洪水时，把小弟弟和小妹妹两人塞进葫芦里随水漂流。洪水退后，葫芦搁浅在一座山顶上，他俩才钻出来。四处一望，凄惨荒凉，没有人烟。山上的喜鹊、斑鸠、麂子、野牛、乌龟等野物都劝两兄妹成亲。兄妹俩不肯答应。后来，他们提出"滚磨岩""烧火堆""劈竹子""种葫芦"来测天意。兄妹两人各搬一扇磨子，从前山后山两边滚下去。结果，在山下，两扇磨子合在一起。兄妹两人各在两架山上烧火堆，两股烟子在空中绞在一起。兄妹两人各从一头破竹子，到中间，竹子破到一起。兄妹两人在地里各种一蔸葫芦，两根藤藤缠在一起。这时侯，兄妹两人低着脑壳不讲话，妹妹红着脸扭衣服，还是不肯成亲。后来，大家又出主意，要兄妹两人绕古王界转。经过乌龟公公指点，最后兄妹两人在红槐树下相遇，在苦李树下成亲。一日三，三日九，百日后，生下一个肉砣砣，觉得奇怪。这时候，天下掉下一把金刀，地下冒出一块银砧板，兄妹两人将肉砣剁成一百二十块，合上三斗三升泥巴撒出去，变成了土家族人；合上三斗三升砂子撒出去，变成了汉族人；合上三斗三升树苗苗撒出去，变成了苗族人。从此以后，人就变多了，繁衍了人类。

现在，武陵山区少数民族还有"搬旱龙船"的风俗，旱龙船里供有傩神爷、傩神娘的塑像。据说，就是远古时代造人的兄妹俩。

整理者：戴楚洲

澧水的来历

很早的时候，桑植县的一个坪坝里，住着一个名叫李水的男子。在李水小时候，他的父母就死了，家里什么都没有。一年四季他在山坡上给别人放牛，无事之时就折树枝、竹棍，当作画笔，在地上画天地、山水、房屋、野兽……

有天晚上，李水躺在床上睡觉，忽然梦见一个白胡子老头，手拿一支毛笔送给他道："这是支神笔，你拿着好好画画吧！"李水好不欢喜，醒来一看，手里真拿一支画笔，那个白胡子老头却不见了。从此以后，李水更爱画画了。他拿着那支画笔，日画太阳照九洲，夜画星星傍月明。画得就像真的一样。

又有一天，李水正在画山水，画得正意兴隆时，忽见天空乌云翻滚，百鸟惊飞，群兽奔逃。瞬时，大雨倾盆，山洪滚滚。洪水冲毁田地、房屋，冲走人畜。人们到处都在呼爹叫娘，号天哭地。呼喊声和哗哗的洪水声混成一片。李水见这情景，急忙挥笔画了只大木船，刚落笔画船就变成真船。李水持着篙子跳上船去，随水飘荡在百尺浪峰里，想去抢救落难百姓。

这时，天昏地暗，电光闪闪，雷声隆隆。洪水越涨越高，眼看就要吞没一切。李水见这景象，急得头上汗珠直淌。如果洪水再泛滥，老百姓就要死光。他急中生智，匆忙中画一条河道，傍河道边又画无数座山。很快，那画的山沉在水里就落地生根，变成一座座大大小小、高低不平的山岭。那条河道落下去就变成真河道，所有的洪水都纳进这条河里。这条河流被迫沿着群山峡谷，从八大公山流到桑植县城外，最后经大庸县下慈利县入洞庭湖。由于河道被开通，洪水就被驯服，百姓们获救了。而李水乘着船，则被洪水冲下河去，也不知被冲到什么地方去了……

从此以后，人们为了纪念李水，就把从桑植县起源的这一条水，称为澧水。

讲述者：金幺公

整理者：覃正大　李康学

太阳和月亮

传说太阳和月亮是两兄妹,月亮是哥,太阳是妹。哥哥勤劳朴实,妹妹美丽天真。久而久之,月亮看上太阳,太阳也爱上月亮。海龟做媒,结成夫妻。可是,兄妹俩分工不同,一个白天上工,晚上睡觉;一个晚上上工,白天睡觉,没办法在一起过日子。

时间一长,月亮起火哒!夫妻俩只在日夜交替的时辰远远望一眼,这算结的么子婚哪?海龟看月亮那副愁相,就问:“月亮,什么事这样发愁啊?”月亮照实诉说心事,海龟想想说:“这样吧,从腊月初八开始,你每天早晨推迟两个时辰上山,二十八到初一不上山。这样,一个月有四个晚上可以留在家和太阳做伴,你看行不?”

月亮当然喜欢,真的一连四个晚上没有上山,回家和太阳亲热。太阳感到奇怪,便问:“你咋不上山呢?”月亮照实把海龟出的主意对太阳讲了。太阳害怕,去找海龟:“你给月亮出那个主意,就不怕玉皇大帝找我们的皮绊?”海龟回答说:“不要紧的,你身上带万根金针在白天出现;月亮哥哥在晚上露头,许多星星和他作伴。玉皇大帝不晓得的。”

太阳一听也干得。她是女儿家,生来怕羞,总是放出万道金光。所以,现在的人用眼睛是看不到她的真面目的。

讲述者:永定区新桥镇青草湾村李富声

整理者:陈泽举　李建生

张古佬砍梭罗树

很久以前，有个叫张古佬的人。有一天，张古佬在一条路上走，赶上一位白发苍苍的胡子公公。胡子公公手里拿着一把伞，张古佬帮他拿伞，并问：“老人家，您有多大年纪？”

“嗨！哪个赶上我的年纪，我一家儿媳全送给他。”

“老人家，您到底有多大年纪？"

“我的胡子又长又白，今年已满八百！”

张古佬一想，我比他的年纪大得多，还帮他搬伞？便将伞往地上一甩，大声说：“我今年已满三千六百岁，你一家儿媳全给我吧。”

胡子公公回到屋里，茶不饮，饭不吃，觉不睡，急得团团转。婆婆就问：“你怎么啦？”胡子公公把在路上碰到的事一五一十地讲了。

“不要紧的，我对付他。”婆婆把全身糊满泥巴，坐在大路口上。张古佬走上前问：“老人家，您多大年纪了？”

“我记不清年纪了，只晓得天上九条银河是我开，月中的梭罗树是我栽，张古佬的妈是我做的媒，张古佬是我剪的胎。”婆婆回答说。

张古佬一听，钩起脑壳走了，心想：我这么大的年纪，她比我还大些？张古佬怄气不过，提起斧子就去砍梭罗树。第一天，快砍断时天却黑了。第二天早上，张古佬拿着斧子去砍树，谁知那树长拢去了。张古佬砍到天黑,没有砍断。第三天早上,张古佬提起斧子又去,谁知又长拢了。张古佬砍到天黑,还是没有砍断。他怕来日又长拢去,就在树边睡了。第四天早上,张古佬和树长在一起,不能动弹了。直到现在,人们看月亮的时候,看到的那个黑影,就是砍梭罗树的张古佬哩!

讲述者:桑植县澧源镇黄大锋

整理者:田海云　余晓华

北斗星

远古时代,有一男一女在深山老林打猎。树上落了三只斑鸠,男的正准备开枪,不料从对面窜来一只漂亮的金丝猴。斑鸠飞光了,连斑鸠的毛都没得到一根。男的火冒三丈,对准金丝猴就要打。女的见金丝猴长得乖,不忍心,就连忙跑过去,拦住说:“莫打它,莫打它!”男的不听,举起啄子火枪还是要放。女的一见,就把金丝猴赶跑了。男的起火,随后直撵。突然,刮来一阵龙卷风,把那一男一女连带金丝猴和三个斑鸠卷上了天。以后,天上就有如今的北斗七星。其中,最亮那颗是男人变的;小亮星是啄子火变的;后边那颗是女人变的;前面那颗就是金丝猴变的;其余三颗是斑鸠变的。

讲述者:桑植县赤溪乡陈家溶村覃双俭

整理者:覃正大

谷　种

很久以前，我们这个世界没有稻谷。

有一次，一只黄狗到了另一个世界，走进一个廊场，看见那里正晒着一种金黄色的籽籽。黄狗以为是什么好吃的东西，便跑过去，哪晓得这东西有细毛毛，吃不得。这时，主人看见哒，就用棒打狗。狗子干急刹哒，顺势打了几个滚，身上沾满了那籽籽。主人将狗赶了很远，直到汪洋大海边缘。黄狗纵身下海，在海中游荡，身上的金籽籽浸在水中下沉，只有它的尾巴翘起，还沾着几粒金籽籽。黄狗不知游了多长时间，才游回到这个世界。人们便将金籽籽撒在田里，当年就结了金籽籽，这就是现在种的稻谷。因为谷子是狗带来的，人们也就将狗养起，和人一起吃饭，过年之时也让狗同样过年。

讲述者：永定区阳湖坪李发云

整理者：李关军

八部大王

传说八部大王没有出生以前，他们的父母年过半百还无儿女。后来，他俩在山上背柴，一位白胡子神仙给二老送一包茶叶。母亲喝神仙茶以后，一胎生下八个男孩，分别取名为：熬朝河舍、西梯佬、西呵佬、里都、苏都、那乌来、拢此也所耶冲、接也费耶那飞列耶。后因家境贫困，两老就把八个儿子遗弃在青龙山上。

八兄弟在大山里有龙给他们喂奶吃。过了七天七夜，八兄弟长大成人，返回家中。他们个个身强体壮，力大无比；背柴挑水，样样能干；种田种地，样样内行。

母亲又喝一口神仙茶，生了一个女儿。女儿长大以后绣只花鞋，晒在外面，被只喜鹊叼走。喜鹊飞到京城上空叫一声，口一开，绣花鞋落到金銮殿上。皇帝认为花鞋是下凡仙女绣的，差人把八兄弟的妹妹接到京城做了娘娘。后来，经妹妹介绍，皇帝知道八兄弟武艺高强，就下旨召八兄弟进京帮助皇帝抗击外敌入侵。皇帝派遣妹妹征召八个哥哥到了京城，接旨出征。

兄弟八人随军作战，把敌人打退后凯旋。没想到皇帝见八兄弟本事大、管不了，就把八兄弟赶走了。八兄弟让燕子含了颗火星子到金銮殿把皇帝宫殿烧了一半。皇帝喊天叫地，妹妹哭天哭地。这时，八兄弟看在妹妹的面子上，使了法术，倾盆大雨把火浇灭，金銮殿留下一半。妹妹知道是八位哥哥放的火，向皇帝说明原因，并说八位哥哥会呼风唤雨。皇帝听了很后悔,亲自向他们赔理道歉,并且封官赐禄。可是,他们不愿做官,不要金银,只要田地、铁棍和农具、渔猎用具等劳动生产工具,回到自己老家搞生产。

皇帝见挽留不住八兄弟,便封他们为“八部大王”。八兄弟回到家乡,繁衍子孙,各管一峒,成为八个部落的首领。后来,土家山寨修了许多八部大王庙,祭祀八部大王。

整理者:戴楚洲

牛头甑的由来

澧水流域不管城里人、乡下人，都把蒸饭的大木甑子叫作“牛头甑”，为什么叫这个名字呢？

传说玉皇大帝觉得米太难得，就叫牛王下凡给人传旨，只准三天吃一餐饭，以便节省粮食。牛王听错，下凡就对人讲：“玉皇大帝有旨，叫人一天吃三餐饭！”

玉皇大帝听闻大怒，骂道：“你这畜牲，我是叫人三天吃一餐饭，你却叫人一天吃三餐。现在，我要把你贬下凡间帮助人做工！”

牛王不敢反对，只好从命。它来到人间，就给人拉犁耕田，做工没讲的。只是吃饭太狠，一餐要几斗米才能吃饱，而主人的锅煮不下那么多米，就找鲁班新打了一个很大的木甑子为牛王蒸饭吃。后来，玉皇大帝派遣天仙李法显考察牛王的表现。李法显看见牛王干工虽狠，但是饭量太大，把人家都吃穷了。回来向玉皇大帝建议，牛王吃青草，让出米饭给人吃。玉皇大帝同意，可是牛王不太满意，就和玉皇大帝讲道理。玉皇大帝见牛王敢辩就用神针给它的舌根扎了一针。牛王被扎得哭了，再也不会说话。玉皇大帝觉得牛王可怜，顺口封了一句：“牛，牛，你莫哭，一把草三两谷。”

牛王回到人间以后，把甑子交给人，自己吃草。从此以后，人们就把大木甑叫作“牛头甑”。

讲述者：永定区罗水乡覃永登

整理者：覃江凌　覃德栋

张家界“三老爷”

传说远古时代,擎天柱不知怎么被撞断了,天将要垮了。在这大祸降临人类的严峻时刻,天神女娲赶忙炼五色石补天。

女娲一边炼石,一边叫天下的大力士把天顶住,才好补天。这时,只见三个雄壮后生自告奋勇站出来,一人一只角,把天顶起了。

大后生右手托天,左手插腰,一动不动。因为年纪大些,气力不支,累得满面通红。二后生站在女娲安炉子的地方双手顶天,动弹不得,只好让烟熏火燎,这样就把脸熏黑了。三后生呢,恰好站在白石山上。女娲要炼红、蓝、黑、黄、白五色石,就差白色石还炼不出来。三后生用头顶着天,双手叉腰,喊道:“女娲姐,我这里有白石,快来采吧!”女娲一看,他顶天太费力,采他脚下的白石,很是不忍。三后生着急地说:“天都要垮了,还怕什么!”女娲只好一手拿锤,一手拿錾,“叮叮当当”采起白石。等把白石采好,三后生的脸上已沾了一层白灰。

女娲炼五色石,炼了一百多年。当她把天补好,去喊三个擎天的后生时,他们已经变成三棵樟树。“樟”与“张”谐音,张家界风景区的后人认为三位顶天英雄是张氏祖先。他们砍倒三棵樟树,把每棵樟树锯成三截。然后,从山顶上朝山湾滚,并念几句偈语:“哪三截站起,就选它们做神像!”九截树筒滚下山湾以后,果然有三截是站着的,他们就用这三截樟树雕成三尊神像,在三尊神像脸上分别涂上红、黑、白三种颜色。三尊神像姿势各不相同：红脸右手托举，左手指腰；黑脸双手朝天举着；白脸双手插腰。从此以后，张家界张姓土家人把这三神奉作家神供在堂屋，尊称为“张家界三老爷”，世世代代祭祀他们。

讲述者：张玉琳

整理者：金克剑

第二部分　传　说

人物传说

向老官人的传说(五则)

(一)抗税逼龙王

向老官人的小名叫涅壳赖,是个能言善辩的人才。小时候,向老官人的家里很穷,尽管全家人攒劲做阳春,还是经常饿肚子。向老官人学习打猎,练得一身武艺,结识的伙伴越来越多,势力越来越大。他们到处除恶铲暴,救济无衣无食的人。穷苦百姓把他当作靠山。皇帝却把他当作眼中钉,总想拔掉他。

有一天,向老官人的舅舅彭公爵主邀他同去缴纳皇粮。向老官人家里缺粮,就没有去。往年,皇帝总是见他俩一同进京缴粮,这次只来彭公爵主一人,觉得奇怪。彭公爵主说:“你还想他来缴粮,他的家势可大哩。”彭公爵主在皇帝面前开了这么个不顾轻重的玩笑。皇帝信以为真,大怒道:“这不是造反吗?”借此机会,给向老官人加上“违反圣旨、抗缴皇粮”的罪名,派遣大军前去征剿。向老官人和官兵打了几仗,伙伴被打散了。官兵要活捉他,可是向老官人非常矫健,从这个山头窜到那个山头。官兵便在山下布满人马,把

山头围得水泄不通。向老官人一看不能脱身,就钻进了水坝洞。

刚一进洞,便有凉风送来一阵扑鼻的香气。再走几步,一座金光闪闪的宫殿出现在他的面前。殿前有个穿龙袍的人向他瞪着眼睛。他觉得对方并无恶意,便把入洞的原因跟穿龙袍的人说了。穿龙袍的人听了,便说:“这里是龙宫,我是龙王,你在这里住几天吧!”一面吩附手下人替他洗澡更衣,摆出丰盛的酒席款待他。向老官人谢了龙王,留在龙宫里,并向龙王学习武艺和法术。向老官人心灵手巧,很快学会了龙王教的本领。过了几天,他想念家里的父母和妹妹,便向龙王告别,换上来时的衣服走了。

向老官人从洞口出来,一个挑水的人见了,甩下扁担,拔腿就跑,一路高喊:“洞里出怪物了!”向老官人朝身上一瞅,衣服烂得筋筋片片,肉体全露在外面。走起路来,忽闪忽闪的,头发像一把没有梳理的乱麻。他自己觉得奇怪,仅仅几天工夫,变化怎么这么快,以后才想起:龙宫一天,人间就是一年。又想这般打扮,怎么见人,便又钻进洞口。

向老官人的妹妹听说洞里出了怪物,面貌有点像她哥哥,眼泪涮涮地滚下来。她拿了一套衣服、一钵他哥哥最喜欢吃的豆角,放在洞口,对着洞喊道:“烈可乃(土家语)!你换上衣服,吃完豆角,跟妹妹回去。”过一会儿再来看,向老官人穿上衣服了,吃完豆角了。兄妹相见,又惊又喜。妹妹说:“烈可乃,你还活着!家里以为你被皇帝杀了,阿爸阿妈哭得死去活来。你快回去吧,让他们高兴高兴。”向老官人回到家里,父母见了儿子,又高兴又难过,热泪止不住地往下流,久别的亲人总算团圆。

(二)降虎得宝马

向老官人照旧打猎,帮助父母做阳春,日子虽然过得很苦,倒也清闲自在。

有一天,他外出打猎,太阳晒得热呼呼的。走到离马草坪不远的地方时,人累了,口又渴,捧起凉水喝了几口,又坐树下抽了几袋烟,不知不觉睡着了。忽然有一个白胡须的老汉向他走来,对他说:“打猎的汉子,有件事你晓得吗?”向老官人说:“么事呀?”老汉对他说:“马草坪有只猛虎,张老汉出了布告,哪个能降服它,就将独生女儿爱妮嫁给他。你如果有本领,就试一试!”向老官人醒来一看,老汉不见了,半信半疑地走到竹山寨附近,果然看见路口贴着告示,说明降虎招婿的情由。向老官人把告示揭下来,一旁有个老汉说:“后生家,这是捉拿猛虎,可不是开玩笑呀!”向老官人说道:“你放心,没得金钢钻,是不揽破大碗的。”说完,就向马草坪走去。急得老汉一把拉住说:“后生家,有本事也得带个家伙去呀!”向老官人说:“用不着。”便空着手走了。附近男女老少听说有人揭了降虎的告示都跑来看热闹。快到马草坪了,他们都停住脚,站在山头观看,四周静悄悄的。忽然一声吼叫,震得山摇地动,吓得张老汉往后跑,大喊道:“虎来了!虎来了!”山头观望的人也在大叫:“当心啊,虎来了!”只见茅草中跳出一只白虎,见了向老官人,张牙舞爪,猛扑过来。向老官人就势一跳,骑在老虎背上,双膝夹紧,左手把虎按在地上,右手捏起拳头就打,连打三拳。白虎惊叫一声,在地上打个滚,变成一匹宝马,浑身雪白,又高又大,回头望着向老官人,像找到了主人似的，摇头摆尾。向老官人一个大步跨向前，大声吆喝："畜生，跪下来，让我来骑！"那马将两只前膝跪下来，让向老官人骑上去。众人先是吓出一身冷汗，现在又惊得连伸舌头，啧啧称奇。张老汉连连称赞："真是了不起的英雄。"就将女儿爱妮嫁给了向老官人。向老官人结了婚，夫妻恩爱，过着和睦生活。可是，向老官人是个好动的人，喜欢自由自在。有一天，他对父母和妻子说："我想出外见见世面。"爱妮嘱咐他说："路上多保重啊，早些回来，免得我挂牵。"就这样，向老官人骑着白马出去了。

（三）上京受骗

向老官人走了一程，对马说："马呀，你这样走太慢了。我想见见世面，你引我到最好玩的地方去吧！"这宝马懂得人的意思，驮着向老官人飞快奔跑，像支脱弦的箭，不久到了京城。向老官在京城街道上，这里走走，那里看看。街上的人来来往往，非常热闹。忽然看见那边乱轰轰的，火焰蹿上了天，噼噼啪啪的声音响成一片，成千上万的人也没把火扑灭。他几个箭步跳进烟云里去，手一摆，大雨哗哗啦啦地下起来。一会儿，火熄灭了，屋子救得大半。可是，他还不知道救的是金銮殿哩。

金銮殿起火后，皇帝逃入后园，心惊肉跳，忽见落下大雨，高兴极了。这时，有个大臣来到后园，把灭火的事禀告皇帝。皇帝忙问："救火的人是谁？"他的军师张天师说："是向老官人。"皇帝忙问："可就是那个聚众练武、抗缴粮税的人？"张天师说："万岁，就是他！"皇帝站了起来，大吼道："是他！捉他捉不到，今天送上门来了,快给我捆来!”张天师说:“向老官人力大无穷,有万夫不当之勇,在百姓中威信很高。他扑灭火灾,对万岁有功,此时除掉他,怕不是时候。不如召他进殿来,命他去抵御辽王。借手杀了他,岂不很好? 万一他得胜回朝,再找机会处置他不迟。”皇帝连忙传唤向老官人,假装亲切,说道:“你有一身本领,应为国家出力。现在,我派你去打辽王,不知你要多少兵马、粮草?”向老官人说:“我不要一个兵、一颗粮、一根草,只要三升豆子、三升铁砂、三升纸马。”

第二天,向老官人单枪匹马,跨上征途,日夜赶路。快到辽王驻扎的地带,他撒下三升豆子,一粒豆子一个兵,兵多得像蚂蚁上路;撒下三升铁砂,一颗铁砂一件兵器,兵器堆积如山;撒下三升纸马,一张纸一匹马,各色战马多得数不清。只见士兵拿起武器,跨上战马,浩浩荡荡地直奔战场。

辽王听说朝廷派兵来打,扎下四十八座营盘,趁向老官人兵疲马乏,分三路杀来。哪里知道向老官人带领的人马,兵不吃饭,马不吃草,跑路不疲乏,刀枪砍不进。经过一场猛打猛杀,辽兵死的死了,降的降了。

(四)中计遇害

向老官人得胜回京,皇帝见他没有死在战场上有些闷闷不乐。又一想:“他有这么大的本领,何不用他来保护自己的江山呢!”便大摆宴席,为向老官人庆功。

皇帝对向老官人说:“爱卿,这次辛苦了,今后就住在京城里,跟在我的左右吧?”向老官人初来京城,觉得新鲜,住久了并不觉得比家乡好。至于做官，那就更不愿意了。他说："我不做官，京城没有家乡好嗨（玩），我要回去。"

皇帝劝了好久，他还是要回家。皇帝想，这样的人留在身边也是祸害，他回去后量也不敢放肆。便说道："既不想做官，我总不能让你空手走，带些金银财宝回去吧！"

"我不要！"

"那么，领些绫罗绸缎回家做衣服吧！"

"我不要！"

"好吧，那我赐你十个宫娥彩女，住在大山头，心里烦闷了，也好替你歌舞作乐。"

"我不要！"向老官人总是这样回答。

皇帝感到奇怪：这也不要，那也不要，莫不是他要我的江山？想到这里问道："那你究竟要什么？"

"我要回家。"

皇帝松了口气，说道："你家虽好，也不过琉璃瓦屋，哪比得上京城繁华？钱财虽多，也不过铜钱、大米，哪比得上金银珠宝？"这句话引起向老官人想到了破旧的家：全家只有一间茅屋，围墙是用千百根竹片夹起的篱笆，屋上盖的茅草，烂了一层又加一层，一共加了九次了。冬天一到，茅草上盖着一层雪，还闪闪发光哩。向老官人笑了笑，答道："我的家可大喽！屋有千根柱头落地，九箭牌楼好乾坤。薛（雪）大人过路，成了十箭牌楼，一层银瓦，毫光闪闪。"皇帝一听，心想："好家伙，我的金銮宝殿还比不上他的家！"连忙问道："那你家里稀奇古怪的宝贝可不少吧？"

向老官人想：我家屋子四面通风，地上灰尘都刮光了；灯油也没有，借着月光干活；养了一头猪崽崽，也没有粮食吃，饿得弹琴一样颤抖；狗子瘦得像锯弓一样，连老鼠半夜也饿得吱吱叫。穷得这样，还有什么宝贝？他想了想，便回答道："是呀，风扫地，月点灯，狗拉弓，猪弹琴，老鼠半夜读五经。"皇帝听了，脸上红一块，白一块，想道："难怪他不要我的金银珠宝呀。原来，他有许多人间找不着的宝贝。"虽然心里十分嫉妒，可是还想问个明白，便说："那你家睡什么？吃什么？"

向老官人的家住在山上，干得连水井都不能挖一口，只好到江里挑水吃；不管是寒冬热夏，总是睡在冰凉的竹篾床上。成年吃不上大米，喝的是带壳的苞谷糊糊，颜色是金黄金黄的，咽的是淡白菜。向老官人就这样回答皇帝："日吃江边水，晚睡竹牙床，吃的金镀饭，咽的银镀菜。"

皇帝屁股像有千根针在刺，脚下像有烈火在烧，坐也不是，站也不安，连珠炮似的问道："那你家有多少人，吃的粮食从哪里弄来？"

向老官人想起苦难的父母：阿妈七十多岁了，还帮助妻子挑水做饭；阿爸快八十岁了，还捡柴做阳春，家里成年没有油吃，盐要靠家里养的九只鸭子下的蛋去换。有一次，被磨鹰抓去一只，一连几天吃淡菜。粮食也不能糊口，青黄不接时，背着三斤半锄头，上山挖蕨葛充饥。穷人这样痛苦的生活，皇帝哪里懂得呵！向老官人不愿对牛弹琴，只说道："我的家呀，嗯七十人挑水，八十人砍柴；九只大船下河拖盐，一天磨鹰滩上失落一只，吃了三天淡菜。本地有两大户，葛大哥，蕨大王，三斤半钥匙来开库，只兴给，不兴还……"

向老官人在皇帝面前把家势大吹一通，皇帝信以为真，又问道："你有什么本领？"向老官人说："上墙如走平地。"皇帝要他表演，他便在皇宫的墙壁上走来走去，好像在平地上似的。皇帝看在眼里，想在心里："他有这样大的本领，又有那样大的家势，不除掉他，今后怕只有他的江山，没有我的社稷了。"皇帝脸上便堆着笑容，说道："爱卿，你为国为民立下了奇功，官不做，钱不要，叫我没有什么能够酬谢你，心里非常不安。适逢外国进贡一瓶仙酒，喝了长生不老，望你收下。一路莫喝，到家后饮个团圆酒。"

向老官人听说让他回家，欢欢喜喜地接过"御酒"，跨上宝马赶路回家。到了辰州附近，他把"御酒"喝了一口。原来皇帝赐的是一瓶极毒的酒，想杀害他一家人。向老官人喝下以后，毒酒入肚，便像刀割肠子一般，不觉惨叫一声，断气了。可是，他的尸体直立不倒，像活人一样骑在马上。宝马知道主人死了，伤心得双眼流泪，本想把他驮回去，不慎在过一条河时，把向老官人的尸体坠入河心，急得它一路拼命往家奔跑，去报告这个不幸的消息。

向老官人受害的那个晚上，他的父母和妻子正在吃晚饭，老汉想起了儿子，说道："唉，他出去好久了，不知仗打得怎么样？"不禁流下泪来。正在这时，听见外面马嘶，一家人跑了出来，只见宝马将两只前膝跪在地上，双眼流泪，却不见向老官人。老汉知道出了事，边哭边说："宝马呀！他在哪里？你引我们去看看吧！"马走在前头，人在后面哭。到了河边，马钻进水里。一会儿，驮着向老官人的尸体浮了上来。全家人见了，个个哭得死去活来。老汉知道儿子被害，对着尸体说："儿呀，有仇报仇，有冤申冤！"随即把向老官人尸体埋在猛虎山上。

从此，向老官人的白马留在河边，专渡来往的行人，渡了不知多少年，一直到它死去。土家人为了纪念向老官人、纪念白马，就把这个渡口叫作“白马渡”。

（五）血水塘的由来

向老官人被皇帝害死以后，埋在猛虎山上，这深仇大恨，生不能报，死了他也不甘心！

有天早朝时，皇帝坐在金銮宝殿的龙椅上，文武百官在朝拜他。突然，“飕！飕！飕！”三支响箭齐向皇帝飞来，射在龙案上，虽然没有射中，但吓得皇帝面如土色，早已三魂不附体，七魄不在身，百官张口结舌，呆如木鸡。皇帝半天才省人事，问张天师：“刺客是谁？”

张天师说：“万岁，这不是刺客，是向老官人死不瞑目，前来报仇的。”皇帝听了，大惊失色，忙问张天师有什么办法。张天师说：“向老官人尸体埋在猛虎山，只要把他的坟墓挖掉，他的暗箭就不能放了。”于是皇帝马上传下圣旨，要把向老官人的坟墓挖掉，并派一个武官领兵直奔猛虎山去。

开始挖坟了，官兵站满了猛虎山，锄头、刀矛像雨点落下来，运土的人排了两里路长。可是他们一边挖，坟上的土地一边长，挖了一尺，长了一尺；挖了一丈，长了一丈。这一批兵累了，又换上一批。锄挖断了，手磨破了，腰也酸痛了，士兵们流的汗水把猛虎山浸湿了，可向老官人的坟墓依然威武地屹立在山上。那个监督挖坟的官像一只被围困的狗，急得团团转，只好禀告皇帝。皇帝听了，气得说不出话来，呆了半天，无计可施。张天师说："晚上到坟边听听，看有什么动静。"

那个官回到猛虎山，深更半夜和两个士兵躲在那儿，听到里面有人悄悄讲话："不怕千把锄头万把刀，只怕铜钉铁钉钉断腰。"

第二天清早，他们就在向老官人坟上钉上铁钉、铜钉，突然，坟里流出一股股血，一直流了三年。附近的河里流的是猛虎山的血水、塘里囤的也是猛虎山的血水。向老官人坟前的一个塘，过了很久还是绯红的血水，人们把它起名叫"血水塘"，直到现在还是这个名字。

整理者：戴楚洲

向王天子的故事

明朝初年，朱元璋登基后，派军征服“南蛮”。当年，湖广省澧州出了土家名人向大坤，他们父子五人游历辰州、常德一带以后，来到青岩山的天子洲。这时，五匹从骑竟然止步不走，向大坤就说：“战马止步不前，必有神灵指点。就叫这个地方为‘止马塌’。我们就在这里住下吧。”当天晚上，向大坤做了一个梦，梦见一位白胡子老头对他说：“明天你做一面大旗，写上‘向王天子’几个大字，插在后山顶上。把周围百姓喊来，一起造反。”第二天，向大坤一醒来，托人做了一面大旗并且写上“向王天子”四个大字，然后插在索溪峪的插旗峰。不一会儿，笔架山中的石碑上现出“万岁牌”三个字。周围四十八峒的土家人闻讯，纷纷投奔向王。不到三天，聚兵三万。从此，向王势力越来越大，有“四十八大将军”“四十八小将军”（如今索溪峪还有四十八座岩石人像）。向大坤自称“向王天子”，封三儿一女为龙、虎、豹、凤四大将军。

消息传到朝廷以后，朝廷任命汤和为征南将军、周德兴为副将，领兵进驻慈利县索溪峪军邸坪，讨伐向大坤。汤和帐下有三员女将，叫杨春凤、杨秋凤、杨腊凤。这三姐妹是湖广参政杨璟之女，个个生得天姿国色，武艺高强。汤和将军率兵攻打向大坤，向王天子立即率兵迎战。两军在石拱桥上接火（今名接火桥），枪来刀去，昼夜不息。起义军打了九十九次胜仗。杨春凤见硬攻不行，就改用软办法。她对向王长子向至道喊道:“久闻龙将军神威,今日才能相会,看来我们挺有缘分呢!如果哪个愿意归顺朝廷,我们杨家女将就许配给他,保他封妻荫子。”话音未落,台上一阵叫嚷:“龙配凤,凤配龙!”龙将军仰头望去,猛听“飕”的一声,一支毒箭射中龙将军的脖子。向大坤见长子被暗算,只好撤退。

后来,向大坤手下有员大将爱上杨家闺女姿色,投降了官军,出卖了军事机密。官兵趁向王不备时,尽力攻打。向大坤大败,被迫从百丈峡逃到止马塌。向大坤突围后,谁知官军在袁家界埋下了伏兵。向大坤进退无路,只得孤军往干溪沟而去。没走好长时间,战马一声嘶叫,只见马前横下一条深涧,两山相隔九丈远。这时,后面追兵喊声大作。正当向大坤一筹莫展的时候,忽然,天空中飘下三个仙女,解下腰间彩带,向对岸一抛,立刻化成一座仙女桥(今索溪峪自生桥),向大坤平安地过去了。向大坤刚过,三个仙女变成三座山峰(今索溪峪三女峰)。向大坤退到神堂湾,跳崖自尽。从此,向大坤的故事在张家界一带传开。后来,当地土家人为了纪念这位英雄,修建上、中、下三座向王天子庙,塑有向王天子神像,常年祭祀。

整理者:戴楚洲

附记:明初土家农民起义首领向大坤

旅游胜地天子山因土家向王天子曾经率兵在此起义而得名。张家界部分景点天子洲、百丈峡、万岁牌、签筒、插旗峪、御笔峰、点将台和将军岩命名皆与向王天子有关，张家界市广泛流传着“向王天子”的故事。历史上确有向大坤其人，而且一些史料记载了土家首领向大坤起义的史料。清代《光绪永定县乡土志》记载：“明时土司有向天王者，曾梗化。大兵征之，围困于神堂湾”。《民国向氏族谱》曾载：“（向）大坤……父子游湖南辰、常，吹角齐军，建邦立帝，僭称王号，曰向王天子。”据考，靖安都总管向肇荣第七子向大坤于元代至正年间统兵至龙潭坪，与兄弟向大雅、向大望、向大乾八人为“八耳锅”，散匿各地。明朝初年，在青岩山李伯如辅佐下，在天子洲建“天子国”，自封“向王天子”，闯州占县，声势较大。明太祖朱元璋于洪武十八年（公元 1385 年）派遣征虏将军汤和率领数万将士前来镇压。《明史》亦载：“征虏将军汤和击斩九溪诸处蛮僚，俘获四万余人，诸苗始惧。”其中，包括属于九溪的索溪土家人。向大坤率部重创来敌，终因寡不敌众，退至神堂湾后，跳崖就义。土家儿女为了纪念自己的民族英雄，于明代洪武二十二年（1389）至二十四年（1391）在青岩山建了上、中、下三座向王天子庙，供奉“向王天子”塑像，另在老木峪、龙尾巴各建一座向王天子庙，并把向大坤诞辰日“9 月 9 日”定为“天子会”纪念日。

（张家界市地方志编纂室　戴楚洲/撰稿）

覃垕的故事(四则)

(一)覃垕出世

覃垕,原来的名字叫覃文廑,是覃祖福的孙子,覃添佑的幺儿。元朝末期,覃垕出生在慈利州。生他的那天晚上,天上出现红星,屋里照得如同白昼。覃垕生下来的时候,身上就纹有两条龙。小时候,覃垕最喜欢玩水。他一哭起来,父母就把他放在水中,他就喜得蹦起来。

覃垕长大以后,喜爱游山玩水,行侠仗义。听说哪里有奇险的山峰,他一定不管远近,也要跑去游玩。所以,他还不到二十岁,就已经游遍了湘西北的奇山异水,熟悉了湘西北土家族的风俗习惯。

当年,湘西北土家族的老百姓,住在深山的茅屋里,生活非常艰苦。如果遇到天旱,就没收成。但是朝廷还要征收赋税,地方贪官敲诈勒索。所以,土家族贫苦百姓只能睡在苞谷叶里,肚子饿了就挖葛根吃。覃垕看到这些悲惨的情景以后,非常痛心。因此,产生了反抗官府的想法。

讲述者:慈利县零阳镇永安村覃厚成

整理者:戴楚洲

（二）覃垕起兵

元朝末年，天下大乱，各地豪杰峰起。覃垕看到时机成熟，就将文廑改名为垕，招兵买马，准备起事。在慈利县永安渡筑覃家城，正殿设在绕河寨，在索溪峪设百丈峡，派遣部将田大把守。

覃垕准备好后，联合十八峒蛮起兵反元，一下子攻克了慈利县城，占领了溇澧流域。官府迅速派遣任文达率军征剿。任文达由桑植进兵神挡坪时，覃垕伏兵早已在小野溪备好礌石，只等鸣锣三声，就可以木、石俱发。当时，哨兵由于风餐露宿，已经睡着。传说有神鸟撞锣三次，伏兵在睡梦中惊醒，砍断绳索。顿时，滚木、礌石沿山坡飞下，砸死许多官兵。元兵战败以后，争先恐后地抢过印花桥。人挤桥窄，将桥压断，人马大半摔死在乱岩深涧之中。后人以为神助，便把这个地方叫作“神挡坪”。

后来，元朝覆灭，朱元璋当了皇帝，派遣湖广平章杨璟率军到澧州招抚，覃垕听说慈利麻寮土司王唐涌等人相继归附，也率兵投诚，朱元璋便封覃垕为慈利安抚使。

讲述者：慈利县零阳镇永安村覃任初

整理者：戴楚洲

（三）覃垕王三箭射皇宫

谁知，朱元璋称帝以后，仍然剥削百姓。当年慈利连续两年大旱，但是官府照样收税，所以许多人饿死，覃垕的娘也饿死了。他娘给他托了个梦，要覃垕在她坟前栽些竹子，在神笼山供一张桃木弓、三枝柳木箭，练三年零六个月的武。等到鸡飞狗上屋时，把箭向东方射去，就可射死皇帝，为土家百姓报仇。

覃垕照着母亲的话做了，请嫂嫂给他送茶送饭。日子一天天过去了，覃垕练得了一身好功夫。三年刚满之时，嫂嫂有些厌烦。有天早晨，她把鸡公赶得满天飞，把狗子放到屋上。覃垕看到鸡飞狗上屋，便拿起早已准备好的桃木弓、柳木箭朝东方连射三箭。

覃垕射完了箭，只听得噼里啪啦的响声。回头一看，只见母亲坟前的楠竹一齐炸开，每一个竹节里，都滚出一个人来，拿着刀，骑着马。可是因为生长的时期没有满三年六个月，刚出竹节，就倒在地下不能动了。

那三支箭飞过千山万岭，在皇帝宫殿上落下，击中皇帝的龙椅。皇帝一看那箭，吓得面如土色，只见上面刻着“湖广覃垕王”五个字。朱元璋大怒，就命令江夏侯周德兴带领二十万兵马前来湘西北镇压，并命令石门县添平所覃添顺助粮协剿。覃添顺是覃垕的伯父，老奸巨猾，又熟悉湘西北的地形，被明王朝封为武德将军。他率先锋军首先在百丈峡大战，守将田大战死。接着，官军又进逼龙伏关、温塘关。可是，覃垕王的队伍避其锐气，出奇制胜，使周德兴无可奈何。

讲述者：慈利县零阳镇永安村覃任初

整理者：戴楚洲

(四)覃垕剥皮

周德兴对没有除掉覃垕非常恼火,所以悬赏:“哪个能够捉到覃垕,就封他为元帅。”在这种形势下,做官心切的朱思济起了毒心。朱思济原是覃垕的谋士,年纪很轻,颇知兵法。覃垕想把重任托付给朱思济,便把大丫头嫁给他。大丫头生小孩时,没人照料,覃垕就喊二丫头照料姐。朱思济见姨妹子年方十八,如花似玉,便甜言引诱,与她私通,覃垕只好又把二丫头许配给他。所以,覃垕在前线茅冈寨征战时,就派女婿驻扎后寨龙岩寨保护家眷。朱思济心想:岳父不死,不能升官,如果能够捉拿岳父进见官军,便可封帅,岂不是有享不尽的荣华富贵吗?于是,他就亲往茅冈寨,假惺惺地劝着岳父:“明军已经云集茅冈寨,久守孤寨,难以久持。您没听说过吗?‘龙岩寨,龙岩寨,千军万马打不开。’您如果死守龙岩寨的话,保您万无一失。”覃垕被说动了心,就随女婿星夜奔向龙岩寨。刚到龙岩寨的一个垭上,覃垕下河洗澡。突然,伏兵四起,把覃垕捆住,后来这个地方便被称作“灭亲垭”。朱思济因捉拿覃垕有功,被明王朝封为“朱用大元帅”。

覃垕被擒以后,皇帝下令在农历六月六将覃垕剥皮。传说临刑之时,覃垕脸色不变,血溅龙袍。忽然,从他身上飞出两条金龙。霎时,天昏地暗,日月无光。皇帝吓得从御座上晕倒在地,醒后下诏御葬覃垕,把覃垕的皮晒干,扎成覃垕偶像。

后来,土家先民为了纪念覃垕王,每年农历六月六日这天,家家户户晒衣服、晒棉絮,称为“六月六,晒龙袍”。还聚集在摆手堂前,

杀牛取十全,祀享土王。然后,全寨人聚餐,这种习俗世代相传,成为土家族的传统节日。

讲述者:慈利县零阳镇永安村覃任初

整理者:戴楚洲

附记:土家族覃垕传奇

覃垕,原名覃文廑,生在慈利州。传说他生下来时,背上有两条肉龙。长大后在澧水河里游泳,身上的龙时隐时现,土家人惊为蛟龙显灵。元朝末年,各地英雄豪杰蜂起。覃文廑改名为覃垕,以"土"表义,愿为土家首领。他联络夏克武、八鼓皮等十八峒土兵一万多人,响应陈友谅红巾军号召,举起反元旗帜,赶走慈利州茅冈宣慰都元帅府土官吴邀。朝廷派任文达等率兵围剿覃垕,覃垕为了诱敌深入,在茅冈附近埋下伏兵。一支从桑植进逼小野溪的元军夜袭义军。当元军临近关卡时,幸得一只鸟撞响了铜锣,惊醒了土兵。土兵挥刀将准备好的绳索砍断,滚木、礌石一起飞下,打得官兵狼狈不堪;未死者,抱头逃命,争过印花桥,将木桥压断,人马摔死大半。后人以为神助,就把这个地方叫作"神挡坪"。元朝灭亡以后,湖广平章杨璟率军前往澧水流域招抚,覃垕被明朝封为慈利安抚使。

谁知朱元璋称帝以后,仍然剥削百姓。有一年,慈利受了旱灾,但是官府照样收税,致使许多人饿死,覃垕的娘也饿死了。有天晚上,覃垕的娘给覃垕报梦,要他在家后园栽些竹子,在堂屋的神龛上供一张桃木弓、三支柳木箭，练武三年六个月。等到鸡飞狗上屋的时候，就打开大门，向京城开弓射箭，射死皇帝，为土家百姓报仇。覃垕把梦告诉嫂嫂，然后关闭大门练武，一天三餐的饭菜都是嫂嫂从门角递进去的。练啊练啊，一直练了三年，覃垕的嫂嫂天天送饭有些厌烦。有一天，嫂嫂把鸡赶得满天飞，把小狗放到屋顶之上，便叫覃垕开弓射箭。覃垕开门看到鸡飞狗上屋，就拿起桃木弓、柳木箭朝京城连射三箭。覃垕射完箭后，听到后园有噼里啪啦的响声。回头一看，只见后园楠竹全部炸开，每个竹节里面蹦出一人，拿着刀，骑着马。因为还没三年六个月，这些人刚出竹节就倒在地下不能动弹，那三支箭也没射中皇帝。皇帝受到惊吓，从龙椅上取下木箭。皇帝一看那箭，吓得面如土色，只见上面镌有"湖广覃垕王"字样，遂令征南将军周德兴带领8万官兵前往慈利县覃家城镇剿覃垕，还令添平所土官覃添顺协剿。

覃添顺夫妇率领先锋军在索溪峪百丈峡打了败仗，覃垕战将田大战死，覃垕只好率兵退守萧家峪、茅冈寨等地。周德兴见覃垕未除，发出悬赏令："哪个捉到覃垕，就封他为元帅。"这时，做官心切的朱思济起了歹心。朱思济本是慈利安抚使司掌印书记，颇知兵法。覃垕想把重任交给他，就把女儿覃素娥、覃繁英都嫁给他。当覃垕在前线征战时，就派女婿朱思济在后寨保护家眷。朱思济心想：如能捉拿岳父进见官军，便可封帅，岂不是有享不尽的荣华富贵。于是，他就亲往茅冈寨劝说岳父下山："明军云集茅冈寨，久守孤寨，难以久持。慈利有个龙岩寨，千军万马打不开。岳父不如留人把守此寨，自己前往龙岩寨，以为犄角之势。"覃垕听信媚计，遂带何英、姚祖二将前往九都龙岩寨。覃垕率军行至慈利金岩的一个山垭，朱思济所派伏兵就将覃垕捉住，解送明军营寨，朱思济被封为“朱用大元帅”。明军乘势进攻茅冈寨，因土兵无人指挥，山寨遂被攻破。

后来，覃垕被明军从水路押到南京。洪武五年(1372 年)农历六月六日，南京乌云翻滚，天昏地暗。刽子手剥覃垕的皮时，忽然从他身上飞出两条金龙，张牙舞爪，吓得文武百官浑身发抖。明太祖朱元璋吓得从御座上晕倒在地，醒后下诏御葬覃垕，把覃垕的皮晒干，扎成覃垕偶像，穿上龙袍，让覃垕坐一天皇位。

后来，土家人为纪念起义首领覃垕王，在每年农历六月六日，家家户户晒棉衣、棉被和书籍，称为“六月六，晒龙袍”。还在土王祠祭祀土王，全寨人聚餐。这种风俗世代相传，至今仍为土家族的民族节日。

(张家界市地方志编纂室　戴楚洲/撰稿)

野拂收徒的传说

野拂是明朝末年李自成起义军的部将，兵败以后退踞澧州（即今澧县）与奉天玉和尚（相传是李自成）隐居在石门县夹山寺，继续领导联明抗清斗争。清朝顺治年间，奉天玉和尚圆寂（去世）以后，野拂上了永定县天门山寺当长老。

有一天，野拂正在庭院教几个小和尚习武，忽听见外面有人嚷嚷。守门和尚报告道："外面有七八个香客，吵着要见长老！"野拂把拳一收，说道："请进！"

殿门打开，众香客一拥而进，团团围住野拂。野拂只见他们一个个黑眉恶眼，五大三粗，一看就不是正经人。只听一个为首的讲："你就是野拂长老！"野拂双手合十，回道："贫僧便是。""我们走饿哒，快给我们做饭吃！"野拂就讲："诸位远道而来，一路辛苦，只是敝寺向来穷陋，没有米食，还望包涵。"那为首的一听，"唰"的一声从裹腿中拔出匕首，其余几个一齐拔出匕首，气势汹汹地逼着野拂。野拂赔笑道："有话好说，我给你们做饭就是！"说罢，提出一箩筐谷子，往岩碓码簣（凹）里一倒，右手五指并拢，嚓！嚓！嚓！就往簣里面舂，只几手工夫，一碓码簣谷子舂成白米。野拂搬起碓码簣，把米倒进箩筐，又"蹭蹭蹭"几步走到柴屋里，抱出一根饭钵粗的树棒，往膝盖上只"啪"一扳，断为两截。然后，又扬起右掌，"啪啪"两下，劈成九块！恰巧这时，三只河鹰在半空中飞，野拂一手夺过那三把匕首,“唰！唰！唰！”向半空中飞去,不偏不倚,不前不后,三把匕首各中一只河鹰的咽喉。三只河鹰飘飘悠悠,一齐栽到庭院里。野拂对大家说:“客人,出家人不兴吃荤,还得劳驾你们自己动手。请——”众香客看见野拂这几手功夫,早已吓得战战兢兢,两腿像筛糠一样,哪个还敢作声？野拂冷笑着一步一步走到为首的那个香客面前,一个猛猛之,“嚓”地撕开对方衣服,胸前立即露出一个“清”字来。众“香客”膝盖酸软,“扑通扑通”跪在野拂面前,口喊道:“师傅饶命,师傅饶命啦!”

原来,野拂在夹山寺失踪以后,清朝政府即旨令澧州知州派遣暗探缉捕。最后打听到他已上天门山寺,削发为僧。于是,他们化装成“香客”大闹天门山寺。

据说,这几个清兵因感激野拂豪爽,仰慕他的武艺,拜他为师,遁入空门。野拂乐意收留他们做了徒弟。

讲述者:永定区大坪曾祥

整理者:金克剑

附记:据清代咸丰十一年龙岗撰《野拂墓志铭》载:野拂“老禅师,武夫也,生于明终于清”。李自成兵败后,曾经追随李自成退守石门县夹山寺,后遁迹天门山。清代《永定县乡土志》也载:“明季有野拂自夹山寺飞锡此山(指天门山)。拂为闯贼余党,事败,削发为僧。”相传奉天玉为李自成的隐名。因李闯王曾称“奉天倡义文武大元帅”,故削发后仍号“奉天玉”。

郭宏升抗击英军

永定县青安坪乡擦耳崖人郭宏升在清代道光年间，升任浙江省衢州镇总兵。1840年，鸦片战争爆发以后，英国侵略军准备进犯浙江沿海城池。闽浙总督邓廷桢力主抗击英军，遂向清廷奏曰“查有衢州镇总兵郭宏升，久历戎行，打仗奋勇。臣现已由八百里外檄调该镇前赴镇海，随同提臣（水师提督）相机进剿”，朝廷准奏。郭宏升当年已是七十高龄，但是壮志不减，报国心切，毅然率师东进浙江省镇海。同年七月，英军攻陷浙江省定海镇和宁波，对镇海虎视眈眈。郭宏升与浙江提督祝廷彪等兵分两路防守，一部兵力部署在招宝山顶，日夜巡查，监视英国舰船。大部分兵力在海口列阵，布防海岸。打造趸船相互连接，沉入大海进口处水中，周围钉潜水桩，阻拦敌船侵入，构筑成牢固的防御工事。岸上连营扎寨，每营构筑坚实堡垒，内设大炮、强弩。郭宏升号令森严，赏罚分明，督率将士日夜警戒，严密防守。英军舰队侵犯镇海，郭宏升率部在招宝山英勇抗击英国侵略军。英军曾经三次进攻，都遭清军迎头痛击，被迫狼狈逃窜，从而使镇海坚如磐石，祖国海疆保住。郭宏升由于年老体衰，军旅劳累，心力交瘁，积劳成疾，1840年12月，卒于镇海军中。道光皇帝为了表彰郭宏升抗英功绩，赐他“扬威将军”。

整理者：戴楚洲

席大成抗击阿古柏入侵新疆

席大成，出生于1835年，永定县城人。清代咸丰年间，投入清军湘营，提升为参将、副将。清代同治六年（1867年），中亚地区浩罕汗国军官阿古柏，在英国、俄国殖民主义者支持下，侵入中国新疆，宣布成立“哲德沙尔”汗国，分裂中国领土。陕甘总督左宗棠奉清廷之命征讨，檄调席大成率部随征。席大成身先士卒，部属奋勇争先。先攻克西宁州，再扫平迪化州（在今乌鲁木齐市），斩俘叛逆万余人。在战斗中，席大成赤脚上阵，十趾磨烂。春寒毒发，双脚血污。席大成身负重伤，双肩背脊之下，楔子深入骨缝之中。在取楔子时他忍受剧痛折磨，卧床五个多月。伤势稍愈，即率孤军远征吐鲁番、喀什等城。在给养枯竭、饮水困难的戈壁滩上，急行军十余日，其中三日无粮，条件极端困苦。但是席部斗志益坚，出其不意攻入喀什，扫清伊犁叛敌。席大成在这次征战中遍体鳞伤，仍然负痛上阵，军中呼为“席蛮子”。

在平定阿古柏部属侵略、维护中国领土完整的战争中，席大成勇敢善战，立下赫赫战功。1874年，清廷钦赐头品顶戴，穿黄马褂，授宁夏巴里坤镇挂印总兵。

整理者：戴楚洲

话说刘明灯(五则)

(一)读书习武

刘明灯家里很穷,父亲靠筛(捉泥鳅的一种方法)泥鳅和种蔬菜为生,慢慢存了一点钱,才送刘明灯去读书。后来,由于刘明灯又添了几个弟弟,眼看要停学。先生见刘明灯聪明过人,就帮他想办法,借刘家祠堂八担谷,并且卖掉,到大地方去求学,介绍一位习武教师做刘明灯的干爹。刘明灯勤学苦练,长进很快。有一次,干爹要他骑马用箭射一百步外的铜钱。刘明灯连发三箭,箭箭穿眼,师父不住夸奖。不久,师父给他赠配一把大刀,足有一百二十斤重,行军外出要两个兵抬。从此,刘明灯成为一名能文善武的将领。

(二)中举招兵

清朝末期,皇上招考。刘明灯应考,箭不虚发,刀不虚晃,力大无穷,主考官连连称赞。

几天以后,他的父亲正在园里锄草,忽然锣鼓齐鸣,鞭炮大作。一队人马从城里开来,他的父亲还不知什么事,仍然锄草。不一会儿,一个小兵送来捷报,说刘明灯中了武举,他的父亲才进屋陪客。

刘明灯接报后,立即出发,招兵买马。到达常德,就招了七十四

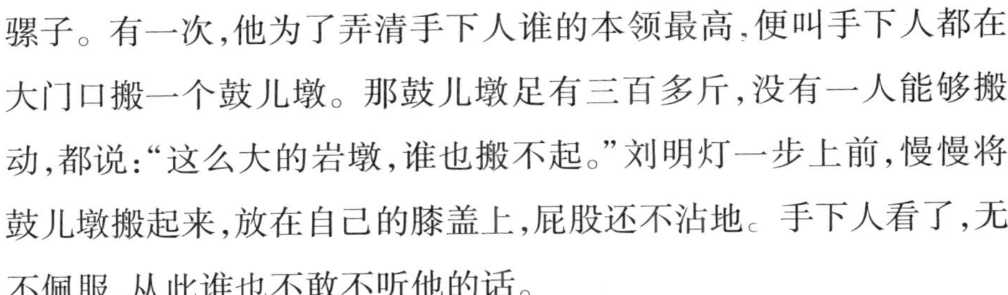

骡子。有一次，他为了弄清手下人谁的本领最高，便叫手下人都在大门口搬一个鼓儿墩。那鼓儿墩足有三百多斤，没有一人能够搬动，都说：“这么大的岩墩，谁也搬不起。”刘明灯一步上前，慢慢将鼓儿墩搬起来，放在自己的膝盖上，屁股还不沾地。手下人看了，无不佩服，从此谁也不敢不听他的话。

（三）放河灯攻台湾

刘明灯打仗不怕死，军营中都叫他“刘蛮子”。福建总督左宗棠喜欢他，就提拔他当了台湾镇总兵，要他镇守台湾。台湾是生番（包括高山族）的领地，又有荷兰和美国的人马，海关把得紧，打不进去。怎么搞呢？他找二舅覃朝祚商量。二舅对他讲：“外甥，台湾不是马虎廊场，中间隔着几百里的海峡，我们要是硬打，说不定全军葬身大海喂王八！”刘明灯不急不忙，晓得二舅有计策。二舅又讲：“你晓得三国‘孔明借箭’吧？我们也那么试试。选一个麻麻月亮的晚上，准备一些木排、渡船，还要备些夜壶，壶里装足洋油，另外把排上扎些草人，草人穿上衣服，戴上帽子……”刘明灯一听，乐得眉毛跳起：“这叫放河灯！”“对对！”“那要选个刮西风的日子呀！”覃朝祚笑道：“万事俱备，只欠西风！”

刘明灯得了计，马上照到做。没过几天，刮起西风来哒。刘明灯说一声“出发”，百十架木排呼呼朝台湾驶去。第二天麻麻亮，木排逼近洋人炮台，洋人看到排上有灯亮闪，又有那么多兵，慌忙发炮。轰轰隆隆一阵乱放，那木排半点事都没有，仍然呼呼直冲。洋人以为碰到神兵，就开洋枪射击，哪晓得木排上的人岿然不动。洋人吓倒哒，丢下枪往赤崁楼（台湾省红毛城，为明代荷兰殖民者所建）里躲。这时，刘明灯的真兵真马从木排上喊杀连天地冲出来，攻进了台湾岛。

（四）花缸里的秘密

刘明灯在台湾只打发财的主意，明里当着二舅覃朝祚说查访百姓疾苦，暗里寻找发财的口子。有一次，他假说外出观景。来到一处，凑巧碰上一个商家。商家讲汪三洋是个水贼，家有金银财宝，刘明灯记在心上。第二天，刘明灯设下丰筵，接汪三洋吃饭，还和他结拜成把兄弟。汪三洋不加怀疑，刘明灯将他灌醉酒以后，抛下了海。

刘明灯当晚叫来三弟明煌，带领一伙人冲到汪三洋家，把所有的金条子、金瓜子、金柳叶、升子银、马叶子翘、乌金鼎，还有二十四个金罗沙，一扫搜来，由明煌保存。那么多财宝，怎么运得回去？明灯想个主意，用三口大花缸，把金银财宝装在缸底，上面掩上土，栽上花，每日每朝装出赏花的样子，给花缸浇水、捉虫。过段时间，他叫人把花缸抬上船，准备偷运回去。哪知他舅舅晓得哒，跑过一看，全是瓦缸栽的花，便问："外甥，你搞的什么鬼名堂。我看你聪明一世、糊涂一时，搞那么多花花草草，有什么用！硬是萝卜盘成肉价钱，何得哟！"明灯看情况不妙，笑眯眯地走上前作个揖，然后说："二舅，您要晓得，有句老话，'花有清香月有阴'，这话是有意思的。人要想长寿，就得多与花打交道。莫看它是一蔸草，可这台湾花和蟠桃一样贵重，所以我爱花如命，才起念头运这些花。"二舅听后，眉毛几竖，脚板一蹬："我不知道长寿不长寿，也不管蟠桃不蟠桃，

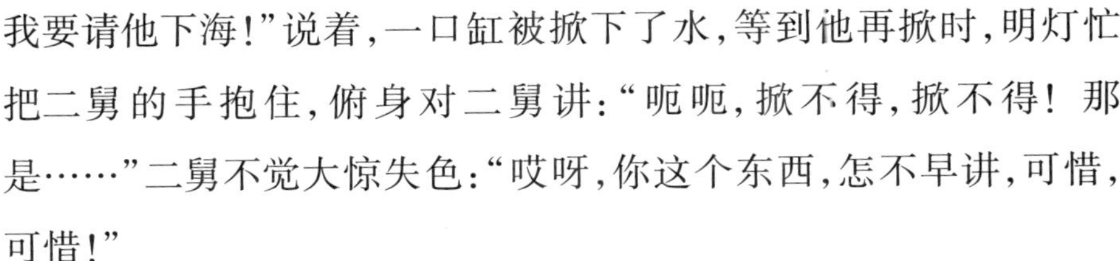

我要请他下海!”说着,一口缸被掀下了水,等到他再掀时,明灯忙把二舅的手拖住,俯身对二舅讲:“呃呃,掀不得,掀不得! 那是……”二舅不觉大惊失色:“哎呀,你这个东西,怎不早讲,可惜,可惜!”

(五)发财

刘明灯在台湾发了财,又向皇上报了故,便安心乐意地发家。当时,整个天崇乡除一处田地他不要外,其余田地全部买光,进城都不走人家田埂。他上买到大庸所,下买到三眼桥,买了几十里路远(即现在二家河和大庸所两个乡)。

刘明灯的房屋方园四十多亩面积。强盗进他的屋,必是自投罗网,寻不出大门。刘明灯请来一个洗衣服的大娘,她洗好衣服,竟然找不到自己的房间,只好坐在别的屋里;吃饭时又寻不到食堂,只能等着别人喊。

刘家厨房水井外有条阴沟,冬天一冻,沟里洗锅水上漂的猪油冷白了,有的穷人就在沟里刮猪油吃。

刘明灯有三个夫人,大夫人姓田,二夫人姓王,三夫人姓舒。刘明灯每天迷在酒色之中,丫鬟、大娘、长工几十桌,每餐吃饭都要打钟。

有一次,永定县新调来一位县官,他一上任就带着护兵坐轿四处巡访,他巡到天崇乡木讷里刘明灯的家乡。刘明灯十分热情,请他进屋休息,吩咐马上办酒菜。

这位县官以为刘家是个普通财主,十分神气地问这问那。一会儿酒饭办好，县官坐了上席，问刘明灯有多少田地，最后问刘明灯姓名。刘明灯如实地告诉他，只听“啪”的一声响，县官吓得酒杯掉在地上，结结巴巴地说：“我在跟鬼……一起……吃饭吧？刘……不是……报故了吗？”

刘明灯说：“替死的是我舅舅赶三。我没死，我不是鬼。”

讲述者：永定区覃德栋刘家季

整理者：覃江凌　赵继培

附记：虎字碑镇风传奇[①]

俨　冬

“云从龙　风从虎”，语出《易经》，天龙与云结缘，地虎与风结伴，虎啸风起，虎伏风止，古老观念传承由来久矣。

本省东北角的草岭所在，古来就矗立一座虎字碑，替百兽之王的老虎，刻下一页镇风传奇。这块虎字碑约高四尺三寸，宽二尺五寸，坐落在台湾省台北县与宜兰县的界址山头上，沿贡寮乡望远坑溪，跋涉上六一六公尺海拔的草岭巅，再曲折下山，顺天公坑溪，下抵头城镇大里站天公庙，蜿蜒十二公里，目前颇热门的健行路线。

当地人的口中，这条草岭古道叫“草岭路”，草岭巅叫“草岭

① 本文原载台湾《民生报》一九八六年二月二十四日第八版。作者俨冬先生，生平不详。一九八六年，旅居美国的爱国人士、教授、经济学家汤祖埫先生（大庸市合作桥乡人）获得该文以后，即将全文影印，辗转带回大庸市。

头”，吹向草岭的风就叫“草岭风”。草岭风的总源头，来自三豹角至鼻头角间海面的季风，收束地吹入远望坑，直掠草岭头，咻咻风响，最是强劲。

“草岭风真厉害，雨伞撑不过去！”大里天公庙下众闲汉聊起草岭风，莫不隐隐变色。尤当秋冬之际，东北风没日没夜地吹啸，仿佛《西游记》里的那把芭蕉扇，猛烈到路过人畜在谷口山坳无缘无故失踪，自古喧腾为“妖风”。

就在清朝同治六年(1867)冬天，台澎总镇刘明灯巡边宜兰，途经此地。虽有一班仆役前遮后挡，轿子由四名轿夫扛着，还是禁不住风势的摆布。一路冲冲撞撞，忽儿唰的一记暴风，将轿中人的武盔吹歪一边，唬得他大叫一声：“好厉害的风！”

刘明灯慌忙扶正，喝令停轿，询问左右。也是一时心血起潮，叫人取来一束“稻杆笔”，研开冻墨，大书一个虎字，交由手下磨石勒碑，作为镇压。这枚斗大狂草虎字，系一笔挥就，更无停滞，当地居民称作“一字笔”。竖看似“立虎”，横看象“奔虎”，笔劲透石，一头张牙舞爪的虎兽，几从碑中跳跃出来。

远望坑农户卢阿郁，另提一段“石头虎、吓死牛”的掌故。早期，草岭是出入宜兰陆路必经之地，兰阳平原所需耕牛一概仰此输入。草岭风的吹动，日落最烈，日出静止。牛贩牵牛过岭，视天亮后为惯例。见天色暗淡，索性投宿远望坑客栈，隔夜再说。父祖相传，就有个“青暝牛、不怕枪”的少年牛贩，贪图赶路，吆喝一牛，沿路来到岭头风口处……这牛一眼瞥见那块虎字碑，忽而浑身上下起了个大抖索，拔开四蹄，掉头狂奔，竟因此坠入洞底，一命呜呼。莫非牛眼卡钝，撞见碑上虎字，加上风声呜呜助吼，误以为真虎，当然大骇逃命。

虎字碑的“灵力”，还听说三十多年前，有位头城镇某校校长，登临此地，见到狂草虎字，不觉手痒，便在碑旁雕上几枚字。这一刻，竟一周内猝死。父老哄传：“不堪伊刻字！”

远望坑一带的农户，闲暇时就去拓几张虎字，找人裱起来，放串鞭炮，正式悬挂庐堂，自有抗风镇宅之效；挂在猪寮鸡舍，能防猪瘟鸡病；挂在眠床头，据说不怕老婆发威哩。

刘明灯简介

刘明灯，字简青，1838 年生在湖南省永定县木讷里（今永定区后坪镇新木岗村），曾中乡试武举。清代咸丰十年（1860 年），在长沙投入左宗棠的湘军，授把总职。同治元年（1862 年），刘明灯升为参将，统领新左三营。1864 年，升为福宁镇总兵。

1866 年，闽浙总督左宗棠调刘明灯任台湾镇总兵。刘明灯率领新左三营兵勇到任以后，加强台湾武备防卫。修筑炮台，增置火器；制船巡海，募练水兵。1867 年 2 月，美国商船“罗发号”在台南七星岩触礁破碎。船员 13 人登岸以后进行抢劫，被龟子甬当地人所杀。4 月，美国驻厦门领事李先得照会台湾道员吴大廷和台湾镇总兵刘明灯，要求查办。吴、刘不予理睬，美国便向清朝总理衙门提出抗议。6 月，两艘美舰侵犯台南龟子甬，遭到当地人顽强狙击。美副舰长麦肯基以及数名士兵被击毙，美国遂向清廷抗议。清廷对外妥协，下令镇压原住民。8 月，刘明灯奉命率师至台南番地，名剿

实抚，施以怀柔，把旗帜、兵器、珠宝和金银赏给原住民勇丁，然后与原住民首领卓杞笃定下章程十条。美领事李先得亲自会见卓杞笃，取回美国士兵遗骨和望远镜。这年冬天，刘明灯巡视宜兰县，经过台北、宜兰交界的草岭巅。一班侍卫前遮后挡，轿子由四名轿夫抬着。忽然一阵狂风把轿中首领刘明灯的武盔吹歪了，吓得他大叫一声："好厉害的风！"刘明灯喝令停轿，叫人取来一束稻草当笔，大书一个"虎"字，高1.4米，宽0.8米，交由手下刻石勒碑，用以镇风。这个斗大的狂草"虎"字，竖似"立虎"，横似"奔虎"。台湾人多于碑前燃放鞭炮，拓几张"虎"字悬挂厅堂，据说有"抗台风镇宅第"之效，至今新北市瑞芳镇（刘明灯府第）仍有"明灯路""明灯小学"为记。1986年2月24日，台湾出版的《民生报》还刊登了一篇与刘明灯总兵有关的《虎字碑镇风传奇》的文章，那幅照片上的"虎"字就是当年刘明灯总兵在台湾巡视时在草岭巅一笔挥就的狂草"虎"字。

1870年，左宗棠调任陕甘总督以后，调刘明灯率刘明煌和李新爽等永定县人奔赴甘肃镇压回民起义，解了西宁之围，升任提督。此后，刘明灯随左宗棠在甘肃、青海和新疆征战长达8年之久。

1878年，刘明灯为父母丁忧解甲归里。在故里居家十多年，以巨资置田产，建家园，修陵墓，塑石像，立牌坊。但也热心公益事业，修桥铺路，增设议渡，捐助书院，救济老弱，受到家乡人称赞。1895年，病故家中，朝廷照例赐恤。

刘明灯弟刘明燧及刘氏家族为了纪念刘明灯在台功绩，请石匠王玉之师徒建墓区以及各式各样的石碑400多种。现在，张家界荷花机场旁木讷里仍有刘明灯墓区石雕群，共有 3 处墓地，葬者就是刘明灯及其家人。共有神碑 4 座、石柱 4 根、石牌坊 2 座、碑刻 10 处以及石人、石马、石羊、石龟等石像 24 尊。这些幸存下来的石雕工艺精湛，造型逼真，体现土家族人的石雕艺术。

（张家界市地方志编纂室　戴楚洲/撰稿）

孙九大人的故事(九则)

(一)孙九称呼的来历

我国累建军功的爱国英雄孙开华,被慈利县家乡人尊称为“孙九大人”。

孙九的父亲,名叫孙宏瑞,是慈利县上五都柳林铺的员外。孙九的母亲叫姜润兰,因长得乖,被岩泊渡南部牛头寨的土匪头子刘千一抢在路上,却被孙宏瑞救到柳林铺的家里,并且成亲。这样,牛头寨土匪帮就跟他结了仇,以至孙九出生九个月零九天的那天,牛头寨土匪帮血洗孙家庄,孙员外差点被打死。这是后来的事。

有天晚上,姜夫人睡觉时做了一个梦。梦见她在后院里绣花,忽然觉得嘴巴渴得很,就从屋里拿个碗找水喝。跑到西边看到井里的水非常清亮,就一口气吃了九碗,才觉得舒服。吃了井水,姜夫人回屋去时,突然一只很大却没长毛的肉鹤朝她扑来,把她吓倒。那只肉鹤在她的肚子上啄了九嘴,把姜夫人骇醒。

自从做那个梦后,姜夫人怀了伢儿。怀孕九个月后,伢儿生在清代庚子年(1840 年)农历九月九日。生下来时又白又胖,孙员外喜欢得不得了。

一日三,三日九,转眼之间,这个伢儿已出生九个月,长得很乖,逗人喜欢。可是,到了出生九个月零九天的这天,从不害人的伢儿乱哭乱叫，不吃乳、茶，也哄不住，一家人急得没有办法。姜夫人只好抱起到处转，伢儿还是不住地哭。这时，姜夫人突然想起怀这伢儿时做的那个梦，就抱着他走到那口井边试一下。一到井边，伢儿就不哭哒，还朝井里头哇啦哇啦地叫喊。姜夫人抱着他坐在井边，心想这伢儿是有名堂。正在这时，只见屋里冒起好大的烟，跟着哭的、喊的、叫的闹阵哒，不晓得出了什么事，姜夫人吓得心里咚咚跳。

原来是牛头寨的土匪头子刘千一带着喽啰报仇来哒，一进屋就放火，然后见人就杀，见东西就抢，把庄园搞得稀乱。孙员外赶紧带着几个家人，拿着家伙从后门跑出来，找到堂客和伢儿一起逃命。可是，那些土匪紧跟着赶到，孙员外和家人扬起刀跟他们打起来。土匪人多，孙员外他们几个哪门打得赢？土匪头子刘千一看到还在井边吓得不晓得动的姜夫人，赶忙跑过去就讲："这回你会跟老子做堂客吧！"一边说，一边就把伢儿从姜夫人手里抢过来，顺手往井里一丢。姜夫人昏过去哒，刘千一把她抱起就走。孙员外一看，眼睛里冒血水，拼命朝刘千一冲过来。刘千一只得放下姜夫人，和孙员外又打起来。这刘千一原先不是孙员外的对手，这几年为了报仇，练了几手功夫。又加上孙员外已和那些喽啰打了好久，体力逐渐不支。只打十个回合，孙员外身上就被砍了几刀，倒在地上动不得哒。这时，刘千一哈哈大笑地说："前几年，你把老子砍一刀，今天老子要你的命！"讲着，举起刀就向孙员外脑壳砍去。

就在刘千一往下劈的时候，一个大汉好像从天而降，用根拄路棍往他刀上一抬，土匪的刀飞到半天云里去哒。

刘千一大吃一惊，一看大汉胳肢窝里还挟着一个岩火坑，起码

有两三百斤。心想:“拐哒,碰到硬对头哒,赶快跑。”于是,掉头扯起腿儿就跑。

这大汉子懒得赶他,伸手把孙员外从地下扯起来。见员外伤得厉害,又抠些药给员外吃哒。员外顿时松活一截,忙对大汉拱手:“真难为您。”讲完,急忙朝姜夫人跑去,双手将她扶起来。姜夫人一醒来就哭着喊:“伢儿呀,俺的伢儿!”就朝井边跑去,那个大汉和孙员外也赶紧跑到井边,一看,三个人惊痴哒。只见井里一点水都没得,那个伢儿困在井底里,嘴巴里头含个闪闪发光的珠子,还在那里蹬腿腿儿,舞爪爪儿,点点事都没得。这个大汉是个精通世面的人,一看这伢儿不是一般的伢儿,将来一定是个不简单的角色。他放下那个岩火坑,轻轻一跳,下井抱起伢儿,脚一踮,就起来哒。姜夫人赶忙接过伢儿抱在怀里。那个大汉着重跟他们交代:“无论怎么样,你们要把这伢儿抚好,将来必有出头之日。”交代清楚以后,用那根拄路棍把岩火坑扶到肩膀上就要走。孙员外赶忙就留:“恩人,你救了俺一家人的性命,俺现在虽然遭乱,落脚的地方还是有,是不是住两天哒再走。再讲,连你的名字都不知道,叫俺今后怎么报答您?”大汉一听,就告诉他:“我姓杨,叫杨仕榜,是辰州人氏,出门云游到此地。撞上你们有难,出手相助,这是我的本分,不需要什么报答。”姜夫人听了很受感动,就提出要杨仕榜给这个伢儿取个名字,表示纪念,而且把这伢儿从做那个梦起到生他的一些奇怪现象都告诉杨仕榜。杨仕榜一听,心里暗暗地想:“喝了九口水,白鹤啄九嘴;九月九日生,九月九日遭乱星。六个九,六九五十四……不好!五十四天之内还有一次大乱。你们千万小心,我看给他取名叫

‘孙六九’,以免灾星。如能有救,这伢儿就能成人。但是躲过五十四天,不能躲过五十四年。”交代清楚后就走了。从此,孙员外就叫伢儿孙开华为“六九”。后来,人们觉得“六”字不顺口,干脆就叫“孙九”。

由于取了“孙六九”这个名,他躲过了五十四天那次大难,但是五十四年的大难却没法子躲过。因此,孙开华只活到五十四岁就死了。

讲述者:慈利县零阳镇石马村杨启义

整理者:杨　景

(二)孙九孝母

孙九满十岁的那年冬天,母亲得重病,不想吃什么,唯独想活鱼炖汤。这可使孙九作了难哒,他家里经过几次大难,已穷得很,哪里有钱去买鱼呢?

孙九的娘困在床上已经五天没吃东西,眼睛珠儿凹进去哒,脸上只有骨头,没看到肉。孙九一看娘的相,心里就像刀绞。

有天早晨,外面刮风,河里结冰,天气很冷。孙九的娘在床上发高烧,烧得讲胡话,嘴里连声喊鱼。孙九看到娘病成这样,就发狠心,无论如何要给娘弄鱼吃。

孙九从小有个倔脾气,不管什么事,只要发狠心想做,不管怎么难,也要做到。这天,他穿身乱衣服跑出门,在河边游上游下。他想找个鹭鸶船讨鱼,可是找遍,没有船的影子。他一着急,就用岩头在河边砸起冰来,他想在河里捉条活鱼回去。可是冰结得厚,岩头砸不穿冰。孙九想到屋里的娘,鼻子一酸,坐到冰上捧着脑壳大哭起来。一边哭,眼睛水一边掉,结果把冰滴出一个洞。一会儿,半斤重的一条鱼竟从冰洞里蹦出来,正好落到孙九的胸前。孙九赶紧用手捉住鱼,就往屋里跑。

一进屋门。孙九就大声叫:“娘!我跟你弄鱼来哒!”娘在床上听到就讲:“九儿,你莫宽娘的心,这个时候,哪里弄得到鱼哟。”“真的,娘,你看哈!”孙九把那条还在蹦的鱼捧到娘面前。娘一看,真的是活鱼,就问是从哪里弄来的。孙九把经过原原本本地告诉娘,娘一听,叹口气,就讲:“九儿,娘不吃鱼哒,快把它放到河里去。”“娘,我好不容易才得条鱼,你哪门不吃哒?”“九儿,你还小,不懂啊!为了疼娘,你弄不到鱼,就坐在冰上哭。这条鱼看你哭得作孽,才蹦出来。这条鱼的心肠多好,我能吃得下吗?”

孙九听娘这么一讲,心想:真的,这条鱼的心肠实在太好。哪门舍得杀它,但娘不吃鱼,病又怎么好。孙九左也为难,右也为难。最后,他想出个主意。他拿一把小刀,磨得锋快,从鱼背上把鱼的肉割下一半,没有碰到鱼的骨头和肚子。然后,用嘴把鱼流出来的血舔干,鱼就不流血了。孙九就将这条被割了肉的鱼又从原来的冰洞放入河里。回家以后,就将那点鱼肉炖成汤,端给娘吃。之后,娘的病慢慢好转。

从那以后,柳林铺澧水河里就出现了这种“边鱼”,有人叫它“孝子鱼”,直到现在。

讲述者:慈利县零阳镇石马村胡恩君

整理者:杨 景

(三)饿马奔槽

孙九在年轻的时候,家里穷得揭不开锅盖,母子经常挨饿。后来,孙九的娘病死,没得钱买棺材,只好去找舅舅。孙九的舅舅会看风水,总给人家选屋场、看坟地。他给孙九几吊钱,要孙九去买棺材,他第二天来看坟地。

孙九拿起钱去买棺材。走到街头,看到一堆人在赌博。

孙九心想:舅舅给的这点钱,只买得到一副最差的棺材,没得钱买别的。倒不如赌几把,要是赢哒,就买点纸钱给娘烧。于是,孙九挤进去赌起来。出手还好,赢了几盘,赌钱的人,越赢越有味,越赢越想多。哪晓得在后头见鬼哒。孙九押双,偏偏出单,越输越想赶本,越输越不顾一切。结果,孙九输得一无所有,把舅舅给他买棺材的钱输光哒。孙九勾着脑壳往家里走,一路想着埋娘的办法。也许是天不灭无路之人,孙九经过一户人家之时,看到人家马房里有个破马槽。他一想,这东西跟棺材差不多,于是背起就走。到了屋里,把娘的尸体往马槽一放,勉强放得进去。这时他又想,用马槽葬娘,人家晓得哒,会骂我忤逆不孝的。打定主意一个人打夜工悄悄埋掉。说干就干,他先背娘的尸体上山,背到一个土包,背不起哒,放下歇气。哪晓得他还没放下,尸体掉了,往下面滚,滚到一个窝里。这个窝像是打的一口井,孙九一想:莫非娘愿意睡到这个地方,就把你葬到这里。接着跑回去背马槽、拿锄头,顺手又在草垛扯了一把稻草。到了山上,孙九把娘搬起来,把马槽放进坑里,再把娘放进马槽里,用稻草一盖,挖下坎上的土,堆了一个坟包。

第二天,舅舅来了,听孙九讲已经埋葬,就埋怨说:“你这个伢儿,怎么不等我呀? 带我去看看,那个地方好不好?”孙九把舅舅带到山上,舅舅东看西看,连声说:“好地方,好地方!”接着又叹了一口气,一副遗憾的样子,竟说:“我不该把钱给你的,这块地里不能埋棺材。”孙九一听,以为舅舅晓得底细,赶忙跪在舅舅脚边,跟舅舅磕头,哭着说:“舅舅饶恕我吧! 外甥对不住娘,是用马槽埋的,上面还盖了草。”说罢,在地下痛哭,不肯起来。

舅舅听说是用马槽和稻草埋的,喜欢哒! 一把扯起孙九说:“九儿,撞得好不如撞得巧,这块地叫‘饿马奔槽’,你撞上了。槽里要草,你的妈是饿马奔到这个槽,看来缘化到哒。我恭喜你。”孙九听舅舅这么一讲,也很得意,连忙又给舅舅磕头。舅舅又给他一笔钱,要他出去闯。后来,孙九做了大官,在台湾当淡水提督,和法国人打仗,并且打胜了,成为爱国将领。光绪皇帝封赠他,在回家祭祖时,给娘修墓,还立石人石马。

讲述者:慈利高桥镇渣角田村人王树祥

整理者:谭杰群

(四)孙九杀牛

孙九自从埋了母亲以后,在一个财主家做长工。这个财主家里很富,有许多田地和财产,养了十几条牛,财主要孙九和另一个穷女孩看牛。他们俩除了放牛外,还要砍柴,扯猪草。每天脚不停,手不住,可还是吃不饱,穿不暖。他们恨透狠毒的财主,打主意要惩罚财主。

有一天,孙九对那个女孩说:“我们邀些伙计来,把老板的牛杀一头打中伙(聚餐),你干不干?”那个女孩听后,吃惊地说:“九哥!你胆大包天,老板的牛怎么杀得?要是老板晓得了,我们就要遭殃。”孙九说:“不要紧,我有办法。”孙九说得到,做得到。一会儿,来了几个伙计,他们用围裙蒙住套在树上那头牛的眼睛,有个大汉用斧头朝那牛的脑壳上使劲打了三下,牛就倒在地上。这时,孙九一刀插进牛的脖子。他们大家动手,剥了牛皮,甩了内脏,割下牛肉。几伙计打了中伙,最后把牛尾巴插在一个岩缝。

太阳西落的时候,孙九牵牛回家。财主一数,少了一条黄牛,赶忙问道。“孙九,牛怎么少了一条?”孙九假装吃惊地说:“老板!我是该死,有头牛钻进岩洞里了。我使劲扯,它也不肯出来。如今只有条牛尾巴在外边。”

财主一听,火冒三丈,大声吼道:“见鬼!有这种怪事,带我去看看。”于是,孙九带着财主到那插牛尾巴的地方。

孙九隔老远就指着牛尾巴,对财主说:“老板,你看,牛是钻进那个洞里的,尾巴还在外面哩!”蠢财主一看,真的。只见他大步跑到那里去拉牛尾巴。由于使力过猛,牛尾巴扯脱了,自己顺势仰天一跤,倒在地上。

后来,财主知道孙九把他的牛杀来吃哒,恼羞成怒,将孙九狠狠地打了一顿。然后把孙九赶出来,不要他当长工了。

讲述者:慈利县零阳镇柳林铺孙建华

整理者:戴楚洲

(五)石洞结义

孙九从小喜欢学武,讨厌读书,教他的师傅是辰州来的杨仕榜,号称“神拐”。孙九还有两个师弟,一个是杨仕榜的儿子杨光锐,一个是卓飞棚。三个人经常在一起,白天为财主家放牛、放羊,晚上向师傅学武。孙九满十六岁的那年,师傅得了重病,而且年纪大了,不得好哒。

有天傍晚,师傅对孙九说:“九儿,听说那边犀牛湾经常有鬼,一些人在白天都不敢过身,你有胆子去捉鬼吗?”孙九一听,把胸一拍:“师傅,你只管放心。我长这么大,还没看到鬼是什么样子。等一会儿我去看看,要是有的话,我就捉几个来。”

天黑以后,天上只有朦月,路上模模糊糊的。孙九向犀牛湾走去,有点紧张。因那个地方阴森,夜老鸹、猫头鹰喊起来使人肉麻。他一边走,一边捏紧拳头到处看。他走呀走,快要走完犀牛湾。除了鸟儿叫,什么也没有,不由轻松些。正在这时,在他前头没多远的地方突然出现两团绿光,像两只大眼睛。孙九紧张起来,真有鬼呀!他捏着两个拳头向那两团绿光赶去,他一赶,绿光就跑,几赶几赶,两团绿光钻到一个岩洞里面。他赶到洞门口正想往里面钻,身后突然有两条黑影扑来。他抓起两块石头,举手要砸,并且大喊:“是人是鬼?”那黑影说话哒:“九哥,是你呀?”孙九一听,是师弟光锐和飞棚,赶忙就问:“你们在这里干什么?”“师傅叫我们捉鬼的。”孙九手指洞口:“鬼已进这岩洞,走啊!”他们三人摸着进洞。

在洞里转几弯,没看到那东西。这时,洞里发出一阵老人的笑声，三人吓得连退三步。只见一人点燃一个火把，把洞照亮。一看，竟是师傅，三个人惊喜地跑过去。师傅高兴地看看三个人后，夸道："你们有出息。"接着又对他们讲："我叫你们今晚捉鬼，一是考考你们的胆量，二是要告诉你们一件事。但在我没讲之前，你们先要结拜成生死之交的兄弟。"他们看到师傅的神色，知道不是一般的事，跪在地上赌起咒来："谁要是坏心，谁挂岩壁死。"然后，孙九为老大，光锐为老二，飞棚是老三。他们向师傅叩了结义响头，师傅把他们带到另一个难找的小洞里。推开一块石头，只见里面毫光直闪，原来是几十把宝剑。师傅指着那些剑对他们三个说："这是八十二把宝剑，藏在这里，哪个都不晓得。因为我老了，再不告诉你们，今后就要失传，就会糟蹋这些宝剑。"师傅讲到这里，顺手拿来一把宝剑。用手一抽，那把剑像刮一阵冷风，肉皮冷得一紧。师傅看着宝剑，接着讲："这是宝剑，到底是哪个藏在这里的，我也搞不明白。那是二十年前，我有事经过四川省的一座山时，碰到十几个武林高手围攻一位白衣侠士。那位侠士武功了得，但是敌人太多，最后终被那些家伙刺中几剑，从崖嘴跌落下来。我忙腾身伸手将他接住，放到地下一看：背上连刺几剑，并且不见流血。知道拐哒，尽是毒剑，我忙拿出药给他上。这位侠士见了，朝我摆手，对我讲，他中了绝毒剑，救不活哒。又从胸口拿出一张图纸交给我，叫我带着到慈利找这个地方，一讲清楚就断气哒。我赶紧站起身，一看图上画着一条犀牛在田里洗澡，两只角朝湾里冲着。我知道是秘密，赶快跑到慈利。经过多方查访，找到这里，发现这个秘密。现在，我把它交给你们，说不定将来会起作用！"

孙九三弟兄听师傅讲了经过，好像开朗好多，而且得到启示。孙九咬破手指，把血滴到一个岩凹里面，光锐、飞棚跟着咬破手指，也将血滴在那个岩凹。孙九对飞棚讲：“我们三个人，从现在起，生死同心。你用我们三个人的血写在岩壁上，让师傅放心。”飞棚用手指蘸着血在岩壁上书写“生死同心”四个字。

后来，他们在中法战争中，第一次把法国人打败了。以“八十二”把宝剑为主组成的“捷胜军”，使法国人听到就怕。

讲述者：慈利县零阳镇石马村杨启义

整理者：杨 景

(六)孙九从军

孙九走投无路的时候，恰好有支清军在慈利县招募步兵，他便下决心从军。当他挑上破烂行李和剃头工具赶上湘军之时，霆子营长官鲍超竟说：“兵员已经招齐。”孙九再次向长官请求，还是不肯收他。

孙九盘算着：你们不要我当步兵，我也跟着你们跑，反正没得出路，说不定会遇到好人的。当部队在一个地方安营之时，聪明的孙九看见带队的长官头发较长，便走上前去，很有礼貌地说：“长官！你的头发太长，让小人给你剃个头吧！”这位长官摸摸自己的头发，实在是太长了，说：“好吧，我看看你的手艺如何？”孙九在小时候学过理发，被人瞧不起，孙九赌气不干那行。如今为了当兵，他只好捡起铜钱穿现眼。只见他拿出剃刀给长官剃起头来。不一会儿，就剃好了。长官拿着镜子一照,剃得蛮好,这个小子手艺还不错啊! 长官心里欢喜。于是,把孙九收了下来,当了一个武童伙夫。

孙九从军以后,由于手脚勤快,很受官兵欢迎。有天晚上,他给军营送饭以后,拿出烟斗吧哒吧哒地抽起来。当他在土炮上磕烟灰时,火星子引燃了土炮,“轰”的一声土炮响了。大家一惊,问是什么事。孙九就说:“敌人摸营来哒。”大家一看,真的。一炮打在准备偷营的敌人群里,炸死不少的敌人,避免敌人偷袭的灾祸。就是这一炮,孙九立了战功,由伙夫升为亲校,时常跟随湘军参将鲍超。后来,孙九历任湘军千总、副将、总兵、统领、提督等职。

讲述者:慈利县零阳镇孙培林

整理者:戴楚洲

(七)孙九救将

讲起孙九的白话,真的可以用船拖,俺只讲孙九救将这段。

孙九跟清末湘军将领鲍超在江西打仗,孙九还是鲍超的亲校。在一次战斗中,鲍超把情报搞错,带支部队在天桥山被敌人围困,打了一天一夜都没冲出。

鲍超只剩十几个人,还被围在天桥山南峰上。他一看满山像蚂蚁似的敌人,心想:拐哒,只怕要到这山上回老家。这时,孙九走到他身边后讲:“大人,我们是不是想办法突围。再打下去,只怕……”后头的话没敢说出。

“突围?怎么突围法?三边都是敌人守着,只有北边无人。但是万丈高的岩壁，还不是死路一条？看样子，我们只有拼命杀了。”孙九又提醒他：“大人，俺们只得十几人哒，还是伤的伤，残的残，人马没吃东西，要杀出去，难啦！”“那你看怎么办？”“我看还是到北边想想办法，看能不能找条出路。”相信孙九办法多的鲍超，只好同意，就讲：“那你就去找找看，快点去，快点来。”“要得。”孙九赶紧骑马向北边跑去。

一会儿走了里把路，就到岩壁边哒。一看那岩壁脚下，飞陡的，几得深。再看岩壁对面，也是飞陡的，而且有两三丈宽，只是那边的岩壁嘴比这边的岩壁嘴低丈把。他望着这两个岩嘴出神。突然，他打起一个主意。

正当这时，南边传来人喊马叫，孙九心里一惊：“不好。”他跳上马，抽出剑，提起缰绳跑回原地。只见鲍超和敌人杀得不可开交。弟兄们死的死，伤的伤。只剩鲍超一人还在乱砍。孙九把剑一挥，大喊一声，杀了上去。杀到哪里，哪里的人一排排地倒下。就在这时，鲍超被敌人砍下马了。孙九一打马，向鲍超跑过去。纵身从马上跳下来，一剑就把那个敌人正向鲍超脑壳砍去的大刀挑起。接着又是一剑，把敌人劈成两半。孙九忙从地上扶起鲍超，飞身上马，一掉马头，就朝北边跑。后边的敌人看见以后，急忙就追。

孙九和鲍超骑在一匹马上奔跑，看到离岩壁嘴只得几丈远哒，孙九赶紧对鲍超讲：“大人，你在马上骑稳，不要拉马的缰绳。”讲完就跳下马，顺势一手挽到马尾巴，跟着马向岩壁嘴飞奔。正到岩壁嘴边，孙九忙用剑尖在马屁股上连刺三下。奔马负痛，从空中飞奔过去，落到那边岩嘴上不动了。

鲍超站起来时,好像做梦似的。自己活命哒,孙九呢?心想:拐哒!孙九肯定完蛋哒。鲍超心里一酸,喊了一声:“孙九!”“大人,我在这里!”孙九从岩嘴下面答应。鲍超一喜,急快跑到岩嘴边上朝下一看,孙九正从下面的一个岩槽里爬上来,还说:“我一手抓着马尾巴,跟着马一纵,就被马带过来了。当马快飞到岩嘴时,我怕马骑着一个人,拖着一个人,力气不够。当我看到嘴下面的岩窝时,就松了手,顺势一跃,落到岩窝里面。”鲍超一听,看着孙九好久才讲:“你真是个神将,将来定当大将。”

从那以后,孙九的名气就传开哒。敌人逢他不战,说他是神仙下凡,能叫人马一齐飞走,越传越神。为了不忘救他的那匹战马,孙九当官以后,请匠人用石头雕成战马立在故乡,表示纪念。

讲述者:慈利县零阳镇石马村杨秀全

整理者:杨　景

(八)封　香

孙九大人每次带兵打仗,总有一人为他打伞,从来不离开他,敌人的炮弹打不到孙九大人。有一次,炮弹在这把伞上炸开。奇怪得很,伞没炸坏,人也没炸伤。孙九大人为这个打伞的士兵记了一次大功。孙九大人问这打伞的叫什么名字,打伞的士兵说:“我的家就在你家的对门,我姓封名香。”后来,孙九大人当了大官,封香却不见了。孙九大人回家祭祖之时,派人在他家的对门柳林铺寻找封香,没有下落。有一天,孙九大人亲自去找,从枫香岗经过时,天热

得很，就在大枫香树下歇凉。一阵清风，吹得孙九大人好爽。他朝树上一望，好大的枫香树，枝叶茂盛，像伞一样遮着太阳。他似乎明白，莫非封香就是这个“枫香”。于是，吩咐手下的人，备办香纸、鞭炮，扯了几丈红布，在枫香树下隆重地祭奠一番，并把红布挂在树上。从此以后，这蔸枫香树流出水来，好多人在这里讨过水。据说是孙九大人祭奠枫香树，封香感动得流眼泪，这水就是封香的泪水。

讲述者：慈利县零阳镇柳林铺王有高

整理者：王一平

（九）孙九大人坐台湾

有天晚上，孙开华给军营送饭以后，靠着大炮抽起烟来。凑巧，一个火苗掉在引线上，刹那间，“轰”的一声，大炮打中敌人的一只战船。第二天清晨，湘军将领鲍超命令官兵集合，开始训话：“昨晚是谁来过炮台？”这时，孙开华战战兢兢地说：“启禀大人，小人昨晚来过炮台。我抽烟时，不慎把炮点着了，放了一炮。”湘军将领鲍超高兴地说：“你昨晚放的那一炮打中正在偷袭我营的战船。本将为了嘉奖有功之人，提拔你为亲校。”从此，孙开华先后担任湘军副将、提督等职。

中法战争爆发以后，孙开华奉命率领“捷胜军”三营奔赴台湾前线，担任淡水提督，在淡水积极备战。1884 年 10 月 1 日，法国远东舰队副司令利士比率领 5 艘巡洋舰到达淡水海面，孙开华在淡水北岸利用丛林设伏歼灭登陆之敌。10 月 2 日清晨，孙提督趁法军逆着阳光不便瞄准的时机，下令发炮。双方展开激烈炮战。我军红炮台守军十分勇敢，他们不顾周围落下的子弹，击中法军巡洋舰，把法军打得落花流水。10 月 8 日，法兵在 8 艘战舰掩护下，发动规模更大的攻势。淡水守将孙开华望见法舰散开，便令各营按原计划分散隐蔽。上午 10 时，法军登陆完毕后，向目的地前进。孙提督待法军逼近丛林，亲率两营从正面阻击，并令埋伏在红炮台后面的章高元部和刘朝祐部从右翼出击，围歼登陆之敌，双方展开激战。中午，孙开华亲率卫队奋勇向前，夺取法军国旗。在主将孙提督激励下，各路将士合力齐进，与敌人短兵相接，加上爱国艺人张李成率领的台湾民军从敌后阻击，共歼法兵二千多人。法兵溃败，纷纷向海边逃窜，结果一艘法舰受重创，溺死数百人。

淡水战役中，主将孙提督指挥得当，战功卓著。因此，朝廷诏命孙开华为帮办台湾军务大臣。中法战争结束以后，孙开华因功被授福建陆路提督。孙提督卒于任所后，皇帝诏令原籍湖南省慈利县柳林铺和台湾省等地立石人、石马和御碑，上刻光绪皇帝的《祭孙提督文》，所以，湖南及台湾等省现在仍然流传着“孙九大人坐台湾”的故事。

整理者：戴楚洲

附记：抗法保台爱国将领孙开华

孙开华，字亮清，土家族人。因生于清代道光庚子年(1840 年)九月九日，故号庚堂，人称“孙九”。据清代《光绪慈利县图志》载：“柳林(铺)故有市集，其南岸即孙壮武世居也。”可见，孙开华出生在湖南省慈利县五都鸡公翅山孙家岗(原为慈利县柳林铺乡中坪村,今为慈利县零阳镇石马村石马组)。1990年12月农业出版社出版的《慈利县志》等文献资料均说孙开华为“柳林铺人”。孙开华是中国近代史上百位民族英雄之一,为保卫台湾、捍卫祖国领土完整做出历史贡献,至今在台海地区影响很大。

孙开华之父早丧,家境赤贫,少年时代曾在澧水当过船工。清代咸丰六年(1856年),孙开华以武童入湘军水陆游击鲍超霆字营当亲校,后被提拔为千总、守备、都司、副将,官至福建省漳州镇总兵。清代同治十三年(1874年),日本发兵入侵台湾南部,东南地区海防告急。孙开华奉调率部办理厦门海防,招募兵勇组成“捷胜军”。朝廷任命孙开华署福建陆路提督,成为清代晚期著名将领。

清代光绪九年(1883年),法国侵略者企图侵占中国台湾岛。孙开华奉命率领“捷胜军”三个营在台湾沪尾港(又名淡水港,在今新北市淡水镇)积极备战,在北岸滨海沙滩修筑红堡、白堡两座炮台,以木船载满石块沉塞港口,并且封锁海滩和航道。光绪十年(1884年)深秋,法国政府命令远东舰队司令孤拔率舰5艘和2000多名海军将士进攻台湾基隆,副司令利士比率兵进犯沪尾港。1884年10月1日,利士比率“拉加利桑尼亚”号等5艘巡洋舰集结沪尾港外。淡水提督孙开华严拒法军要求清军撤兵的通牒,并且决定在沪尾北岸利用丛林和高地埋伏部分将士,歼灭登陆之敌。10月2日6时晨曦,趁法舰士兵逆着阳光不便瞄准之际,孙开华在炮台上命令白堡炮台士兵先敌发起炮击。法舰士兵发炮还击,双方展开激烈炮战。战斗持续一个多小时,炮台守军击中法舰“德士丹号”,把敌人打得落花流水。法国巡洋舰“维伯号”想在法舰炮火掩护下开进沪尾港里，但被岸上炮台守军击退。10月4日，入侵沪尾法军增至军舰8艘、军士2000多人。基隆守将刘铭传得到谍报以后，派兵1000多名驰援沪尾。10月8日清晨，孙开华看见沪尾港外法舰忽然散开，舰上火炮齐发，判断法兵一定登陆进攻。当机立断，命令各营按照预定的麻雀战术分散隐蔽，伺机杀敌。孙开华亲督右营营官龚占鳌埋伏假港，中营营官李定明埋伏油车口，后营营官范惠意为后应，李彤恩招募的土勇张李成一营兵力安置北路山间。上午9时，法军8艘军舰将士发动规模更大的炮战，炮弹纷飞，攻势凶猛。孙开华在这场生死决战中表现出非凡的军事指挥才能，命令炮台守军发炮反击，击中巡洋舰“维伯号”。上午10时，法军陆战队员在法舰舰炮掩护下乘小艇在沙仑海岸登陆以后，分三路向海岸东北白堡炮台进攻。这时，清军利用少数部队士兵诱敌深入。上午10时10分，孙开华看见法军逼近丛林洼地，连打三枪，发出号令。孙开华率领右营、中营两营从正面拦击，并且命令埋伏在红堡炮台后的提督章高元部和总兵刘朝祜部从右翼出击，爱国艺人张李成率领的民军则从敌人侧后阻截，用火枪围迂登陆之敌。中午12时，身穿短衣、骑在马上的孙开华将军一马当先，冲锋在前，率领中营营官李定明等部将在激战中杀入法军将台，亲斩敌军执旗官，夺得法军国旗。在主帅孙开华率领下，清兵士气益涨，奋不顾身，奔向前线与敌短兵相接，奋勇杀敌，直至下午1时结束。法兵三面受敌，被迫向海边逃窜，清兵乘胜追至海滩，一艘法舰受了重伤，百余法兵掉入海中淹死，法军进攻沪尾失败。在沪尾战役中，由于主将孙开华布兵得当，身先士卒，士气高昂，大败法军，取得沪尾保卫战决定性的军事胜利。因为“沪尾大捷”保住台湾，粉碎法军企图占领台湾图谋，战功卓著的孙开华被誉为自郑成功收复台湾以来第二位民族英雄。1884年11月，清政府除发帑银一万两犒军外，还诏令孙开华为帮办台湾军务大臣，授额勒和布体仁阁大学士，赏给骑都尉世职。中法战争结束以后，孙开华因功被授福建陆路提督。

光绪十九年癸巳（1893年）八月，孙开华旧伤复发，卒于任所。据《孙氏乐安堂族谱》载，清政府诏令其原籍湖南省慈利县以及立功省福建省为之建立纪念专祠，寻赐祭葬，授谥号为“壮武”，并且恩荫其子孙道仁为京府通判。直到“文革”前夕，孙开华故里——慈利县五都孙家岗还有牌坊、墓葬、石人石马、石刀石枪、孙氏祠堂、将军庙和将军渡等遗迹，御碑刻有清代光绪皇帝题的《祭孙提督文》。孙家大院遗址保留珍珠泉古水井和建武将军、一品夫人、孙门甘氏孺人之墓碑刻等珍贵遗物。福建省博物馆、湖南省博物馆以及孙开华的孙女孙克俊还藏有孙开华之子孙道仁辑的《孙壮武公荣哀录》，周星林、孙培厚著的《孙开华评传》一书由中国社会科学出版社出版发行。

（张家界市地方志编纂室 戴楚洲/撰稿）

义勇军首领孙道元夫妇战死台湾

清代福建陆路提督孙开华长子、慈利县柳林铺人孙道元，自幼随父居住任所台湾淡水。中日甲午战争爆发以后，清廷水陆两军败绩，派李鸿章东渡议和，弃台之说传至台湾，居民无比激愤。以为不见一敌踪，不闻一枪声，竟为马关和议所牺牲，愿誓死抗战。

孙道元激起爱国义愤，奔走呼号，激励忠义奋起抗敌。他说："国家土地，岂可轻易以尺寸与人，台湾虽孤悬海外，但北通上海，南接广州，屏障南洋各岛，为国家必守之地。况物产丰饶，鱼盐充沛，更富天然之利。今朝廷弃如敝屣，本人虽非台籍，但生于斯，食于斯，又随官于斯，不忍坐视大好海疆，为人所卖，愿与诸君共同死抗……"并率先毁家财，置军械，招乡勇训练义军，得士勇 20 余营，被推为义勇军首领。其时，道元随身老仆杨明禄力劝其审时度势，自宜保重，并说，朝廷能忍心割让，主人又何苦力争？道元慨然道："今日之事，乃在告先人在天之灵，我为将门之后，焉可成顺民耶？"后数日，日军登陆直犯三貂岭，他与吴国华部并力合击，日军损失甚重。后来，日本陆军中将北白川宫能久亲王所率援军近卫师团至，义军寡不敌众，且械弹不足，苦战两昼夜，被围数重，道元所部伤亡殆尽，乃厉声说："吾力已尽，可以见先人于地下耳！"即怒马陷阵，壮烈牺牲。

孙道元之妻张秀容，深明大义，临难不苟。孙道元战死后，同老

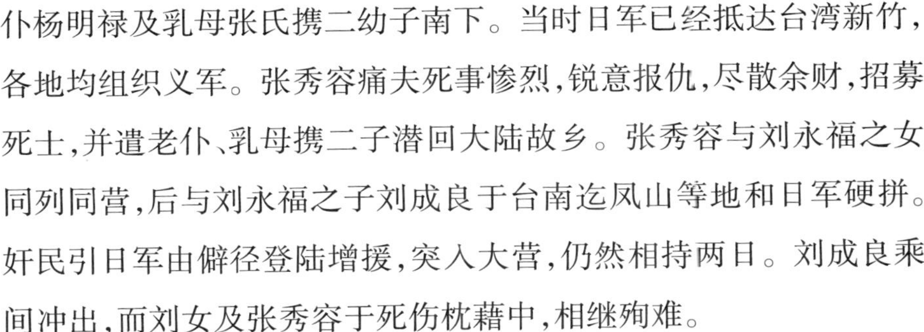

仆杨明禄及乳母张氏携二幼子南下。当时日军已经抵达台湾新竹，各地均组织义军。张秀容痛夫死事惨烈，锐意报仇，尽散余财，招募死士，并遣老仆、乳母携二子潜回大陆故乡。张秀容与刘永福之女同列同营，后与刘永福之子刘成良于台南迄凤山等地和日军硬拼。奸民引日军由僻径登陆增援，突入大营，仍然相持两日。刘成良乘间冲出，而刘女及张秀容于死伤枕藉中，相继殉难。

整理者：戴楚洲

孙道仁光复福建省

中法战争爆发以后,孙开华镇守台湾。其子孙道仁雇船运送弹药,渡海接济台湾守军,被誉为“将门虎子”。法军被击溃后,台湾巡抚刘铭传委孙道仁任职前敌营务处,保加四品衔。中法战争结束以后,孙道仁袭父功以三品荫生赴北京参加考试,任京府通判。1891 年,以知府发福建省补用,不久升为道员。

武昌起义告捷的消息传至福建新军以后,福建提督孙道仁于 1911 年 11 月 5 日由加彭寿松介绍,加入中国同盟会,参加辛亥革命。孙道仁批准借款 10 万元给同盟会制炸药,使准备起义的部队得到弹药。11 月 8 日,孙道仁提督发布部署起义命令,任命第二十协协统许崇智为前敌总指挥。孙道仁提督当晚指挥许崇智率部占领于山,并且亲到于山督战。11 月 9 日,起义部队向清军发起猛攻,清军伤亡很大,福州将领朴寿被击毙。中午 12 点,清兵在城楼上竖起“停战议和”白旗,并派吴振翔到起义军中乞降,孙提督答应了清朝旗兵乞降的请求。所有旗兵均降,起义获得成功。1912 年,中华民国临时政府成立以后,孙道仁被任命为福建都督,授陆军中将加上将衔。孙道仁就任福建都督职后,采取许多革除弊政、奖励生产的措施,深得福建军民赞扬。

整理者:戴楚洲

戴万卷的慈善故事

武陵源区中湖乡白鹤坪的戴万卷是清代中期开明绅士，其弟武秀才戴万松在澧州比武夺魁以后，被同行暗害身亡。戴万卷为弟申冤，上告不成，遂回乡用祖传巨资买田置产，雄踞一方。1838 年，举资修筑中湖白鹤坪至沙堤板坪之间的石板路，沿途多建凉亭，以方便行人；境内河堤多为他出资修筑，清龙垭千功凼等堤段多是石灰浆灌砌而成，逾 150 年依旧。咸丰元年（1851 年）夏旱，戴万卷减租少课，并在中湖宋家边架起 12 口大锅，煮粥赈济灾民，周边三县民众多受其惠。乡民为敬其人，红白喜事多请他捧场增彩，有“戴万卷不到不开席”之说，传诵至今。武陵源区中湖乡现存戴家大院，依稀可见当年之盛。

整理者：戴楚洲

杜心五的故事（五则）

（一）杜心五出世

杜心五是慈利县江垭镇岩板田村人。他的父亲杜佳珍，又叫墨泉公，在清朝军队里当过武官。1859年，跟洋人打仗时把大腿打穿后，回家隐居。母亲康太太到中年只生婉贞、玉贞两个女儿。杜佳珍回家后，两口子只想生个儿子。

同治八年（1869年），康太太终于有“喜”，两口子等啦等，那年冬月初三半夜子时，康太太的肚子发作。一时间，杜家院子里面灯笼火把进的进，出的出，忙起来了。

这个时候，村里有人起来屙尿，看到杜家上空红光闪闪，以为起火，大喊一声。这一声喊，把四周八围的乡亲惊动。一个个拿着脸盆，挑着水桶，背起火钩往杜家院子跑去救火。人们赶到杜家院子，都说：“怪哉！刚才火光冲天，怎么又没起火？”问杜家人，也是摸不着头脑。正在人们你问我、我问你的时候，杜家内房传出“哇哇”的婴儿哭声，杜家生子哒。当时人们议论起来：这娃儿以后肯定不得了，要不哪来的红光满天？

杜佳珍中年添子，喜得不得了。左思右想，要给宝贝儿子取个好名字。“洗三”（婴儿满三朝那天要用药水洗澡，叫洗三）的那天，他按“五心具媿”的意义，给娃儿按排行取名杜慎媿，号名“心五”。

(二)杜心五幼年练武

杜心五的爷爷是懂点拳腿功夫的人。快要钻黄土的老人见家里添个孙宝宝,哪里不喜欢!他逢人就说:“好哇,杜家有种哒!”他疼孙孙胜过疼儿子:白天不管做什么事都把孙子带在身边,教他提劲,学“飞毛腿”!夜间,就把他抱在胸前睡,还给他讲“七侠五义”的故事。

爷爷睡在东房的木楼上,有九尺高,平常往日上楼不要楼梯。从杜心五跟他睡后,才用梯子。那个时候,杜心五只三岁,爷爷把他扶上楼后就把梯子搬开。有天半夜子时,杜心五要屙尿,楼上又没尿桶,急得大哭。爷爷哄他往楼梯口跳下,娃儿走到楼梯口一看,吓得肉麻,哪里敢跳。爷爷在他身后,飞起一脚,把杜心五抛下楼。事也奇怪,杜心五竟然没碰破一点皮。杜心五从地上爬起来,爷爷就用一根麻绳把他提上。

从这以后,小心五等爷爷踢他下楼之时顺势一蹦,落在地上稳稳当当,连撇脚也不打一个。可是在他屙完尿后,爷爷不再接他。寒冬腊月,单衣单裤冷得他直磕牙巴骨。爷爷要他蹦上,他蹦出一身汗还是蹦不上去。他向爷爷求饶,要爷爷教他轻身法。

后来,在爷爷指点下,一日三,三日九,八岁的时候,杜心五上楼下楼也不要梯子了。

(三)杜心五赤足追马

小时候,杜心五读书发奋,练武用心。七岁时向武士石彪学会了“飞蝗石”。八岁时，心五到离家30里的胡家坪读私塾，在那些跟严克学南派拳。因他父亲的大腿是洋人打穿的，他看到九溪天主教掌的洋人欺负百姓。因此，他在练功房贴上“练成武艺、誓杀洋鬼”的条幅，以示他的志气。十二岁，杜心五去宝盖子山向于虎学武当拳的内家功夫。十三岁的杜心五已经不是一般的娃儿，赤手空拳也能对付十来个大人。他越学越来劲，学着古人做法，他到处挂牌求师：“小子不才，诚心求师。唯须比试，能胜余者，千金礼聘，决不食言。——慈利县江垭岩板田杜慎瑰。”牌子挂出以后，许多人想试哈，结果没得一个人能当他的师傅。

有一天，杜心五在屋后麦地边玩，忽然一人骑着高头大马冲到他前面。那骑马人像瘦猴子，一看就不是武林人。哪晓得他一到那里就放马吃麦苗，这明明是欺负人。杜心五恨不得把那个人拉下马，但是一想，这人恐怕有点来头。就好声好气地对他说：“骑马的，你没看见马在啃麦子吗？”那人斜他一眼，并不理他，仍然让马在麦地里啃着踩着。杜心五忍不住，伸手去抓马绳，没想到那人就是一马鞭打在杜心五手背上，起了一条血痕。杜心五转过头再看时，那家伙骑在马背上已跑出三十步，还回过头惹他：“来呀，有种的追马！”杜心五脸上气得变色，他吸足一口气，几个纵步连人带马揪住了他。那个人吓得说话打哆嗦：“我是探消息来的，明天我师傅要来见你。”说着，就向杜心五求饶。杜心五让他把马留下，放他走了。

第二天，果然来了个四十多岁的大黑汉子。那汉子跟杜心五一会面二话没说，双手就在杜心五肩上一拍：“好小子啊，赤脚跑过我

的马。”这时，杜心五腿杆一扫，那汉子像树筒一样“扑通”倒在地上。接着，杜心五跑过去捅他几拳。黑汉连还手的机会也没有，只好告饶：“小兄弟；噢，小师傅；不不，师傅，我有眼不识泰山。再也不敢冒犯，望师傅恕罪。”杜心五鼻孔里哼一声，推出一掌，把黑汉打发走了。回到屋里，杜心五脱下衣服，肩上的一块护身铜板被拍成碎块。他吓得一跳：好险啦！原来那个黑汉起心不善，用了“朱砂掌”哩！

从此以后，周围几百里没得人敢当他的师傅。过了一个多月，贵州省赵玉山荐来一位武师，就是有名的武林高手——自然门的祖师爷徐矮子。从此，杜心五跟随徐矮师学武八年，深得教益，成为自然门的独传高足。

(四)飞船取行李

清代光绪二十六年(1900)，杜心五从上海坐轮船去日本读书。一上船就看到一个日本查票员“哇啦哇啦”地推着一个中国旅客，要把他推下船。杜心五走上前问个清白，原来那个旅客的钱被扒手拐走，没买票就上船哒。杜心五一摸口袋，自己的钱带得不多，没法救济别人。那个日本查票员硬要把那个旅客赶下船，杜心五忍不住，上前拍拍查票员的肩膀说：“他的票钱我出。”并朝他坐的船舱一指：“等下给钱。”查票员看看他后，吓唬说：“如果你拿不出钱，把你扔到海里！”杜心五瞟他一眼，转身走了。

这时，轮船快出吴淞口，发现一只小船从后头赶上来，划子上的人朝轮船上喊：“请停一下。”原来是轮船上等舱里有个商人的一只皮箱还在划子上，里面装的是与他做生意有关的票证。他见大船没停，划子还没赶上，急得脸上变色，汗往下掉。这个人跟日本船老板讲好话，可是船老板不理他。他向日本水手请求抛下套钩把箱子提起来，水手也向他摆手。眼看轮船要加马力，那个商人急得哭诉起来："哪个能想办法把皮箱提上来，他愿出一笔钱谢他。"好多看热闹的人摇脑壳，叹恶气，哪个有那么大的本事哩！就在这时，划子赶上轮船，杜心五二话没说，一个鹞子翻身，黑影一闪，稳稳当当地落到划子之上。抓起皮箱，弓身一纵，像腾云驾雾一样，连人带箱从相隔两丈多高的划子之上飞上轮船，满船的人眼都看花，一个个竖起拇指夸道："绝技！绝技！"商人从人堆里挤到杜心五跟前，拿出一把钞票，就往杜心五手里塞。杜心五不客气，抽出一半，给那个丢钱包的同胞说："你拿去补船票！"

"嘟——"的一声，轮船开出吴淞口。

（五）杜心五收徒弟

宋教仁被杀后，杜心五就隐居在北京，不与国民党政府有任何瓜葛了。

到达北京不久，有个姓万的人听说杜心五武功厉害，想摸杜心五的底细。访到杜心五的住所，见到了杜心五，就提出要跟他试试手。杜心五一看来的后生长得高大，有点威风，客气地说："我好久没活动，恐怕手脚不听使唤，你就莫搞真场合哟！"

两人来到外面，抱拳行礼以后开始动作。杜心五跨弓步，两手夹在排扎骨处运气。姓万的站在旁边，看见杜心五和见面时不同，

眼光闪闪,身上的衣服像是被风吹鼓起来。他一看就明白,武还没比就恭恭敬敬地拜杜心五为师傅。这个人就是杜心五的徒弟万籁声。

收下万籁声做大徒弟,又有二徒弟拜上门。二徒弟叫郭歧凤,武功不错。杜心五要他要几套拳看,他不客气把衣服一脱,打着赤膊就要起来,他一拳一阵风,一脚一个坑,一会儿,额骨上的汗往下滚。他打的是北派拳,打得不错。哪晓得杜心五只笑,一句话也没说。郭歧凤对杜心五敬个礼说:“先生有何见地,学生愿意领教。”杜心五就逗他,指着地上一个个脚板坑说:“打得嘛还不错,只是把我这院子里搞坏。”郭歧凤一听,就要去拿铲子铲平。杜心五拦住他说:“不用。”只见他左脚铲,右脚刮,那么多凹凹凸凸踩得平平整整,郭歧凤跟在后面踢踢,跟铁板一样。他扑通下跪,“杜老师神腿,名不虚传啦!”杜心五喊他站起,就说:“这不算什么,我再给你做点小把戏看看。”说完,从屋里提出一支平底锅,放在地上。衣也没脱,就踩在锅沿上打起拳来。他一连打了几十个圈,轻轻一跳,下了锅沿,那口锅歪都不歪一下。郭歧凤佩服得五体投地,再次向杜心五磕头。

在杜心五指教下,郭歧凤成为武林高手。抗日战争爆发以后,杜心五支持他参加东北抗日联军,多次立功。

讲述者:李祖坤

整理者:杨慈安

附记:著名武术家杜心五

南北大侠杜心五于1869年出生在慈利县江垭镇岩板田,曾是孙中山大总统的护卫保镖,是自然门武术家。

杜心五曾拜慈利甘堰武士严克为师,学习南派拳术,后跟武林奇士徐矮师在四川省峨眉山练了8年的自然门武功。因为武艺超群,被重庆金龙镖局聘为镖师,走镖川黔滇桂一带。数年后辞职回家,去常德高等学堂读书,考取赴日留学生。

1904年,杜心五东渡日本,先在东京百科学校补习日文,后入东京帝国大学读书。留日期间,杜心五曾和著名相扑师斋藤一郎在东京日比谷公园比武,并且打败对方,因而名噪东瀛。不久便由宋教仁、覃振介绍,加入了同盟会,负责保卫工作。有一次,有人收买日本浪人刺杀同盟会首领孙中山。杜心五发现后,即将其解决。

1910年,杜心五奉孙中山之命,回国进行革命活动,北上京、津,过山海关,上黑龙港,秘密串联,准备起义,然后重返东京,向孙中山汇报。船抵日本马关时,他忆起此即卖国贼李鸿章签订"马关条约"之地,感慨万千,即兴赋诗:"心雄何怯九重渊,壮志腾霄欲挽天。愿楫江心效祖逖,拼献身躯国门前。"尔后,杜心五随孙中山奔走南洋,联络同志,募集资金,共图反清大业。1912年,宋教仁担任农林总长时,杜心五任农林佥事,旋调任农商农工部部员,续调农商部直属第一农事试验场技正兼农事传习所气象学教授,收万籁声为武术门徒,传其衣钵,使之成为著名武术家。宋教仁遇刺后,杜心五不满军阀的黑暗统治,于是弃官去职,走南闯北,浪迹江湖。

抗日战争爆发后，日军策划华北五省“自治”。日本关东军特务机关长土肥原企图诱使杜心五任“华北五省自治政府”主席，并且赠杜心五200万元。杜心五严词拒绝，并且撕毁支票。土肥原命令士兵把杜心五软禁起来。杜心五伺机纵上墙头，逃离了北平，踏上了南归旅途，投身于抗日战争洪流中，为挽救祖国危亡做出了贡献。后来，蒋介石利用杜心五的声望，委任他为“全国抗日群众动员委员会主任”，从事抗日救亡活动。杜心五在重庆期间，曾经帮助中共地下党党员和民主人士开展革命活动。后来，辞职回家，隐居不仕。1942年，杜心五回到老家慈利以后，在县城附近饭甑山绕河寨新建了“斗米观”，贴上“始知养生主，曾无及第心”对联，探索气功养生之道，研究救死扶伤之术。

抗战胜利后，河南武师彭玉林闯到了斗米观，要找杜心五比武。他一头猛撞过来，被杜心五顺手一拉，撞到了墙上，接着杜心五又是一巴掌，把他打倒在另一屋角下。彭玉林刚逃出门，杜心五纵身一跳，用脚后跟回击他并顺势将其头夹在腋下，点了他的穴位，彭玉林动弹不得，连喊“师爷饶命”。有一次，武汉来了一个大力士，一进门就纵身跳来。杜心五施展轻功，在天井旁一口锅上跑来跑去，那武士无法接近。待他再比试时，杜心五把他甩过天井，那武士立即拜倒在地。

新中国成立前夕，为了做好统一战线工作，林伯渠和李济深都给杜心五写信，请他支持。新中国成立以后，慈利县人民政府副县长莫和初奉湖南省人民政府副主席袁任远指示，接杜心五到县人民政府。1951年正月，由林伯渠推荐，杜心五被聘为中国军政委员会参事。同年,又任湖南省人民军政委员会顾问、湖南省政协委员,杜心五遂离开斗米观,携妻儿迁居长沙。1953 年 7 月病逝于长沙。

（张家界市地方志编纂室　戴楚洲/撰稿）

王统领打荆州

1911 年 10 月,湖南省光复后,中华民国军政府湖南省都督谭延闿委任慈利县溪口镇王正雅为湖南省西北路安抚使,筹备湘军援鄂事宜。由省都督府调拨卫兵一队、前路巡防二队,加上学生军,编为“湘武军”,辖六个营,共计 1 700 多人。

接到密报以后,湖北宜昌起义军司令唐牺支率师东下,将达荆州。农历十月十六日,“湘武军”行至湖北涴市和黄金口。王恩渥、何玉林率领敢死队 200 人奇袭草市,王正雅率领“湘武军”到达沙市。

王正雅在沙市亲与宜昌起义军司令唐牺支商议攻城破敌之计。筹划既定,湘、鄂两军合力攻打荆州。湘军负责进攻荆州城东门、北门,鄂军负责进攻荆州城南门、西门。王正雅攻打荆州之时,清军自持城坚兵众,扬言:要想拿下荆州城,除非纸兵(子幽)从天降。王正雅采用疑军制胜战术,便令士兵卸下军装,穿上兰衣裳,头扎兰布包头,手持马刀,肩负长枪,并将士兵分为两队:一队昼伏夜动;一队夜伏昼动。两队不分日夜在城外来回作穿梭式行军,夜间更是在羊身上挷着灯笼,人举火把,击鼓鸣铳,好似千军万马源源而来。城里清兵不明虚实,丧失斗志。王正雅所部将士请下令攻城,王说:“不可。我寡敌众,不宜白天作战,只有夜袭,敌人难以测得我军虚实。”

十月十九日晚上，王正雅下令攻城，在城外置灯火。士兵匍匐到城濠边，举枪射击城上守敌。王正雅亲临战线，站在壕岸督战，飞弹中腿，面无惧色。城里清兵看见荆州城四面被围，多向右都统恒龄乞命，恒龄临危自杀。十月二十日，清将军连魁请比利时传教士马修德出城乞降。

十月二十七日，王正雅率军入城接受清兵投降，清将军连魁、左都统松鹤手捧将军印站立道左迎接。王正雅亲率10人进入荆州将军署，湖北都督黎元洪电请王正雅留守荆州，王正雅荐举鄂军将领唐牺支。王正雅是民国初期湘鄂两省显赫一时的传奇人物，民间故事“王统领打荆州”在湖北荆沙一带广为流传。

整理者：戴楚洲

抗日将领覃子斌血战疆场

覃子斌，大庸县关门岩乡三潭坪村人。1908 年，被清军抓夫，后编入新军。中华民国成立以后，考入云南讲武堂学习。1918 年，参加湘军，历任连长等职。

抗日战争期间，担任国民革命军第 54 军 198 师 594 团团长。1939 年 3 月，198 师参加粤北会战，覃子斌率领 594 团占领高明、鹤山，阻击增援北江的日军，策应第 61 军击溃日军一个师团，占领北江。当日军另一师团假道越北高平进犯滇桂边区之时，覃子斌团在防花洞一带正面阻击日军，相持半载，击败日军。

1943 年，第 54 军编入中国远征军。1944 年 5 月，覃子斌率部随第 54 军参加滇西作战。5 月 10 日，198 师在师长叶佩高率领下，592 团、594 团攻击灰坡日军。该师以 592 团担负主攻任务，经过数天战斗，第 592 团损失惨重，遂由覃子斌率领 594 团替换攻击，渡过怒江。5 月 11 日，594 团攻至日军占据的北斋公房时，覃子斌组建"敢死队"，与日军 56 师团在高黎贡山对决。北斋公房有两座小山，在敌我对峙状态下，覃子斌所部在东，日军在西。覃子斌留下第一营守山，自己率领另一批人前去封锁从马面关到北斋公房的大路。覃子斌带领 592 团官兵向日军据点发起进攻，用炮弹打击日军四周，经过十天苦战，抢先攻破日军右翼阵地，占领北斋公房前哨宝山。后来，日军改变策略，使用五架重机枪、十几架轻机枪同时扫射，使得覃子斌的队伍伤亡惨重。覃子斌在战斗中，腿部受伤，左肩也被子弹击中。但是覃子斌让士兵背着他，坚持指挥作战，向负隅顽抗的日军发动猛烈攻击，攻至山腰。在夺取日军指挥部的激战中，覃子斌负重伤，血流如注。但他仍然不下火线。直至594团打败日军，占领北斋公房。战斗胜利以后，士兵把覃子斌送到兵站救护。中国远征军司令部授覃子斌为陆军少将军衔之时，他终因伤势严重、失血过多，于6月3日以身殉职，为国捐躯。

中国远征军司令卫立煌惊闻覃子斌死讯，特派专车将覃子斌的遗体送回原籍，大庸县政府举行隆重的追悼会，并把其遗体安葬在县城东门外先农坛。播放的抗日电视剧《我的团长我的团》中的团长原型，即为爱国将领覃子斌。

整理者：戴楚洲

本主张奎

张奎是技艺精湛的木匠，人称“鲁班再世”。因他业精绳尺，为白族人修庙建祠、修屋建桥出力很大，深受白族人民尊崇。

张奎住地斋公坪附近有户邻居，家有兄弟九人，个个生得一脸凶相，剽悍勇猛。邻居后园有眼龙泉，年长日久，九兄弟饮其水而鳞化为龙。有一天，张奎在梦中得一老者报信：那九弟兄将要到澧水下河为患。张奎一觉醒来，大汗淋漓。原来，澧水之上有九座他花大量心血建造的桥，方便白族人民来往交通。据说龙是不能出入女人胯下的，所以桥上只要有女人走过的，龙过桥时，桥会不摧而塌。怎么办？孽龙下海，拦是拦不住的。张奎没有周全之计，只得横下狠心。次日一早，他提一把利斧赶向第一座桥头，等候龙来。各族的族长和房头，带人挑着酒、肉为他壮行。说也奇怪，平时滴酒不沾的张奎，竟将各姓挑来的几缸白酒一饮而尽，挑来鸡鸭鱼肉丝毫没动。酒毕，河水变混，汹涌上涨，九条龙卷着波涛奔腾而来。张奎吩咐人将所有的鸡鸭鱼肉倒入水中，游在前面的几条龙闻到腥味，停止前进，大口大口地争吞肉食。张奎趁机挥斧朝龙头斩去，斧起头落，河水都被龙血染红。第九条龙因为年幼贪玩，落在后面。当它游到桥下，才知兄长均遭暗算，自己也将大祸难逃。于是蹿至桥墩之上，回头面对老家，含泪眷望母亲。张奎趁机斩断它的尾巴，小龙仓皇逃生，变成一条桩巴龙。管龙天神张天师悯其孝意可嘉，便未处死，但又怕它作乱，只得压放在洞庭孽龙井内，让它在每年农历五月回桑植县为其母亲祝寿一次。张奎被张天师封为“镇龙将军”，专管孽龙。

张奎因斩龙护桥有功，白族的后人为纪念他，给他塑上神像，奉为本主。现在，白族聚居区祠堂里和所有桥上还供有“镇龙将军”的神像。

讲述者：桑植县官地坪镇黄家台村谷志祥

整理者：贺一举

藩大公

桑植县麦地坪白族乡的钟姓家庙里供奉一个红脸白须的本主菩萨，比较灵验。不论谁家有什么灾难，只要向他烧香许愿，就会消灾，他就是潘大公。

麦地坪原叫“潘家廊”，住的是潘姓人家，有位老者善于医术，人称“潘大公”。有一天，白族始迁祖钟千一云游到此。他见这里四面环山，处处清泉，上有白狮把关、青龙守口，真乃世外桃源。于是，便留下来，和那老者攀谈，甚是投机，结为金兰。钟千一乐其风土，取得老者同意，定居下来。他们相互照应，和睦相处。钟、潘两姓，结为秦晋，犹如一家。人间沧桑，经历了几代人。潘姓烟火绝了，钟姓人丁兴旺。潘姓产业为钟姓所有，潘家廊这个地名演变成为钟姓祖籍地名——麦地坪。

“无巧不成书。”钟姓得到潘家产业以后，开始几年，还很红火。有一年，瘟疫流行，全村人病倒了，死了不少。人们求神拜佛无济于事，正在绝望之时，麦地坪来了一个老者，红脸白须，自言能够起死回生。他见了病人，就从他的葫芦之中取出一颗红丹药给病人吃。药一下肚，病人好转。正当人们要酬谢他时，老人无影无踪。

又有一年，猪、牛遭瘟，死去不少，人们愁眉苦脸，束手无策。正在为难之时，那个老者又来，给每家一瓶净水，洒在牲畜棚内，瘟病止了。人们喜欢得不得了，可是老人又不知去向。

这使大家想起潘大公，有人建议给他塑一影身，奉为本主长期敬祭。为塑影身，木匠师傅带人到木兰洞砍了一蔸古樟，锯成数段，放在水中，木匠咒曰："如哪一筒能够逆流而上，就作为影身宝料。"果然有一筒，似有人拉扯，竟是逆流而上。一个后生不信邪，将它使劲地拖下来。可一松手，树又朝上方游去。如此往返数次，突然树筒发怒，一头横过将那后生打落水中，动弹不得。幸好人多，没有送掉性命。树筒直向上流而去，到目的地而止。巧匠按照红脸老人容貌，雕成影身。装金彩画以后，供奉在本主庙里。从此以后，麦地坪的白族儿女，有了三灾两痛，就去家庙求潘大公。

讲述者：桑植县麦地坪钟会龙

整理者：谷忠诚

马二潭

清代同治年间，皇帝派遣官军征剿桑植县上洞街，土家先民大难当头，组织抵抗队伍“保福军”。保福军成立时有300多人，由一名叫马二的后生率领。这个汉子是客家人，武艺高强，足智多谋。因此，官军进剿几次，都被打败。不久，保福军发展到几千人，力量更大。

坐镇永顺县的指挥官刘雪感到奇怪，一些平民百姓，怎能连胜久经训练的官军？保福军首领马二来历不凡，必须派出暗探查访。原来马二是山西守关大将吴世忠之子，其父因被诬告遇害，诬告者正是刘雪的父亲刘龙，刘家与吴家有世仇，便将吴氏搜杀，斩草除根。当时马二幸遇一侠士救出，隐名换姓卖武糊口，流落到上洞街，与土家姑娘结婚，改名马二。刘雪探得情况，吃了一惊，恨得咬牙，亲自带兵捉拿马二。于是，他挑选一千骑兵、二千步兵，从永顺县出发，直扑上洞街。

当日，保福军在村外跑马场集合，远近百姓扛起锄头抵抗官军。马二将队伍分成三支，埋伏在河渡口边上东、西、南三面坡上，装好滚木、礌石。

第二天，黑压压一大股清兵来到渡口，进入了埋伏圈。刘雪一看，船停在河边，村里的猪牛到处乱跑，以为人被吓跑，于是哈哈大笑：“什么‘包袱军’，连块尿片都不如。快快过河进村，杀个鸡犬不留。”

刘雪正要下马上船，一支冷箭飕地飞来，把他头上帽子射掉。一个清兵喊道：“大人！我们中计了。”话未说完，乱箭飞来，射倒几个清兵。刘雪叫声“不好！”上马回头就跑。骑兵们见主将带头逃命，纷纷拨马回逃。谁知步兵在后听到马嘶人喊，以为双方已经交战，就跑步往前赶。于是，马、步兵迎面对撞，死伤不少。三面山上滚下木头、乱岩，更砸得清兵鬼哭狼嚎，溃不成军。马二见敌军已乱，大吼一声：“冲啊！”带着保福军和百姓杀向官军，钢刀闪闪，锄头飞舞。清兵没命地逃，刘雪逃回永顺一数，兵、马折去大半。刘雪吃了败仗，很久不敢进犯。

这时，抢收季节已到，马二暂时解散队伍，只留下行动队保护。暗探将情况报刘雪，他又生一计：“明的不行来暗的。”刘雪带着一伙清兵化装成老百姓，出了永顺县城。

有天晚上，马二巡哨从对岸回来。那时，为了庆贺打败清兵，老百姓在渡口架了一座桥。马二刚走上桥，冷不防两个黑影从桥下窜出把他抱住。马二知事不好，一个“插地开花”打翻一个，另一个持刀砍来，马二眼明手快，像虎钳抓住对方手腕，兜裆一脚将他踢下桥去。这时，乱箭发来，密如飞蝗。马二身中数箭，倒下了。这箭是躲在树丛的清兵射的。刘雪见马二已倒，立刻传令：“赶快拿来，剁首请功。”清兵们纷纷上前抢首争功。不料马二神智还清醒，挣扎着从地上一跃而起，向桥下潭中跳去。

刘雪命令几个清兵摸黑下河捞尸。保福军行动队发现情况，牛角一吹，村里敲起大锣，百姓高喊“捉贼！”灯笼火把从四面赶来。

刘雪等人无路可走，全被捉拿，一个个像团软泥，瘫在地上。

马二被老百姓悲痛地埋在渡口边的山包上。按照习俗，人们给他做道场，砍了刘雪等人的脑壳，给他祭了英灵。

久而久之，上洞街渡口边的小潭，被人喊作“马二潭”，纪念这位为土家先民献身的客家人。

讲述者：桑植县上洞街乡张艺

整理者：贺一举　余晓华　张明池

八耳锅

相传元朝末年，随州人明玉珍起义以后，土家先民向氏大雅、大元、大亨、大利、大贞、大乾、大坤、大望八兄弟，为了躲避士兵追捕，被迫分散。他们在桑植县龙潭坪把餐具铁锅打成八块，各拿一块，以后相聚之时以铁锅块为记。

元代至正年间，土家祖先向肇荣及其八子向大雅等分守靖安诸土司。元顺帝至正八年，向肇荣为靖安都总管。至正十一年（1351年），向大雅嗣袭靖安隘故壤。慈利县左师堂《向氏族谱》记载："（向）大雅，字宜仁，公兄弟生当元末，举兵勤王。顺帝至正十七年丁酉十二月，随州人明玉珍袭据重庆，进陷成都。蜀中郡县相继降于（明）玉珍，公兄弟不能抗敌，最后亦降。统兵至龙潭坪，铸八耳大锅作炊聚餐……子三：良金、良银、良弼。（向）大望，字景仁，父既逃去，公与从弟（向）廷芳收寨兵，从征湘、汉有功。"后来，"八耳锅"之一向大雅长子向良金迁治至桑植西莲，设衙定居。

讲述者：慈利县甘堰乡白岩村向必权

整理者：戴楚洲

土家庹氏得姓缘由

据永定区《庹氏族谱》记载:土家庹姓源于土家田姓。田姓始祖田承满的后裔田熙及其三子田龙(又名田大)、田虎、田良割据武溪数载。明朝洪武年间,土酋覃垕王首举明初农民起义大旗以后,田大以及田虎参加了起义军,反抗朝廷,反对军屯占田,血战仙人溪。覃垕被杀以后,朝廷通缉土民田虎为"草寇",下令诛其九族。

田虎的九子宗国、宗祖、宗君、宗臣、宗朝、宗官、宗宰、宗相、宗文在朝廷官兵追捕下,东逃西躲,无法生存。他们秘密商议,化装成放排的,顺着澧水而下,逃往他乡。他们拖着木排到达白龙泉,一队官兵气势汹汹地追来。一位官员大声地问道:"放排的人,你们姓甚?"田宗朝大胆地说:"不理他们,我们只管拖!"因为白龙泉水响,官兵没有听清,马上应道:"你们姓庹(拖的谐音字)的庹字怎样写啊?"宗朝随机应变,顺口答道:"我们姓庹的庹字是头戴斗笠,背穿蓑衣,手拿撑篙,挑上二十人拿有量尺。"可是,官员还是不清楚。宗朝接着说:"广字头,廿字腰,尺字腿,不是庹字吗!""你们不姓田,姓庹呀! 你们走!"田宗朝就这样用智慧编造一个象形字瞒天过海,化凶为吉。之后,田宗朝改为庹姓,成为土家庹姓始祖。宗朝死后,被葬在大庸东门外田氏祖茔花园,墓碑正面刻有"庹宗朝",背面刻有"田宗朝"。由"拖"得"庹",即庹宗朝所为。故民间传说,田、庹是一家,两姓不能通婚。庹宗朝之妻杨氏生有四子,分别叫庹赞日、庹赞月、庹赞星、庹赞辰(又叫庹义忠)。庹赞日之子叫庹安佐,庹赞月之子叫庹安俊,庹赞星之子叫庹安美,庹赞辰迁至桑植以后生子庹守株、庹守珍。庹守株后代庹钦、庹麒、庹麟迁到慈利县庹家塔。庹守珍在桑植庹家湾垒土围城有功,被封为千户,并生庹简、庹范二子。故庹氏《创修族谱凡例》载:“澧水流域所辖之庹姓本属田改,又何以不同宗且世代参差不等?盖田虎之变,族人甚繁,时为避祸计,各自逃散流落何地者即为何地之祖。子姓蕃息者,世代自多宗。”

现在,土家族庹姓始祖庹宗朝的后裔分布在永定区合作桥乡、三家馆乡、尹家溪镇、阳湖坪镇、枫香岗乡、沙堤乡和桑植县官地坪镇、芙蓉桥乡以及慈利县零阳镇等乡(镇),保留土家族遗风遗俗。

讲述者:慈利县阳和乡双坪村田运长

整理者:戴楚洲

地方风物传说

张家界地名的来历

张家界原名青岩山，为何后来叫它张家界呢？这事还得从汉代留侯张良说起！

传说汉高祖刘邦平定天下以后，留侯张良想起淮阴侯韩信死前讲的那句话："狡兔死，走狗烹；飞鸟尽，良弓藏；敌国破，谋臣亡。"便想效法当年越国范蠡，隐匿江湖。于是，他就循着赤松子的足迹，登上澧水流域的天门山，之后又前往青岩山。这里别有天地，正是张良寻求的"世外桃源"。从此，张良在这里隐居，留下张氏子孙。为使青岩山更美，张良曾在青岩山南侧种植七棵银杏树，撑在半山腰。

许多年后的一天，永定卫指挥使张万聪乘坐大轿，带着妻室儿女，登上青岩山游玩。当他看到这七棵银杏树，想以这七棵树为界，占据青岩山这块神奇的土地。于是，他请雕刻匠刻了"指挥使张万聪界"七个大字。并且贴出告示，规定以七棵银杏树为界，外人禁止通行。

有一天，土家猎户张家雄上山赶虎，恰从七棵银杏树下路过，他见树上刻有“指挥使张万聪界”七个大字，遂拔出猎刀，将“万聪”二字改成“家雄”，寨里寨外的土家人齐声叫好。张万聪调来300亲兵，把青岩山围得水泄不通。正在危急时刻，银杏树干喷出七股黄水，朝着张万聪的人马射来！霎时，狂涛巨浪把张万聪的300人马卷到金鞭溪去了！这时，云头上有人发下话来：“土民听着：此地本是人间仙境，哪能容得张万聪这个不肖子孙横行！吾已将他葬入海底。此地现归张氏共同所有，世世代代繁衍生息！”说罢，他将拂尘往七棵银杏树上一指，七棵银杏树上现出“人间仙境张家界”七个大字。众人抬头一看，只见那人鹤发童颜，一派仙风道骨。人群中几个懂学问的长者一见大惊：“那不是在青岩山学道的子房公公吗？”众人听了，一齐伏地膜拜。仙人轻甩衣袖，隐入茫茫云海，向黄石寨方向飘去……

因是张良赐名，从此以后，人们就把青岩山叫作“张家界”。

整理者：戴楚洲

黄石寨名称的由来

要讲黄石寨的由来，得从汉代留侯张良说起。张良隐居张家界青岩山后，炼丹修仙。

有一天，山民禀报：武陵郡太守接吕后密诏，要捉拿他。张良听罢，气愤极了，率领山民直奔青岩山最高峰，安营扎寨，誓与武陵郡太守血战到底。几天之后，武陵郡太守领兵三千围攻山寨。张良据险迎战，把守关卡，打得太守将士不敢拢边。官兵攻了四十九天，仍然捉不到张良。太守急了，采用火攻战术。哪知绝壁太高，火攻失败。太守又令封山围困。这一招真厉害，山上粮食吃光了，猪羊杀完了，最后杀牛充饥。

在这危急时刻，张良想起给他赠送兵书的黄石公。于是，他点燃香烛，作揖求师。他拜了三拜，地下冒出一股白烟，烟中腾起一个老头。白烟散尽，老头也不见了，张良不解其意。突然有人跑来报告：山上池里跳出三条鲤鱼，每条有八十多斤重。他跑去一看，果见三条鲤鱼被大伙抬到岸上。眼睛饿得花的徒弟欣喜地说："师傅，弟兄们都饿了，把三条鲤鱼煮来吃了吧！"张良说："不可！"弟兄们问："怎么，这鱼不能吃？"张良说："把这三条鱼甩到崖下去！"饿得奄奄一息的弟兄们恨不得咬几口生鱼吃。张良说甩到崖下，谁也不敢违抗，只好抬起三条活鱼朝悬崖走去，把鱼甩下去。鲜鱼落在崖下，吓得围守的士兵飞报太守。太守赶来一看，挥手说道："别围了，撤兵。”官兵们惊奇地问：“怎么不围了？”太守失望地说：“寨上还有八十斤重的鲤鱼，能困死人家吗？”

崖上防卫的人见太守的兵马撤了，立即禀报张良。张良高兴地说：“你们不知道，是我的师傅黄石公赐的天鱼，救了我们！”这时，兄弟们才恍然大悟，佩服张良的大智大谋。从此，青岩山人又过上安居乐业的日子。张良为纪念他的黄石师傅，便把这座山寨取名黄石寨。

整理者：戴楚洲

张良墓的传说

张良是汉代的开国功臣,是著名的军事家。张良流亡到下邳时,遇到黄石公,得了《太公兵法》。他用这本兵书给刘邦出谋划策,夺取江山。汉朝建立以后,汉高祖封他为留侯。

张良善察未来之事,知刘邦和吕后只能同苦,不可共甘,必杀功臣。他想留侯也留不得了,便辞去了官职,从此,遍游各地名山,寻访隐居佳境。《史记·留侯世家》曾载:“愿弃人间事,欲从赤松子游。”于是,他沿着赤松子足迹,游到了南方的天门山、青岩山等地。清代《道光永定县志》记载:“汉留侯张良墓在青岩山(即今张家界)。(张)良得黄石公书后……从赤松子游,邑中天门、青岩各山多存遗迹。”张良游到水绕四门时,马竟止步不前。张良下马观望,但见三水汇一水,四方有溪流,溪水两畔皆是奇峰秀林。张良遂在此结庐而居,并命名为“止马塌”。

张良死后,就葬在水绕四门的杨柳岩下。吕后闻讯,非要寻到墓冢不可。谁知诏令一下,天下居然出现了百座张良墓。但据武陵郡乔太守密报,张良真墓在武陵郡青岩山,于是演出了一场挖墓与护墓的故事。最后,张良墓因防人盗挖,变得隐隐约约。因此,清代《道光永定县志》记载:“张良,相传从赤松子游,有墓在青岩山,时隐时现。”

至今,张家界风景区的土家老人张清华、张自明等人均能背诵张良隐居张家界的诗句："太平原是将军定，不许将军见太平；痴人贪禄刀上死，直上林泉隐姓名。"1984年，民俗学家龙炳文来张家界考证后，认为"汉留侯张良墓在水绕四门西北角杨柳岩下"。龙炳文赋诗佐证："踏遍青山寻古人，水绕四门得佳城；香炉岩上旧土堡，汉代留侯张良坟。"

整理者：戴楚洲

夫妻岩

张家界森林公园田家台对面有两座山峰，一个像男，一个像女，有眼睛，有鼻子，身靠着身，永不分离。相传这是山荷花与田花郎结合而成的。

很早以前的一年春天，张家界百花竞艳。张家界百花王见花事兴旺，邀集百花到溪峪开百花会。其中山荷花趁众姐妹玩耍之际，变成村姑来到凡间。山荷花先游金鞭溪，后观黄石寨，在田家台看到了养蜂人田花郎。他头缠青布帕，身穿对襟衣，确是一个强壮的土家汉子！“请问这位大哥，此地有无清泉？我到张家界已有两天，口渴得很啦！”山荷花试探着说。“有茶，有茶，如果不嫌寒酸，请小妹进屋用茶。”田花郎遂递一碗蜜茶。“这里的茶真香。”山荷花喝完茶，就帮田花郎打扫蜂箱。“我们养蜂人家粗工重活，哪要小妹动手。”田花郎等山荷花转过身来，发现这个妹子长得非常美丽，“请问小妹芳名……”田花郎话一出口，只觉脸上发烧。“俺叫荷香……”山荷花羞赧地答道。田花郎又从花讲到酿蜜，惹得荷香羡慕不已。她爱田花郎美好的人间生活，于是向他倾诉衷肠。田花郎觉得这个妹子实在，有了这个伴侣，可把张家界的沟沟壑壑养上蜜蜂，让天下人尝到张家界的百花蜜！不久，二人对花跪拜，定下了姻缘。

田老爹看到儿子找了一个天仙般的媳妇，自然喜欢。第二天，按照土家人习俗举办婚礼。他们请来了亲朋好友，摆设了宴席，吹唢呐，吹木叶，拜天地，拜祖宗，夫妻对拜。正要进入洞房，突然闯进了一群官兵，为首的零阳县令开口就骂："大胆刁民！武陵王派你们修建行宫，你们拒不应征。聚集此地寻欢作乐。这还了得！给我一齐拿下！"官兵抓走了年轻力壮的山民，田花郎也被抓走了。荷香见丈夫被抓，泣不成声。哭到半夜，她来到了武陵王宫殿里。从正堂到后堂，找了几遍，不见丈夫身影。后来，在离正堂一里多路的洞边发现丈夫在那里修后宫。荷香吹了一口仙气，飘到田花郎耳边："花郎，半夜子时，请你在此等候，我用挑花手巾接你。"花郎等到半夜子时，空中飘来一条挑花手巾。花郎一见，坐了上去，又呼民夫爬上花巾，如梦一般飞上天空。不一会儿，花巾飞到了张家界，荷香早已等候在屋门口。

再说武陵王见民夫失踪，气得暴跳如雷。他请木天师求神，才知道是荷仙法术所致。木天师受武陵王之托，向百花王告了一状，说山荷花与凡人结婚，还干出欺辱人间王侯的事来。百花王一听，令"一支箭花"去擒拿。有一天，山荷花与田花郎正在琵琶溪畔放蜂。忽然，成群结队的蜜蜂四处乱飞。原来从溪边百花丛中长出一支箭花，向四处扩散毒气，不少蜜蜂当即死亡。田花郎又气又急，正要挥刀去砍，不料刚迈几步，就昏倒了。山荷花脸变色了，她晓得是花王派一支箭花捉她来了，就请他开恩。一支箭花喝令："花王有旨，命你返回花国。若有迟延，重罚不饶！"山荷花苦苦哀求："花哥，劳你转禀花王：荷花下凡，见张家界风光如画，便与田花郎结下了姻缘。荷花宁愿受罚，也不回花国。"一支箭花见山荷花宁死不从,只好复禀花王。花王又令一支箭花带着神兵,二次捉拿。再说山荷花救活田花郎,准备上田家台,不料一支箭花追了上来。众神兵围住山荷花,开弓射箭。花王带着金花、银花在望郎峰观阵,见山荷花痴恋凡尘,就抛下一粒“定山丹”,并说:“至死不肯回头的妖精,我让你变成石头,看那田花郎还爱你不?”说罢,就把山荷花定在田家台对面山冈上。

山荷花变成石山后,田花郎抱着石山哭喊苍天。花王娘娘听了,发了慈悲之心,她说:“精诚所至,金石为开,就让田花郎与山荷花团聚吧!”花王抛下一颗“定山丹”,使田花郎化成一座石山,依偎在山荷花身边。后来,土家人为了纪念山荷花与田花郎忠贞的爱情,就把这两座山峰叫作“夫妻峰”。

整理者:戴楚洲

望郎峰的传说

“望郎峰”是张家界森林公园的著名景点，高高的石峰上耸立着一块石头，好像一位翘首东望的村姑。

传说，琵琶溪边有户人家的独女叫郑妹。郑妹从小剪花，手艺很高。郑妹长大以后，爱上了放牛娃覃保元。成亲那天，郑妹剪了一张夫妻头挨头、肩并肩的人儿相，贴在床头上。有一天，老屋场的张少爷偷走了郑妹床头上的人儿相，呈送皇上，并说覃保元是叛逆的后代，请求朝廷派人前去治罪。皇帝看了人儿相，派遣张将军带领士兵去了张家界，抢走了郑妹。三天三夜后，船行到洞庭湖，巨浪把船掀翻了。郑妹落水后，被渔翁救了起来。

一个月后，郑妹回到张家界找保元。回家一看，茅屋空空的。她找到黄石寨，大喊“保元哥”。听到喊声，东家大婶告诉她：“朝廷抓保元守边城去了。”郑妹只能在大婶家里住了下来。每天天亮后，郑妹就爬到对面山上，朝着丈夫远去的方向望啊，望啊……

有一天，一个从边城回来的人告诉郑妹：“保元战死在边城了。”郑妹听后，痛哭流涕。但她仍然站在山峰上远望前方。就这样，不知望了多少年。郑妹把对面石壁都望穿了，自己也变成了石头人，日日夜夜站在峰尖上。后来，人们便把那座石峰叫作“望郎峰”。

整理者：戴楚洲

西海的传说

传说很早以前，索溪峪有个后生，因他出生时，头上长满癞子，又是排行第四，所以，远近的人都叫他“癞子四儿”。

癞子四儿七岁死娘，八岁亡爹，满脑壳的癞子又脏又臭，一些爱干净的人不愿和他交朋友，就连同胞姊妹也不把他当亲人看。要不是上了年纪的老人把他拉扯大，说不定早就不在人世了。

说也奇怪，一日三，三日九，癞子四儿到十八岁。有天夜里，他梦见一个白胡子老头儿笑眯眯地对他说：“要想不长癞子壳，快到西海洗脑壳；洗掉癞子壳，讨上乖老婆。”一觉醒来，他就想：不管有没有白胡子老头儿，我先去西海洗洗脑壳再说。

第二天，天还没亮，癞子四儿拿了一条手巾，前往西海。翻过七十二座山，走过七十二条河，终于走到西海。他二话没说，跳下西海就洗，把脑壳上的癞子抓了又抓，撕了又撕，抓得头破血流，不剩一个癞子壳，他才洗去血水，把脑壳用手巾裹住回家。他一进家门，就觉得全身发冷，没吃夜饭蒙起脑壳就睡了。等他一觉醒来，揭下脑壳上的手巾一看，手巾上没沾一滴血，脑壳上不疼不痒。开门一看，快到中午，赶快烧火煮饭，准备上工。等他揭开锅盖一看，锅里煮着香喷喷的米饭，还有鸡鸭鱼肉。癞子四儿从没尝过鸡鸭鱼肉是什么味呢！心里想，嘴巴馋，拿起筷子，吃得打饱嗝。

饭虽吃了，谜团可没解开。这天，他在地里干活，心想早上有人煮饭，晚上还得自己煮。早点放工，回家煮饭。于是，他朝家里走去。推门一看，吓他一跳。一个女子正在为他煮饭炒菜，神态像个仙女。那女子见癞子四儿进来，笑着对他说："四哥，没经你允许，奴家就在你家住下，不好意思。"癞子四儿惊奇地问道："你是谁家的丫头，跑到我屋里煮饭。若是你家爹妈知道了，叫我怎么交差？"那女子笑着说："奴家是西海龙王的公主。前天，我的父王变成白胡子老头儿，不是已经告诉你了吗？所以，你昨天去西海洗脑壳，我就陪着你来了！昨晚我还陪你睡了一晚！"癞子四儿听后，大吃一惊。他接口说："只是我家贫穷，我又是癞子，和你不相配，你会后悔的。"公主拉着他的手说："四哥，不要这样说。我先治好你脑壳上的癞子，今晚就与你拜堂成亲，好吗？"说完，她甜甜一笑。公主取出嘴里的夜明珠，对着他脑壳一照，只见宝光四射，脑壳上立即成了光秃秃的一片。她又用神发一扫，秃顶上立即长满黑发。这时，癞子四儿高兴地快发疯了。高声叫道："我有头发了，我不是癞子了。"他把公主高高地举在他的脑壳顶上，生怕她跑了！两人欢天喜地，拜了天地，结成夫妻。

此后，西海龙王因思念公主，最后命归西天。龙王死后，西海的水干枯了，剩下一片山峰，美丽极了，这就是如今的西海景区。

癞子四儿和公主朝夕相伴，夫妻恩爱。他俩耕田种地，纺纱织布，生儿育女，传了一代又一代，到如今不知传了多少代。据说，索溪峪的许多人都是他俩的后人！

讲述者：武陵源区索溪峪袁桃然

整理者：陈　琳

自生桥

在索溪峪的猴子坡那边，有座自生岩桥，这座桥是怎么来的呢？

很久以前，向王天子带兵造反。在一个夹沟里同官兵打了九十九仗，向王仗仗得胜。打一百仗时，官兵越来越多，向王只好带兵后退。退到一座高山上时，他骑的马高喊大叫，不肯走了。向王一看，只见前面有条又深又宽的沟，马不得过去。又见后面的追兵越来越近，向王对天高喊："天亡我也。"在拔剑自刎时，天上飘下一位美丽的仙女，抢过向王的宝剑，并对向王说："大王何必这样自暴自弃，小女助你架桥就是。"只见她解开腰间的彩带轻轻地向对岸一抛，那条彩带落到对面山尖上，一架自生桥便搭成了。仙女指着天桥，请向王官兵过桥，向王非常感谢，对仙女说："多谢仙女救命之恩。"说后，领兵朝神堂湾而去。

后来，人们就叫这座桥为"自生桥"。现在，也有人叫它"仙女桥"。

讲述者：武陵源区索溪峪胡升铸

整理者：陈　琳

三女峰

很久以前，索溪峪的“南天门”半山腰的石洞里，有个凶恶的山寨王，经常下山干坏事。有一天，他带着喽啰打算下山作恶。忽然，看到对门山上站着三个漂亮姑娘。山寨王看痴就想了坏主意。

第二天，山寨王带着喽啰到对门山上去找那三个姑娘。找了半天，终于找到一个雾气蒙住的山洞，洞口坐个童儿。山寨王对童儿说：“小家伙，忙去告诉你家小姐，就说大王接亲来了，叫三位姑娘出来与我完婚。”童儿吓得跑进洞，三个姑娘听说寨王抢亲来了，穿上铠甲，拿起钢刀，一齐出洞应战。山寨王一见三个姑娘，嘻皮笑脸地先去抱三姑娘。三姑娘不等山寨王挨近身子，一刀砍去，山寨王身子一闪就躲开哒。大姑娘、二姑娘看到山寨王欺负妹妹，围住山寨王就砍。山寨王见美人得不到手，就起了杀人之心。他右手用戟挡住大姑娘和二姑娘，左手挥拳把三姑娘打死哒。可是，三姑娘身子不倒，拳头紧捏，圆睁双眼看着山寨王。大姑娘、二姑娘想为妹妹报仇，越战越勇。山寨王招架不住，边打边退，退回自己的山洞中，紧闭洞门。大姑娘飞起一脚，踢开洞门，只看到一团青烟从洞里冒出来，山寨王不见了。大姑娘、二姑娘来到妹妹惨死的地方，望着山寨王的山洞，等待时机为妹妹报仇。一日三，三日九，三姊妹变成了石峰，这就是如今的“三女峰（又名三姊妹峰）”。

讲述者：武陵源区索溪峪吴愈岩

整理者：陈　琳

百丈峡

明清时期,索溪峪百丈峡就已成为九溪卫通永定卫的军事关隘,文武官员早就陶醉于索溪峪风景,纷纷题诗刻字,撰文赞美。明代《弘治岳州府志》最早描绘百丈峡美景:“百丈崖,一名百丈峡,在(慈利)县西一百六十里,九溪卫西南七十里。山崖对峙,高逾百丈。中有小峡,长三十里。流泉峻急,古木槎枒。”明代《隆庆岳州府志》曾载:“百丈峡乃天下奇观,县西百六十里。石崖对峙,中有小峡”。清代《同治直隶澧州志》亦载:“百丈峡……流泉峻急,古木槎枒,鱼鸟浮波,猿猱挂壁,石高千仞,视天光如一线。所镌‘百丈峡’三字,非飞挽不能到,最为奇观。”因为百丈峡开发较早,留下较多的文物古迹和诗文碑刻,如插旗峪、接火桥、系马桩、王玺岩、镇江寺和明代石刻等。

传说土家向王率兵在百丈峡与官军打过百仗,故又名百仗峡,实无史料依据。但是,土家族覃垕王在百丈峡打过仗确有史料记载:明朝初年,朱元璋称帝后,推行民族压迫政策,导致少数民族反抗。慈利安抚使覃垕首举起义大旗,揭开了明初农民起义的序幕。明太祖派遣江夏周德兴率兵数万前来镇压,并且任用九溪卫添平所千户覃添顺为先锋,攻打索溪峪百丈峡。清代《同治石门县志》曾载:覃添顺“调取夹攻覃垕、田大于永定百丈峡。”清代《光绪永定县乡土志》记载:覃添顺“明洪武初,授添平所正千户,封武德将军。

四年，慈利土酋覃垕叛，随周德兴助战于百丈峡……妻易氏，善剑术，助添顺征覃垕有功"。据说覃添顺的第四个妻子易淑贞是千总易江坪的女儿，娴韬略，善剑术。洪武四年(1371 年)，易淑贞率兵随丈夫覃添顺助征覃垕王于百丈峡。易淑贞一边让褡裢中的婴儿吃奶，一边舞着宝剑杀出阵来。覃垕王派出战将田大率兵 20 多人前去迎战。谁知这批将士从未见过如此硕大的奶子，都目不转睛地望着那丰满坚挺的乳房。不料，都被易淑贞用剑刺死。覃垕王见势不妙，速令其余将士退出百丈峡。易淑贞因为参战立功，被朝廷敕封为褡奶夫人。因此，《光裕堂覃氏族谱》记载了这件逸事。

整理者：戴楚洲

宝峰山

宝峰山坐落在宝峰湖风景区的西岸，是索溪峪最美的山峰。宝峰山海拔1212米，四周绝壁如同刀削斧劈一般，整个山峰就像一座巨大的石柱从天而降。宝峰山三面悬崖万丈，仅有一径通向峰顶。登上山巅鸟瞰，可望四周景点。灵芝岩、凤鸡岩、玉玺岩，诸岩层列；鹞子山、鹰窝寨、画眉寨，众山拱拜。宝峰山又名宝凤山，自古以来就是有名的风景名胜。始建于宋代的宝峰寺共有三间禅房，其中，正殿雕梁画栋，构造精巧，门匾上"宝凤仙山"四个大字闯眼突兀，内供释迦牟尼佛像，寺庙残碑记载："宝峰仙山乃铁祥祖师刁圭旨成神灵芝山也。"寺庙左侧有一石凤，面西而卧，回首东望，凤冠高峙，巧嘴微张，俏翅紧收，翎尾稍扬，惟妙惟肖，令人瞠目结舌。相传不知哪朝哪代，有凤凰、鹞子、鹦鹉三鸟飞到这里，饱览了湖光山色后，互相格斗起来，互不相让，最后凤凰赶起了鹞子和鹦鹉，夺取了山巅。从此留下了"宝凤夺窝"的传说，此山得名为宝凤山。到了明朝末年，宝凤山又传出"宝凤夺窝"的新故事。不过，争夺的双方不是鸟而是人。

相传明朝末年，从湖北窜来一伙强人，占据了宝凤山。其头目丁黑不知糟蹋了多少良家女子，百姓对他恨之入骨。有一天，丁黑的保镖李稻磙听说山下来了个卖艺的女子凤姑，长得天姿国色。他想抢个头筹，便带着一伙喽啰下山去了。村里确有一个姑娘正在卖艺。倾城美貌，名不虚传。他几步跨到姑娘面前，一把抱住姑娘，就要亲嘴。那位姑娘顺势来个“单膝顶腹”，李稻磙跌倒在地，只好带着喽啰逃回山寨去了。李稻磙爬上山寨以后，速向丁黑说道：“山下有个卖艺女郎，有沉鱼落雁之容。她说谁能打赢她，就嫁给谁。”丁黑听到这一美事，立即带领一伙喽啰飞奔下山。丁黑远远望见那位美女，就迫不及待地喊道：“姑娘，随我上山寨快活去吧！”凤姑不再推辞，跟随丁黑上山去了。刚到山顶时，树林中飞出一支暗箭正中丁黑咽喉。忽然，只见李稻磙跳到凤姑身边说：“姑娘，随我进寨成亲去吧！”说着便要动手动脚。凤姑忙说：“我是良家女子，要成亲也要举行婚礼。”因此，李稻磙吩咐喽啰大摆筵席，凤姑趁机劝李稻磙喝了八大碗酒。李稻磙喝醉后，伸出双手向凤姑扑来。凤姑见时机已到，抽出腰间挎刀，朝李稻磙砍去，削掉了一只耳朵，鲜血直流。丁黑的心腹们想替主子报仇，趁机把李稻磙砍成了肉酱。李稻磙的喽啰们也不甘休，因此，双方混战起来。刹那间，山寨里刀光剑影，尸首遍地，剩下的几个人被凤姑收拾了。凤姑扫平盗贼以后，夺回了宝凤山。从此以后，百姓安居乐业。

几百年过去了，这个“宝凤夺窝”的故事不仅还在索溪峪风景区流传，而且传得越来越生动。

整理者：戴楚洲

天子山的将军岩

元末明初，土家人向大坤在索溪峪一带聚众起义，自称向王天子。不久，朝廷派了中山侯汤和、江夏侯周德兴、颍川侯傅友德及杨璟、胡海征讨，谓之五侯征南。

向王天子亲自督兵在插旗峪、百丈峡、锣鼓塔、天子洲等地迎战。他的辅佐黄龙真人率领48员战将、810个峒兵与官兵在桑植县泗南峪决战。为使弟兄们听从指挥，黄龙真人把一支令箭插在一座岩上，“插箭为战，箭收战停”。由于官兵众多，义兵战败，黄龙真人不愿收箭，也不拿走帽子，让它留在那里，这就是有名的“箭杆岩”“真人帽”。

黄龙真人躲在黄龙洞里，每天与官兵作战。东海龙王知道了这个义举，给黄龙真人送一个“宝葫芦”。黄龙真人得了“宝葫芦”，坐镇黄龙洞，摇动鹅毛扇子。只见一股烈火喷了出来，照得天地通红，810多个峒兵和48员战将跃入空中，变成了一座座石峰立在那里。再一扇，又见“宝葫芦”喷出泉水，霎时山峪里掀起巨浪，把数以万计的官兵吞没。

现在，泗南峪一带有数万个被金泉染黄了的石头，传说就是当年官兵的遗体变的，而那上千个石柱、石峰都是土家将士的英姿。在那众多的石柱、石峰中，48座形似武将的岩峰就是48员战将的化身，也就是天子山上有名的“48小将军岩”。

箭杆岩在48小将军岩中间,直矗空中。传说黄龙真人灭了官兵,进入了神堂湾,挺立在黄龙泉风景区的入口处。“将军岩”便是黄龙真人的化身。

整理者:戴楚洲

天子山的仙人桥

传说在明朝初期时，土家起义首领向大坤在百丈峡战败后，把义兵分作三路。一路由辅佐黄龙真人带领48员小将和3 000名峒兵向泗南峪撤；另一路由向大坤和夫人带领48员大将和3 000名峒兵从索溪峪往神堂湾撤；第三路由金花小姐和陈祥将军带领着3 000峒兵保护伤病员，朝天子峰下的猴子坡撤。

第三路兵来到天子洞里，一道峡谷阻挡了去路。在前无去路、后有追兵的情况下，峒兵们急得团团转。陈祥带兵前去抗敌，金花小姐在后面照顾伤员。由于连日拼杀，她和将士们打起盹来。睡梦中，一个手持利剑的黑脸将军对金花小姐说："你一个年纪轻轻的武将不去奋勇杀敌，却在这里睡大觉，让将士们遭官兵杀戮，留你何用。"说完挥动利剑朝金花小姐猛劈下来。

金花小姐醒后揉揉睡眼，前面那座被黑脸将军用利剑从峰顶劈下的巨石正好搭在两座石峰之间，万丈深渊上架起了一座石桥。回头一看，黑脸将军的那把长剑正在身边闪闪发光哩！金花小姐立即叫将士扶着伤员从桥上撤走，自己拾起长剑朝蜂拥而来的官兵杀过去。长剑到处，人头落地。长剑又从金花小姐手中挣出，变成一条白蟒，白蟒的鳞甲变成了无数小蟒。大蟒带着小蟒，组成了一支白蟒队伍，向敌兵冲去，吓得敌人抱头鼠窜，跌下深谷。

传说仙人桥西边观景台上亭亭玉立的少女石就是金花小姐，山下那条泛着粼光的溪水是黑脸将军的长剑变成的白蟒。黑脸将军用利剑劈下的巨石搭成的仙人桥一直留到现在。

整理者:戴楚洲

大庸县半边街的来历

大庸县老城区有条半边街,为什么只有半边呢?

说是宋朝年间,官家坪莫家岗出了个才子叫莫稽,又叫莫书奇。他生得头是头,脸是脸,聪明伶俐,一肚才华。那年,正逢皇上科考,莫书奇辞别父老进京赶考,他的未婚妻也赶来送行。这天早晨,莫书奇一开中门,笼中的鸡母娘忽地朝他啼叫三声,声音和鸡公一样。家里人觉得兆头不好,莫书奇随口“圆”了一句:“公鸡不啼母鸡啼,单单点个莫书奇。”大家认为圆得好,才放下心来,莫书奇上路哒。

到达京城一考,诗词曲赋都要得,皇上御笔一挥,就点莫书奇做头名状元。莫书奇穿起官服进宫,皇帝一看,哦嗬!英俊的后生!就要招他做驸马公。莫书奇一听,急得连连摆手,立即说:“皇上,我家里已经有未婚妻,搞不得呀!”皇上说:“呃呀,区区一个民女,算什么,毁了八字算哒!”莫书奇莫奈何,只好跟公主拜堂成亲。

完婚那夜,莫书奇好恼火哟。他痴呆呆坐在灯前,思念家乡的未婚妻。说起那未婚妻,虽是民家村女,却也生得端端正正。

她和书奇青梅竹马,一起读书习文,通晓琴棋书画,一唱一和,恩爱得不得了。那女子本想一起赴考,无奈是女流之辈,哪么搞得!书奇临走之时,村女再三叮嘱:高中之后,早点送信,接她上京。若是落第,速速归乡,早缔良缘。哪想到而今空负她一片心意!

坐到三更,公主等急了,催他早点圆房。莫书奇叹口气,只好这么做了。可是他一上床，忽然发现这个公主不是黄花闺女，肚里有了毛毛！原来莫书奇是祖传名医，给人看病，只看一眼就晓得了。他吓傻哒，皇帝女儿偷野老公，不讲不得了，讲哒又了不得，只好痴痴蒙蒙地守着蜡烛过夜。

公主见驸马不圆房，就撒起泼来。消息传出，皇上好奇，就找莫书奇是问：莫书奇忍不住，牙一咬，把公主的丑事从根从底揭了。皇上一听，怒火冲天，威胁他说："姓莫的，你血口喷人，污蔑皇家，我要办你的死罪！"莫书奇就说："皇上，我若有半点虚言，你灭我九族！"皇上又说："那好，将公主剖腹。若有，赦你无罪；没有，诛灭九族！"莫书奇也说："要得！"

当下，叫来太医，果然取出未熟胎儿，皇上气得只差吐血。可是"君无戏言"，只好赦莫书奇无罪，还赐给他一面"天下第一"的锦旗，并且恩准告假省亲，与家乡村女完婚。

莫书奇走到半路，突然被一帮捕快拦住，说是追捕叛贼逆臣，抢下箱担，查出那面锦旗："你称'天下第一'，那皇上又是天下第几？"莫书奇有冤无处申，仰头对天哭道："天啦！我莫书奇早晓得有今日，何必求取功名！"

捕快乱刀砍来，莫书奇死在路边。

按照朝廷规矩，哪个地方出了状元，就在哪个县城修条十字街，表示嘉奖。大庸城十字街刚修一半，因为莫书奇被误认为是叛臣，朝廷降下密旨，不修哒。从此以后，大庸城就留下这条"半边街"。

讲述者：永定区田园生

整理者：金克剑

白羊古刹的传说

中国有两座普光寺，一座在南京市，一座在湖南省永定区。因为永定区有座普光寺，故被称为“小南京”。相传在600多年前，永定区普光寺所在地早先叫“白羊山”，古木参天，森林繁茂。明代永乐年间，永定卫指挥使雍简带着几个随从进入白羊山打猎，看见一群白羊戏耍。雍简感到奇怪，拍马追赶，不料那群白羊忽然钻入洞口土里。雍简立即命人就地挖掘，竟然挖出一个罐子，罐子里面装满银子。雍简发了大财，十分高兴。就在这年，永定卫指挥使雍简利用这些银子，主持修建寺庙。雍简把这件事上奏朝廷，永乐皇帝大悦，即用御笔题写“普光寺”三个字。至清代雍正年间，协镇使史成云又扩建普光寺。

后来，一些官宦豪绅借此风水宝地，纷纷仿效，先后在这一带修建文昌祠、武庙、城隍庙和嵩梁书院等具有地方建筑风格的建筑，统称为“白羊古刹”。“刹”是梵文音译，指佛寺、佛塔。有《竹枝词》云：“白羊古寺傍山开，永乐丰碑翳绿台。岁岁花朝佳节届，钗光鬓影似云来。”江南名刹普光寺属于白羊古刹古建筑群的组成部分，普光寺的和尚属于禅宗临济派。1959年，普光寺古建筑群被湖南省人民政府列为省级文物保护单位，成为宗教文化旅游景观。

整理者：戴楚洲

玉皇洞的传说

清代乾隆年间，一个阴阳先生从永顺赶来一匹金马，进了龙盘岗土家人李京开屋里。阴阳先生说："东家，我有匹马进了你的屋里，让我找找。"李京开听说有匹马进了屋，就帮忙找。找来找去，连个影子都没有。阴阳先生叹口气后说："东家，这是我从永顺赶来的金马。哪晓得进了你的屋，看来这财是你的。不过这金马是财也是祸，只能修善积德，不能买田置地。"阴阳先生一走，李京开就听到屋里有马嘶叫。跑过去一看，满屋金灿灿的，哪有什么马呢，却是一堆金子！

李京开得了这么多金子，喜癫哒。他想起阴阳先生的话，马上请人修山道，修桥梁，可是这些金子还只用去一点。他就另打主意，把菩萨雕在石洞里。乾隆六十年，他修的第一石窟是峰泉洞，匠人在里面雕刻玉帝、石兽。接着，又在麻岔山 8 个石洞雕刻帝王圣贤、仙佛野兽像。按天上、人间、地狱三层，分别取名叫"雷电洞""狮子洞""毫笔洞""墨池洞""虎龙洞""孔圣洞""因果洞""玉金洞"。这 9 个洞统称为"玉皇洞"。

李京开修完 9 个石洞，金子也花得差不多了，就为自己塑了个像，上面刻了块"不亦乐乎"的匾。后来，打渔鼓的艺人唱道："十三都有个李京开，家大豪富一员外；妻不贤来子不孝，拿起金钱去修庙……"

整理者：戴楚洲

杜子补天门眼

天门山早先没有那个天门眼。有一年,仙人溪出了一只鸡公精,几爪子把天门山抓了一个大眼。打这以后,大庸县多灾多难,百姓讨的讨米,逃的逃荒,好不作孽。

有一天,赤松子给百姓托了一个梦:要想过好日子,就要堵天门山上的那个眼,莫让脉气跑哒。是这个道理呀!就是没人敢干。

天门山下有个叫杜子的听了,想去试试。可一个人怎么塞得到呢?半夜,一个白胡子老头儿给他报梦,讲:“你要想塞那天门眼,就去麻空山挖两坨岩头。”大清早,杜子上麻空山,用根木棒在半山壁撬脱两坨岩头,咕噜咕噜滚到山脚,变成两坨泥巴。他用撮箕挑起快走,一个放牛娃儿问:“你挑两坨泥巴干什么?”

“补天门眼。”“你讲天话!”

杜子挑起泥巴又走,见一个老婆婆在澧水河边濯衣,就上前讨封赠:“老婆婆,你看我这两坨泥巴塞得到天门眼不?”“你是沙蚊子扯哈欠。用它塞天门眼?塞牛屁眼还差不多!”

杜子怏怏地回到屋里,愁得没办法。倒在床上睡觉,白胡子老头儿又来哒。他讲只要心诚,怎么塞不到天门眼?要去,就一定要赶早,等不到天亮的。杜子一觉醒来,急忙挑起泥巴赶往天门山。天门山坡好陡,没有道路。杜子一边走一边用手抠墩子,总共抠了三百六十个墩子,才爬到天门眼边。

他先塞一坨泥巴，那泥巴一放上去，就长三十丈高。他又把第二坨泥巴往上塞，哪晓得仙人溪那个鸡公精飞来哒。“咯咯儿——”一声叫，把太阳神喊醒哒。天亮之时，仙机泄露。塞上去的泥巴坨哗哗落下，杜子跟着滚下去哒。

两坨泥巴滚呀滚地，一滚滚到澧水边上，变成两座岩山。后人叫它们“杜子岩”和“红壁岩”，讲杜子岩是杜子变的，红壁岩是杜子的血染的。

后来，赤松子识破鸡公精提前报晓的诡计，一状告到天上。天神判它泄露天机罪，把它点化成石，而今仙人溪就还有一座鸡公山。

讲述者：永定区枫香岗乡童家峪村丁道玉

整理者：金克剑

麦地坪的狮子岩

钟家始迁祖钟千一初到麦地坪之时，看到这个地方土地平展，一片野草，荒凉得很！走了一天累哒，就在山脚岩罩罩下歇息。做了个梦，看见一匹狮子来到身前，讲道："主人家啊，你们就在这儿落脚，这地方好哩：上下狮象把水口，两边山五龙盘旋，清清流水四处绕。今后有什么难处，只讲一声，我就会来！"钟千一醒来，心想这座岩山不正像匹活蹦乱跳的狮子吗？钟家就在麦地坪安居了。每逢初一、十五，他都拿着香纸、食物，前往狮子岩敬奉。

有一天，钟千一听到屋后鸡叫。赶去一看，一条大蛇在咬鸡。他拾起一石头，朝蛇颈砸，正中七寸，弹几下断气了。哪个晓得惹祸了。晚上，几百条蛇叽叽咕咕把钟千一的房屋围住。有的已经进屋，一家人吓恼火："我的爹呀！我的个妈呀！怎么得了！"钟千一赶忙念道："狮子！我家有难，快来搭救！"果然，一阵风起，狮子来到屋边大吼一声，众蛇吓僵。狮子对蛇讲道："你们爷爷偷吃人家的鸡，不是无缘无故被害的。不能报仇，叫钟家人掩埋就是。快快转去！"古怪哩，众蛇不声不响地散了。

又有一年，钟千一养了鸡、鸭、鹅、狗、猪、牛、羊一大群。一群豺狼在冬天找不到吃的，来到钟家屋边，见鸡拖鸡，见狗咬狗。婆娘、儿女被吓哭，钟千一赶快念道："狮子！我家有难，快来搭救！"狮子来到屋边，大吼一声，豺狼被吓，不敢再动。狮子对豺狼讲道："人家喂了一些畜禽，你们强抢偷吃。哪个下次再来，我要把它的骨头嚼碎。”豺狼扯起腿子就跑。

再有一年，野猪很多，糟蹋地里种的五谷，又吃又拱。钟千一每天晚上去守，烧烟火、打铜锣、甩飞棒、放套子，用尽法子。东边撵走，西边又来；守得南边，顾不到北边。钟千一又请狮子：“狮子！我家有难，快来搭救！”

狮子来到地里，连吼三声。地里野猪吓得如筛糠，狮子对野猪说道：“你们不到山坡找食吃，跑到地里来吃五谷。你们糟蹋五谷，人吃什么？你们再和人争食，我就扒你们的皮，吃你们的肉。”野猪勾起脑壳说：“以后再不敢了。”

讲述者：桑植麦地坪乡麦地坪村钟以平

整理者：李康学　刘黎光

马合口的回音坪

白族三大姓之一的谷姓始迁祖谷均万初到桑植廖坪之时，只见小河旁边的草坪里，一棵棵高大的古树上栖息着无数的鸟儿。草坪依山傍水，草木茂盛，土质肥沃。谷均万想问神灵，可是没带香烛。他只身站在鱼龟山脚的坪地，面对荒野默默祈祷说："神灵啊，这地方到底好不好？让我开口问你几句。如果是好，你就回声答应！"如此祈愿完毕，他大喊道："这里好不好？"话音刚出，空旷的荒野竟人有人回声："这里好不好？"

谷均万听到回声，猛地一惊。接着，他又大喊："这里发不发？"那边又回声道："这里发不发？"

"好呀！"谷均万又说。"好呀！"那边照样回答。

"发呀！"谷均万再说。"发呀！"回声再答。

谷均万连叫数声，那声音还是怎么喊就怎么回声。他感到惊奇，神仙真显灵呀！不然这么空旷的地方怎么有人回音？因此，谷均万下决心在此安家。

现在，那块能够回音的坪地还灵，只要人站在那个特定位置大喊，对面的空地处立即传出相同的回音。那个可回音的地方就在廖坪的祠堂边，白族人称其为"回音坪"。

讲述者：桑植县马合口白族乡谷忠湘

整理者：李康学　刘黎光

覆锅岩

明代洪武二年(1369 年),从云南大理辗转来到桑植县的王朋凯、谷均万、钟千一三人,逆西水河而上,走到土门子的时候,看见河岸绿荫遮掩的地方有三块巨石相叠,石顶平整,岩的厚度有五丈,下面的一块有二丈多宽。王朋凯立即说:“这个地方有山有水有平坝,可以扎根安家,你们二位以为如何?”谷均万便说:“我已经选廖坪居住。你看上这里,就由你住吧!”钟千一又道:“此地虽好,还要看神灵是否昭示!”王朋凯依他的话,决定拜请大二三神昭示一下。

当晚,三个人在岩上支起一口锅,先煮一餐饭圪。吃完饭后,王朋凯将锅倒扣在大石上,点起香炷,跪在石上拜了几拜,口里念念有词,祈愿道:“日出东方,赫赫阳阳。我今出行,来到慈桑。大二三神,伏乞显灵。我辈王氏,欲迁此方。覆锅一日,在此岩顶。倘若能住,经年复见;再望神迹,显此岩上。”祈完,三个人歇宿在岩石上。

一年之后,三人带着家眷,再次来到土门子,只见那岩石上的黑锅还在,令人奇怪的是,黑锅旁边多了一只陷进岩石的脚印,是神灵昭示的痕迹。三人又惊又喜,王朋凯便拜:“多谢神灵!”从此之后,王朋凯在此安家,那块岩石被叫作“覆锅岩”。现在,这个遗址仍依稀可辨。

讲述者:桑植县芙蓉桥白族乡王国卫

整理者:李康学　刘黎光

双鹤井

桑植县龟山脚下有口水井叫“双鹤井”，泉水清澈透明，清凉甜润。哪怕瓢泼大雨，四处涨水，这口井水依旧澄清；百日大旱，天干地焦，这个井里照样不枯。谷姓始迁祖谷均万初到这个地方之时，看见一坪白鹤，飞的飞，落的落，心里欢喜。白族“尚白”，谷均万选在这里安家，并把这个地方取名“鸟窝坪”，后人改为“廖坪”。

有一天，谷均万上坡捡柴，听到鸟儿惨叫，跑去看见一对白鹤倒在草窝，白毛染满红血，是中箭了。公鹤伤了脚，母鹤伤了翅。他脱下衣服把它们抱到屋里，用草药包扎，又撮些白米，捞来鱼虾给他们吃。过了一段日子，白鹤的伤势好了。要离开时，眼泪巴巴地唱道：“多谢主人，救了我们的性命。有朝一日，主人遇难，我们必定尽心。”

有一年干旱，谷均万的五谷枯萎了，人畜吃水也难，他想：“坪里如有一口水井多好！”

“泉水清清，泉水甜甜，开个水井，享受万年。”一对白鹤在谷均万屋门前唱歌。谷均万出门看，正是在他屋里住过的那对白鹤，便说：“朋友，快进屋哩！你们说开个井，到哪地方开呢？”“主人主人，快快动身，我们前面飞，你在后面跟。”白鹤一翅飞到一株白果树下，唱道：“白果树下有眼泉，水源来自龟山边。”

谷均万带着婆娘、儿女，砍倒白果树，挖出树蔸蔸，搬开岩壳壳。

挖呀,挖呀,挖了六天六夜,挖坏七把锄头,一滴水也不见。谷均万的儿子说:"人都挖歪哒,只怕是不可靠,莫下蛮力了。"

白鹤看见主人情绪不好,又唱起来:"主人家请莫急,再挖三尺就见水。"

谷均万一家人听了白鹤的话,又来劲了。你也挖,我也挖,挖出水来,大家喜得跳起了脚舞手。可是水源不旺,只有土里浸出的几碗碗水。白鹤再次唱道:"主人主人,你们费力尽心,引泉的事,我们拄承。"白鹤唱完,飞进井底,你一啄,我一啄,一直顺着乌龟山啄土。由于土质梆硬,不知道啄了多久,白鹤嘴巴啄得血糊糊的。主人见了,泪水长流,叫它们不要啄了。白鹤不肯停止,它们用嘶哑嗓子唱道:"我们开眼引泉,既为主人,又为后代子孙——不停,不停。"

最后,白鹤终于啄到乌龟山,打出一条长长的小眼,把修炼千年的乌龟洞里的仙水引到井里。两只情深义重的义鸟劳累过度,趴下去了。为了感恩白鹤掘井之情,谷均万就将这个水井取名"双鹤井"。

讲述者:桑植县马合口白族乡乡廖坪村谷忠湘

整理者:李康学

顾公寨

顾公寨位于慈利县五雷山风景区慈济塌西北部，因唐代顾公在此扎寨拒寇而得名。寨高海拔880米，寨顶原有石垒营房，是顾公将士驻地。寨的南、西、北三面，石壁陡峻，危岩星罗。东面一径与慈济塌相连，有“一夫当关，万夫莫开”之险。唐代顾公曾经凭借此险打退敌兵，但是后为敌兵诡计所败。明代《万历慈利县志》记载过顾公起义的史实：“顾家寨、何家寨俱在二都大元山西南，昔有总管顾姓者据此。至今乡人犹祀其人，为神焉。”清代《直隶澧州志》记载：“顾公寨在（慈利）县二都，唐顾公御寇处，有像，民至今祀之。”

传说有年秋天，顾公修建新房时，木匠师傅把三支弩箭压在神龛上，并说：“新房从今日起，三年六个月后，才能打开中门，不然就有大祸临头。”光阴似箭，日月如梭，转眼已有三年。顾公遵从师傅嘱咐，从侧门嫁出闺女。三天后，女儿女婿回门，碰巧顾公外出。娘心想，新女婿回门，要打开中门迎接才成体统，于是打开了中门。哪晓得中门一开，压在神龛上的三支弩箭从中门射出去，射得无影无踪了。就在这个时候，京城皇帝早朝完毕，刚离开宝座时，突然三支弩箭射来，都未射中。皇帝拾箭一看，只见上面刻着“慈利顾公”几个字。皇帝大怒，立派将士前往慈利捉拿顾公。顾公回家得知射出三箭的消息后，预感大祸临头，于是爬上屋后高山，看见山顶场地宽阔，碎石成堆，还有栖身岩洞、议事洞厅。顾公依山扎寨，招兵买马，扯起大旗，率兵起义。顾公起义时，把大旗插在顾公寨左边的一座山上。旗杆高达二十多丈，战旗有九丈长、五丈宽，并把这座山取名为插旗山。战旗阴影映在一个山垭上，来往行人可在阴影下面歇凉，后人便把这个山垭取名为阴旗垭。

官兵逼近顾公寨时，寨山礌石如雨，砸得官兵人仰马翻，退去数里。官兵将领见硬攻不行，遂用一计。官兵在成千上万只山羊角上绑上红灯，并在山羊尾上绑上鞭炮。趁夜深时，点燃羊尾鞭炮，驱赶山羊冲向山寨。同时金鼓大作，人喊马嘶。顾公他们见山下灯火一片，又闻金鼓大作，就拼命放箭、礌石。到天亮的时候，箭、石俱尽，寨被攻破，顾公纵身上马，杀开一条血路，向寨下跑去。顾公跑到五雷山附近的一个山坡上，看见一位老婆婆在掐苋菜。顾公勒紧马缰，问婆婆："我还有出头之日吗？"婆婆说："上了坡，尽了头。"顾公又问："砍了头，还能再长一个吗？"婆婆扬起手中的苋菜说："我这掐断了头的苋菜还能再长吗？"顾公惊疑，忽然听到人喊马嘶，官兵追上来了。顾公猛一扬鞭，战马惊跑，顾公闪身落马，被迫拔刀自刎。后人遂把顾公落马的山坡取名叫落马坡。

相传顾公为慈利顾、谢二姓之祖，其后刻像以祀，供奉在广福桥南岳寺里。

整理者：戴楚洲

五雷山的来历

传说祖师在湖北省武当山修行谋道、成了正果以后，由妙乐天尊引上天庭拜见玉帝，玉帝封他在太阳宫供职。

祖师在天庭巡视，只见凡间中界黑气沉沉。掐指一算，原来是一些妖邪作祟。于是，禀告玉帝，并且请求下凡除邪灭妖。玉帝大喜，封祖师为北方真武将军，赐三台七星宝剑一把、黄金铁锁甲一件，命他下凡拯救黎民百姓。

祖师驾云下凡，念动咒语，变成道士，除邪灭妖，为人治病。他在思恩山收了五雷五音以后，带着五雷神腾云驾雾到达慈利上空，只见县城东北方一座高山顶上黑气沉沉。他拨开云头一看，原来是五条孽龙围住山顶盘绕。他们都想争夺山顶那块圣地，相互之间斗得非常激烈。这五条孽龙，就是东方青龙，南方赤龙，西方白龙，北方黑龙，中央黄龙。他们在这座山上修炼一千多年，都已得道。在开始修炼时，他们有言在先："哪个先得道，哪个就为尊，大家捧他为圣。"哪晓得这五条龙同时得道，法力不相上下。为了争夺圣位，大家互不相让，打得天昏地暗。

祖师和五雷神落下云头以后，站在高山顶上。只见他将三台七星宝剑一指，嘴里念动真言。五条孽龙一惊，赶快回到自己的方位翻滚。祖师站在山顶上一看，连叫数声："好地方呀好地方。"心想："这是一块福地，不如在此修个行宫，常来此地除妖灭邪，保佑百姓。”就在这天晚上，他向住在山腰里的学士张兑报了个梦，说：“武当山的祖师要在这座高山顶上修个行宫，保佑广大百姓平安。”

张兑是个元代翰林，年老退职回乡，隐居在这座山上。他得梦后，立即牵头集资，动工修起道观。

五条孽龙看到有人在这块圣地上修建道观，大怒，一时间，地动山摇。就在这时，祖师命五雷神各站一个方位。霎时，风雨大作。五雷神举起神锤，五声炸雷就把五条孽龙征服，伏在山顶四周不能动弹，这就是“五龙捧圣”的说法。游人站在山顶上观看：五条山脉犹如龙身一样。

人们听到五声雷响以后，忽见山顶上大放光芒，黑气散了，说是祖师显灵。据此，人们就把这里叫作“五雷山”。因为祖师是在武当山得道的，这里是他的行宫，所以称为“南武当”。后来人们修建道教宫观之时，都是按武当山模式建造的，这就是南武当五雷山的来历。

讲述者：慈利县广福桥镇人杨协全

整理者：王仁兴

龙头胜境

五雷神奉祖师的指示，来到五雷山征服五条大龙。他看到南边的赤龙勇猛，心想如不认真对付，只怕不行。五雷神使出浑身解数，对准赤龙。一声响雷，把它打下山峰。

正巧，龙身下面一块岩头，顶住龙身不得落地。赤龙摇头摆尾，似有翻身样子。五雷神脖子一伸，嘴巴一张，立刻烟雾弥漫。烟雾过后，赤龙身上压了一幢八角圆顶小屋，变成厚五尺、宽一丈、长五丈的岩条。龙尾伸在悬岩之上，龙头变成岩头，人们把它叫“龙头胜境”。明朝天顺六年，有个县令到这里游玩，在岩壁上面錾几句话，赞美龙头胜境。压在龙身上的圆顶小屋，人们把它叫作“小金顶”。

讲述者：慈利县零阳镇吴扬元

整理者：杨协全

磨针井

不晓得哪年哪月，真武祖师在五雷山修行已有十世，还没修成正果，就想下山还俗。

有一天，他背着被褥往山下走。走到半山腰的时候，看到路边一个白发老太，拿了块铁使劲在砂岩上磨，祖师看了一会儿，就问："老人家，磨这么大块铁，准备做什么得呀？"老太一边磨一边说："俺家的孙丫头就要出嫁，我为她磨一根绣花针。"祖师心想，这个老太只怕癫哒，要把这样大块铁磨成绣花针，就说："这要什么时候才磨得成？"老太站起，笑了笑说："只要功夫深，铁杆磨锈针。"祖师一惊："这个老太确有耐心，我怎么没得呢？"祖师想想，就回头朝山上走去。原来，这个老太就是观世音，是点化祖师的。后来，人们把这口井叫"磨针井"，并在井边修建一座庙宇。

讲述者：慈利县广福桥镇李柏林

整理者：杨协全

舍身岩

真武祖师修行已有十二世，就要修成正果，玉帝要观世音菩萨做牵引。

有一天，祖师正在打坐。忽然进来一个青年女子，笑嘻嘻地说："这个相公，一个人坐在这里，不闷得慌?"祖师站起，弯了弯身。女子接着说："你长得相貌堂堂，修什么行，下山去吧！"说完，伸出细嫩的手，就拉祖师。祖师转身就说："罪过！罪过！"但这女子并不放过，转到祖师面前说："相公，你一个人在这里，有什么味哟？跟俺走吧！"说着说着，就向祖师扑来。祖师回头就跑，这个女子跟在祖师后面。祖师跑到岩壁边缘，一看，没有路哒，只有岩壁上面伸出一块五尺宽、一丈多长的板岩，这可怎么办呢？心想："俺修行这么久，今天被这女子玷污，白修行哒，还不如死。"想着想着，走到板岩头上，闭眼跳了下去。只见那女子，手一伸，手掌心中站着小孩，跟祖师一模一样。原来这个女子就是观世音菩萨，她只等祖师舍了身，就把他的灵魂摄来，带回山顶。

后来，人们就把真武祖师舍身的地方叫"舍身岩"。

讲述者：慈利县广福桥镇吴扬元

整理者：杨协全

士兵台

很早以前,澧水南岸有座没有名字的高山,后被牛钱一、牛钱二两个土匪占据,立寨为王,所以叫“牛头寨”。

土匪们夜间下山掳抢,白天守山寨,百姓恨透了这帮家伙。官府也曾围剿,只因地势险要,加上防守严密,官兵次次失败。

这年,官兵又围攻牛头寨,想了很多办法,硬是攻不开寨子。官兵中有个叫小李子的士兵,人很机灵,人称小军师。这次,他又想出点子。他说要攻寨,就得黑夜攻。众人不明白,问他为什么。小李子说:“山寨的大王顽抗死守,靠的是山上的岩头。当我们进攻的时候,用滚石、檑木打下,使我们吃大亏。我们只有施用巧计,黑夜进攻,打他个措手不及。”按照这个办法,官兵们收来很多羊儿,待天黑后,把羊儿角上绑着灯,羊尾巴上捆上鞭炮。官兵们让羊群分队上山,点燃羊尾巴上的鞭炮,加上战鼓紧催,羊儿受惊冲向山寨。土匪们中计了,一阵滚石、檑木打下,羊儿漫山遍野、到处乱冲。天明以后,官兵冲上山去,攻破山寨,活捉牛钱一、牛钱二两个土匪头子,并且当众枪决,百姓拍手叫好。

后来,百姓在牛头寨下一个平台之上立了一块石碑,碑上刻着“士兵台”三个字以示纪念。

讲述者:慈利县朝阳乡陶毛四

整理者:柳福铣

麻王城的传说

慈利县猫儿峪有个麻王城。其实并不是城,而是一座山。只因三面都是岩壁,远看像座四四方方的城堡,顶上平平坦坦,因此取名叫“城”。

麻王城原来叫“蛮王城”,因为五代时期这里是蛮王扎寨的地方。后来,人们喊讹了,才叫“麻王城”。蛮夷在此扎寨的时候,经常下山行抢。如果看到乖丫头,就抢上山给“蛮王”做压寨夫人。他们有个规矩:每次下山前,都要牵来一条黄牛,砍掉脑壳,看牛是往前走,还是往后退。如是往前走,就预兆行抢能够成功;往后退,就凶多吉少,要出麻烦。

山下坪里的百姓恨透了强盗,只想把这帮强盗斩草除根。可是,没有办法,山高路陡,一条独路让强盗把守得很严,怎么上得去呢?天长日久,许多去破城的人都被强盗打败。

有一天,一个汉子挑担笆篓从山下路过,被山上下来的一个强盗拦住,向他要买路钱。那个汉子身无分文,怎么有买路钱,只好打开笆篓盖说:“我这里面只有芝麻,你要买路钱就抓几把!”强盗心想:明天寨王的六十大寿,正要芝麻做寿糕哩!强盗对汉子说:“你跟老子把它挑上去!”那汉子顺从地把笆篓挑上了山。

到了寨前,强盗就叫汉子滚开。汉子掉头就跑,生怕再来捉他。赶走汉子,强盗向寨王报功:“大王,小弟给你弄来一担芝麻!”寨王一听，哈哈大笑起来："好家伙，给你赏个乖婆娘!"这时，几百个喽啰围过来看热闹。那个强盗揭开笆篓盖，就往桶里倒芝麻。我的天哪！只有一点芝麻，里面是毒蜂。蜂子被放出来了，"嗡嗡嗡"地见人乱螫。一个个强盗被螫得鼻青脸肿。没有几天，强盗就死光哒。

讲述者:慈利县苗市镇麻王村唐经洪

整理者:杨慈安

廖城，古名为白抵城（是土家族族称“毕兹卡”的变音），位于桑植县溇水中段金藏河左岸。

廖城古堡是座孤山，丘陵起伏，沟谷纵横，三面田棓子溪、金藏河、五里溪三水环绕，一面为悬崖绝壁。廖城古堡四周全是巨石，交通闭塞，顶上平坦，仅有三条盘山石径与外界相通。古堡地势较高，易守难攻，为南宋初年土家部落酋长廖彦创建，迄今已有 890 多年，故名“廖城”。

据明代《万历慈利县志》载：“白抵城，在邑境，高千仞。四面绝壁，上广十余里。宋建炎间，土寇廖彦据此为城。”清代《同治直隶澧州志》又载：“高宗建炎二年（1128 年），土寇廖彦作乱，踞白抵城，即今慈利县廖城。”当地群众传说，为防敌人袭击，廖彦带领土家先民在海拔 980 米的山峰上，利用石头修筑牢不可破的城堡。

在南宋初年，廖彦揭竿起义，集众称王，屯兵建栅，组建五旗营兵，反抗官府经济压迫。廖彦的起义军盘踞此地 32 座山头，地方千余官兵进行围剿多日，土家营兵就把山上池中之鱼和一尺长的大草鞋甩在山下，官兵知难而退。土家营兵用计谋打退地方千余官兵围剿以后，抗捐拒赋长达三年之久，俨然“世外桃源”。后来，廖彦竟然居王不仁，还修建金顶包王宫，以致劳民伤财。王宫尚未修成，廖王及其家人就被百姓堵死在长峰岩洞府里。后来，土家后裔在长峰岩旁修建一庙，并且赋诗一首，以志其事："漊中白抵起风云，廖王智退官府兵；居功骄淫必自毙，功罪是非两分明。"

现在，人潮溪镇廖城村尚存南宋时期土家古堡的东城门、南城门瞭望台、北城门石头城墙遗迹和明清时期古朴的土家族转角楼，历史文化底蕴深厚，故被住建部批准为中国传统文化保护的古村落。

整理者：戴楚洲

老儿打望和十儿打虎

慈利县溪口镇渡坦坪的对门,有个像老人的大岩桩,望着这边山顶上十个像人的小岩桩和一个像老虎的岩头,这就是传说的"老儿打望和十儿打虎"。

传说很早以前,这座山里住个老猎夫和他的十个儿子,堂客生第十个儿子后得病死了,老猎夫靠打猎把孩子们养大。这十个儿子从小跟爹打猎。个个身强体壮,打猎蛮有本事,大家把他们叫作"十大金刚"。

有年冬天,山里来了一群老虎,非常凶恶,到处咬人,背猪拖羊,闹得人心惶惶。老猎夫和他的十大金刚,带着弓箭和虎叉,设点堵卡,捕杀老虎。由于老猎夫和十大金刚打虎的本事大,只个把月时间,老虎全被打死,这一带老百姓都感谢老猎夫和他的十个儿子。

有一天,山里出现一只有公牛那样大的王字头老虎,咬死一个放牛的、一个砍柴的和一个过路客。老猎夫知道以后,就和孩子们一商量,决心要打死这只猛虎,为民除害。可是,他们几次围捕,没有找到老虎影子。等他们一走,猛虎又跑出来伤人。老猎夫气得要死,发誓不除猛虎,誓不为人。

有天深夜,老猎夫和孩子们睡在山脚下捕虎的棚子里。

在梦里,有个白胡子老头走到他的身边说:"你想打死那只猛虎,要付出一定的代价。"老猎夫问要什么代价,白胡子老头说:"这只猛虎,是只成精的老虎。不但奔跑像飞的,而且还有隐身之法,一般人都不能看到它。要想除它,打虎人要变成石头,这个代价很大!”老猎夫一听,半天说不出话来。可是,想到这只吃人无数的猛虎,他咬咬牙说:“只要除掉恶虎,要变石头,我也心甘情愿。”白胡子老头点点头,从身边取出十只神箭,交给老猎夫说:“这种神箭叫穿云箭,能降妖虎,你要十个儿子每人拿一支,把老虎围住后,一齐射去,恶虎必死。”接着,白胡子老头又从葫芦里取出一粒仙丹,递给老猎夫,还说:“你吃了这粒仙丹,老虎就逃不脱你的眼睛。”老猎夫醒来,看见手中拿的十支神箭和一粒仙丹,知道有神仙助他打虎。

第二天早上,老猎夫给每个孩子发了一支神箭,吩咐他们搜山围虎。老猎夫发现猛虎藏在一个洞里,忙叫孩子们包围那个山洞。老虎一声吼叫,飙出洞来,十个儿子将猛虎团团围住。这个时候,老猎夫在对面山上打望,大喊:“你们把老虎围住了,快射箭!”十个孩子十支神箭一齐发射,老虎一声惨叫,倒在地上。只见红光一闪,老虎身上起火。

老猎夫正在高兴时,忽然不见火光,老虎和十个儿子也不见了。只见那里有十个像儿子身影的岩桩,中间一个石头跟老虎差不多。他明白:这是孩子们变化的。从此,老猎夫也站在那里打望,一直没有回家。

讲述者:慈利县许家坊南庄村许固生

整理者:余愿生

菊花芯柚的传说

永定区有句俗话，叫“好水不及白沙井，好果不及菊花芯”。菊花芯柚子跟白毛尖茶、石耳并称为“永定区三珍”，名气很大！

不知道哪朝哪代，胡家河村住着一户姓胡的阳春人，给打鼓台姓田的财主做长年。有一天，阳春人在菜园薅草，忽地从天上栽下一只布谷鸟，被鹞子啄伤了，落在阳春人锄头边。阳春人很不忍，就把布谷鸟抱回家，给它上草药，又给它捉虫子吃。过了两天，布谷鸟的伤好了，阳春人讲：“布谷鸟呀布谷鸟，而今世上恶人多，恶鸟也多，你要留神些啊！”讲完，就把鸟儿放走。

过了几天，阳春人又到菜园薅草，那只布谷鸟又飞来了。绕着阳春人飞了三个圈，吐出一颗白籽。阳春人捡起一看，是粒柚子种。他想也不想，就种在菜园里。两天一看，种子发芽；三天一看，长叶儿了；四天一看，长枝枝了。阳春人一天三道，上肥、捉虫、除草，柚子树长得快，七长八长就开花了、结果了。阳春人摘了一颗，果子绿中透黄。仔细一看，肚脐眼上有朵菊花花纹，就像雕匠雕的。他把薄薄的皮子剥开，肉瓣粉红。吃一瓣，甜汁四溅，落口消融。阳春人好喜欢，摘一担柚子，挑到街上卖。开始人家不要，后来一人看见柚子有朵菊花，就试着买一个，进口就讲：“味道鲜哩！”阳春人靠这颗柚子种发财了。

田财主知道后，就把柚子树挖到自己园里。二天一看，柚子树蔫了；三天一看，柚子树死了。阳春人很伤心，挖回树蔸，重新栽起。天天浇水、施肥、捉虫，树蔸仍不发芽。阳春人不灰心，临死之时，嘱咐儿孙，把树蔸经管好。清朝同治年间，传到他的孙子胡春阶手里。胡春阶在私塾读书，每天从学堂回来，都要给那棵柚子树蔸浇水、上肥。一日三、三日九，枯树蔸居然发芽、长叶、结果！后来，他到澧州考武秀才，顺便把自己培育的柚子给主考官送了几个。主考官吃了这脆嫩香甜的柚子，赞不绝口，脱口就讲："这是菊花芯柚子！"打那以后，菊花芯柚子的美名就在澧水流域传开了。

讲述者：永定区永定街道办事处程杰生

整理者：金克剑

永定区毛尖茶的来源

永定区茅坪大悲庵和尚恒性，原系明朝末年武昌王子、袭封镇国将军朱如瑠。明朝天启年间，朱如瑠不满宦官魏忠贤专权，起而欲杀魏而不果。于是，辞别父母，在湖南省衡山为僧十余年。

明代崇祯末年，朱如瑠拟由衡山游峨眉，途经湘西入川。这时，大顺军占据四川，蜀道梗塞，滞留湘西。遂择仙人溪党云山建刹，诵经苦修。到了清代康熙年间，永定卫人重其道行，请恒性下山住锡，选在茅坪建寺，初名大惠堂，后更名大悲院，旋改为大悲庵。清代《光绪永定县乡土志》卷三载："大悲庵，在（永定县）木讷里，明僧恒性创建……恒性以天潢世胄，志清君侧。孤忠苦孝，遁入空门，名曰大悲，识隐痛也。"

恒性为饮茶所需，在茅坪大悲庵后种植茶树，使用宫廷制茶技术，制作毛尖茶，其技术在茅坪一带流传下来。到了清朝中叶，成为澧属茶中上品。

整理者：戴楚洲

百家锁

在盘古开天的时候，印度给中国敬来一坨真玉，接着分成三坨半。一眨眼，又变成三个加半边的印章。玉皇大帝、张天师、地皇每人抢去一个。姜子牙来迟了，就只得那半个。也是怪事，这玉印，印色涂不上，只能用朱砂。夜印千张纸，只费四两朱砂。

那时候，伢儿们总得病，也没郎中，判断不出得什么病，统称为"犯官煞"。百姓没有办法，只能眼睁睁看着伢儿死。一个叫"农"的农夫，有12个儿子，死得只剩2个。七想八想，便想起请天上的神仙来。天上的张天师下了凡，装成叫花子老头，手里拿起那个玉印来到农家。张对农讲："我别的没么子，只有这把锁，你把它挂在伢儿的身上。带起讨一百家的钱，用钱打成像锁的样子，还堂难愿，把一百家人喊来，将他们的名字刻在锁上，保伢儿百病不沾。过几年，你再把锁退我。"农这样做了，两个伢儿的病好了。

一传十，十传百，百姓知道大家也那样做，把从一百家讨来的钱都打成锁，挂在伢儿们的胸前，有病的可以好转，没病的将来不再得病。人们就把锁取个名字叫"百家锁"，一代一代流传下来。还有人讨一百家米，煮成饭让伢儿吃，叫"百家饭"；讨一百家布做衣做鞋让伢儿穿，叫"百家衣""百家鞋"。

讲述者：永定区覃永登

整理者：张　琳

动植物传说

狗赶猫

传说狗和猫是大富人家的两个侍卫。一家住户如果有狗和猫，就会过上太平日子。

桑植县寿家山的穷鬼王爱之就是因为喂了一只黑狗和一只花猫变成了王百万。王爱之有了家产，再也不愿劳动。田里草长深了，他不去扯，整天睡在床上抽大烟。贤惠的妻子常劝他去扯田草，秋天就有收成。一再督促，他赖不住，这才披衣下床，搬着烟管，带着黑狗和花猫走到田埂。看到比秧苗还高的草，他越发没心思扯了，对面前的狗和猫说："你们两个能把田里的草扯出来，就给你们一头肥猪，天天给你们肉。"老狗听了，对小猫看看，小猫也对老狗看看。然后，跳到田里，用前爪在秧苗的周围抓来抓去。半天工夫，一丘田里的草就被扯光。王爱之甜滋滋的，可想到将花去两头肥猪，又舍不得。趁狗和猫洗脚的时候，他想出了主意，先把狗和猫夸奖一番，然后解释说："天气这样热，给你们杀两头猪，你们吃不到两餐就要放臭，太可惜了。我把猪喂到秋天再杀，行不行？"狗与猫同意主人的意见，而且感谢主人想得周到。王爱之又说："你们干活真很，我还有五丘田的草没扯。给你们五百吊钱，你们把五丘田的草扯了，干不干?”狗和猫同第一次一样，互相看看之后点了点头。

第二天，狗和猫一早就下田，他们扯出两丘田的草。

第三天，狗和猫又是一早就下田。没扯几下，猫就觉得爪子没有力气，对狗说：“狗大哥，我不行了，一点力气都没有了。”老狗关心地对小猫说道：“小猫弟，你先去歇歇，歇会儿就会好的。”小猫来到田坎之上，圈做一团睡觉。等它醒来之时，已是下半天，狗大哥已把一丘田的草扯完了。狗子洗了脚，同小猫一起回到家里。第四天，小猫的“病”还没好，只是陪着黑狗来到田边。黑狗扯了一天草，猫却睡了一天觉。只剩下一丘田的草没扯了，憨厚的黑狗对花猫说：“只要半天工夫，我们就可得到五百吊钱。”小猫拍手叫好。第五天，天刚亮，黑狗就邀花猫去扯草。它们跳下田后，急急忙忙扯了起来。不一会儿，花猫对黑狗说：“狗大哥，你在这里扯草，我得解手。”说着走出秧田，奔到主人家里，慌慌张张地说：“不好了！我们刚把草扯完，走到田坎上时，一个东西把狗大哥的脚划破，流了好多血。狗大哥要我回来取工钱到熊伯伯那里治疗。”主人看花猫焦急，就给它五百吊钱。当狗来到主人那里取钱时，主人气得发昏，给狗指了猫跑去的方向，狗子迅速追赶猫儿，想追回工钱。主人欠的猪头呢？都忘记了。

讲述者：桑植县仓关峪王家舀

整理者：李长久

飞不高的鸡

很早的时候,我们的家鸡还在深山老林里,它同锦鸡、竹鸡、老鹰都是朋友。鸡头上长着大红冠子,身上是色彩繁杂而又华丽的羽毛,脖子下面油光发亮,脚爪金灿灿的,在飞禽比美时,曾是第一名。鸡不仅第一漂亮,飞高也是第一。

鸡一生下地,连路都走不稳,就找哥姐弟妹相互比拍翅膀。不久又去和锦鸡、竹鸡、老鹰的子女比,但是每次都是扫兴回来。后来,它发了狠,悄悄地练了三年六个月,结果,鸡一起飞就能飞到九天以外。

这时,鸡再去找锦鸡比,并排飞到半空,锦鸡合上翅膀就往下滑;鸡找竹鸡比,竹鸡认输;再找老鹰比,他们一同飞到半空,又飞到了云层,老鹰也比不上。在所有的飞禽中,鸡算好汉。这样,其他飞禽都进贡他、夸奖他。

鸡每天大摇大摆地在森林中间走,百鸟都来恭维。它再没有心思起个早床,也没练过一次飞翔,只顾一日三餐吃上好的,只顾对着镜子梳妆打扮。心血来潮的时候便昂起头,面向高空大叫:“够够儿——够!”人家找它学飞,鸡扬扬得意地说:“你们太蠢,学不会的。”人家找它比飞高,鸡总是一句:“手下败将,我没兴趣同你飞。”鸡伙伴为之骄傲,每天围着那只出名的公鸡唱歌跳舞。时间一天一天地过去,鸡的日子一直过得很好。

有一天,不知从哪儿来了一支捕猎的队伍,带着猎狗,扛着猎枪,山中飞禽发现情况不妙,起翅高飞,而那些鸡怎么也飞不起,就被猎人抓住了,养在笼子里,越养越肥,永远飞不高了。

讲述者:桑植县仓关峪王客登

整理者:李长久

为何杀猪猪叫，杀羊羊却不叫

每逢新春佳节，人们杀猪宰羊。杀猪的时候，猪喊“冤枉——冤枉”，叫得吓人。杀羊的时候，羊却默默忍受，不哼一声。这是为什么呢？

自从玉皇大帝造了人和各种飞禽走兽，人问玉帝：“我们用什么作吃的？”玉皇大帝降旨说：“五谷为主，蔬菜为辅；要吃肉食，杀猪宰羊，猪羊一刀菜。”过节的时候，人们先把羊按在屠案上，羊抗议说：“为啥只杀我？”人就答道：“玉帝传旨来，猪羊一刀菜。”“我就不信，我要去问玉帝！”“可以，你去问吧。”人把羊从屠案上扶起来说。羊走以后，人拖猪来，又要杀猪。猪大声抗议说：“为啥杀我？”“玉帝传旨来，猪羊一刀菜。”“哄人！我要去问玉帝！”“也可以，你问去！”

猪就去找玉帝，在半路上碰到羊。羊问猪：“猪大哥，哪儿去？”“别提了，羊老二，人要杀我，说是玉帝有旨，我要亲自去问！”“别去了，我刚从玉帝那儿回来，玉帝说‘猪羊一刀菜’。”羊无可奈何地说。猪听了很气愤：“原来那老不死的说过这话！亏得我碰上你，要不还得跑半天的冤枉路！算了，回去！”

人见猪、羊回来，也不答话，动手就杀。羊因亲自问过玉帝，任人宰割。所以，直到现在还是不叫。

轮到杀猪，因懒得跑，没有亲自去问玉帝，后悔起来，大声喊叫：

“冤枉冤枉真冤枉,没问玉帝只问羊;这次放我见玉帝,老猪不怕赶路长!”人就说:“懒家伙!上次放你问玉皇,这次杀你喊冤枉;没有时间把你等,冤不冤枉先看羊!”说完,一刀捅进猪的脖子。猪流着血,还喊:“不服——不服。”这怪谁呢?

讲述者:永定区二家河李家寿

整理者:田真祥

娃娃鱼

不晓得哪一朝哪一代，索溪峪的黑槽峪里有对夫妻，男的叫袁伯，女的姓陈。夫妻俩年过半百，没有儿女。老两口天天烧香敬菩萨、还傩愿，还是没生儿女。

一天，女人捡柴回来，坐在溪边歇气，看到水里有条水蛇在追赶一个黑不溜秋的小鱼。眼看那条小鱼快被水蛇追上，具有菩萨心肠的女人急忙抽一根柴朝水蛇打去。不偏不斜，正好打在水蛇的七寸上，水蛇尾巴一摆，就死了。

说也奇怪，她一回到家就肚子疼。好心肠的袁伯到处找郎中，就是没人看准是得了什么病。陈氏疼得在地下打滚，袁伯左右为难，帮不了妻子的忙。这时，只听屋里有一个女伢儿的声音："爹，妈，你们莫怕，我是你们就要生下来的女儿，快准备一盆水，我要降生在水里才会长大成人。"袁伯一听大喜，急忙端来一个木盆，装了一满盆水，扶妻子坐在木盆里。不一会儿，一个黑不溜秋的东西生了下来。过了一会儿，那黑东西变成一个漂亮的姑娘。她走出木盆，先拜天地，又拜家神，再拜爹妈，喜得老两口合不拢嘴。女儿坐下以后，便把自己的身世告诉爹妈。原来，这个姑娘是水蛇的外甥女，从小失去爹娘，是水蛇把她养大，她不愿在水宫里常住，悄悄修行，要做凡女。这事被水蛇知道后，说她大逆不道，要处死她。那天，她险些被水蛇咬死，要不是妈妈救她，早到阎王那里去了！听姑娘这一说,老两口哭成了泪人儿。

从此,一个种田,一个纺纱织布,一个泡茶弄饭。日子过得不错,老两口活到一百岁后死。老两口死后,姑娘也就不知去向。后来,在河里发现一种像这姑娘的鱼,人们都说是姑娘变的,就叫它“娃娃鱼”。

讲述者:武陵源区索溪峪袁贻茂

整理者:陈　琳

叨叨鸟

暮春时节,人们常听到门前屋后的山岭上有一种鸟,整天喊着:“公也叨叨,婆也叨叨。我摘樱桃,丢了柴刀。我想捡去,又怕摔倒。”这种鸟,湘西北人叫它叨叨鸟。

相传在很久以前,住在桑植县金鸡岭上的一家财主,给儿子娶了一个媳妇。这个媳妇长相、人品很好,可惜出身贫贱,和财主家门不当、户不对。财主自然把她不当人,天天要她做苦工,到山里打柴。尽管媳妇打回了很多柴,财主还是不给她饱饭吃。公公、婆婆总是指责,又是嫌柴不干,又是讲柴不好。媳妇忍气吞声,只是默默地打柴。有一天,她上了山,实在饿得不行,见崖上有一棵樱桃树,挂满熟透了的樱桃,便上树摘樱桃吃。

她正吃得入迷,不想把树枝压断了,她手一动扒住另一枝,人悬在空中,柴刀掉下去了。好久没有听见响声,深不可测。她想下去捡刀,可又下去不得。她转了几圈,只好流着眼泪回到家里。公婆见她没有背柴,就问她是为什么。她告诉他们,柴刀掉进天坑里了。公婆大骂:“好你个短命王,那么偷懒,把柴刀扔进天坑。你讲是丢掉的,骗不了我们。你今天不把柴刀找回,你不光吃不成饭,还活不成。去吧!”媳妇无可奈何,只好闪着一双泪涟涟的大眼,重又回到崖上天坑边缘,探头看一眼黑洞洞的天坑,心如刀绞一般。她想很久很久,公婆有话在先,捡不回柴刀,就吃不成饭,还活不成,这是逼着我死，干脆跳下去吧！她一闭眼，身子往前一栽便坠入天坑里。后来，好久不见她回来，公爹、公婆找到天坑旁边，樱桃树上有只雀子对着他们叫："公也叨叨，婆也叨叨。我摘樱桃，丢了柴刀。想要捡来，又怕摔倒。"公爹、公婆听到鸟的叫声，知道是儿媳妇的化身叫的，悔恨之情油然而生。夫妇俩转身回家，那鸟一路跟着。他们进了屋后，那鸟天天在屋前屋后的树上转来转去鸣叫，日日夜夜不绝于耳。

一只哀怨的鸟，唱支哀伤的歌，控诉公婆对儿媳的虐待，这是人们听到的叨叨鸟的叫声，也是叨叨鸟的由来。

讲述者：桑植县沙塔坪乡水井台村黄绍清

整理者：黄　瑛

背米虫

远古时代，土家族人居住在破牙黑洞（传说圣人居住的地方）的百担上，以种稻谷为生。有年秋天，秋风飒飒地吹来了，百担上的谷穗低头了。风儿传着扑鼻的稻香，人们看见翻卷的稻浪，乐得合不拢嘴。他们把镰刀磨得飞快，编好箩筐，整好塔，油好板斗，准备收割稻谷。天上突然响起隆隆的雷声，地上刮起折枝拔树的龙卷风。没过多久，大雨倾盆，一下几天。满山遍野的洪水奔驰而来，汇集在百担上，淹没了稻田，漫过了房屋，人们只好退到一个叫"猪食头"的大山上。眼望漂在水里的谷穗和家庭用具，想起以后的日子，人们急得都哭了起来。这时，一位白发苍苍的老翁对大家说："人是铁，饭是钢，大家还是想想办法。谷子是拿不回来了，可是我们不能连种子都不要了！"

大家觉得老翁说的有理，止住哭声，开始想办法。他们首先挑选了几只比较聪明的大狗。叫它们去把谷穗咬回来。由于雨大浪急，几只聪明的大狗刚把谷穗用嘴含起，就被一个巨浪卷进水底。

一个翁姑拿一个木脸盆，抱了白鸭走到人群中来，对众人说："这只鸭子也和我们一样，好几天没吃谷子了。大家都把头巾取下来，撕成很多条，一条一条地接起来，把鸭放在木脸盆里，用布条捆住放去。鸭吃饱了再把木脸盆拉回来，我们就杀它，取出谷种。"于是，翁姑把鸭放在木脸盆里一起放进水中。水波太大，大家用力一拉,布条断成两节。受惊的鸭子扑打几下翅膀,就飞起来了。它飞呀飞,但怎么也离不开水。飞累了,就像一片树叶落入波涛之中。

一连几次,都没有把谷种取回来。这时,一个蚕豆大的虫游到岸边,对啼哭的人说:“田淹了,还有山,你们应该想想办法开荒种地。”

老翁告诉那虫:“我们连谷种都没有,这怎么办呢?”

那虫听了,爬到岸边对老翁说:“只要你们答应我一件事,我就可以替你们取回谷种。”

老翁知道那虫在水里,比天空中的飞鸟自由,可以让它试试,便问:“你有一件什么事需要我们做?”

“取回谷种以后,碰到你们,给我把点米放在身上。”

老翁听了那虫的话,和众人商量一阵,便答应了:“只要你能够帮助我们取回谷种,保证给你身上放米。”

那条虫高兴地滚进水里,朝漂着谷穗的方向游去。没过多久,那条虫背一身谷粒回来。后来,人们为了纪念那条虫,就给它取名叫“背米虫”。

讲述者:桑植县赤溪乡陈家溶村王枚姑

整理者:覃正大

蚯蚓为何没有眼睛

古老的时候，蚯蚓是有眼睛的，又大又亮，凸在外面，而水里的虾子，没有眼睛，实在难看。不知道哪一年，龙王发了一道圣旨，在他生日那天，举行盛大宴会，哪个第一个到来，就封它做官……

消息传到虾子耳朵里，它非常高兴，但一想到自己没有眼睛，不由得坐在沙滩上伤心地哭起来。这时，蚯蚓循声走来，问它为什么那么伤心。虾子便把伤心的原因一一说了出来。蚯蚓听了，替他着急，想想后说："你看这样行吗？我把眼睛借给你，等你到龙王那里赴宴回来，再还给我。"虾子听了，破涕为笑，答应一定归还。蚯蚓忍着疼痛把眼睛挖出来，安在虾子头上。虾子好喜欢的，它对蚯蚓讲："蚯蚓哥哥，如果我第一个赶到龙宫，得了富贵，一定分你一半。"

虾子果然第一个赶到龙宫，龙王封它无敌将军，发给它一套官服。虾子封了官神气起来，早把归还眼睛的事忘了。过了几天才想起蚯蚓，可它又考虑：如果没有眼睛，我这个瞎子将军有什么意思呢？

蚯蚓在岸上等了几年，还不见虾子的影子。为了逃避敌害，不得不躲进土里。虾子临死的时候才想通要归还蚯蚓的眼睛，但已来不及了，羞得全身通红。

讲述者：永定区枫香岗乡田运才

整理者：田桂江

猫儿和老虎

开始,猫儿和老虎是好伙计,它们经常互相学本事,因猫儿小巧灵活,被老虎拜为师傅。于是,猫儿经常骑在老虎的背上游山玩水,并且经常借老虎的威风欺侮其他野物生动,因此猫儿显得非常得意。

有一次,猴子召开百兽大会,到会的都怨老虎没得用,被猫儿利用。老虎一想,真的是猫儿欺骗他,当场就跟猫儿拼命。猫儿毕竟比老虎弱,不得不爬上旁边的一蔸大树上面。老虎还没学到上树的本领,只好在树下干着急。猫儿很得意,不停地叫着:“妙！妙！”

从此以后,猫儿怕老虎再找它算账,躲进人们家中,为人们捕捉老鼠,以报答人们养它的恩情。

讲述者:慈利县洞溪乡全子皇

整理者:孙前雄

屋　漏

老虎和猴子凭天作证，结拜成为兄弟。

有一天，老虎看到山下有户人家喂了一头肥猪，喜欢得不得了，心想：要是我和猴子老弟把这头肥猪偷来，一定吃得几餐饱的。但它仔细一看，这猪栏离房子近，青天白日很难偷，不如回去和猴子老弟商量，等天黑了再来。不巧，天黑时落起雨来。老虎讲："落雨哒，不好去。"猴子讲："下雨响声大，更不容易被人发现。"老虎讲："要是万一被人看见了怎么办？"猴子讲："万一被人发现，你有四只脚，跑得快，不要紧；我只有两只脚，脚又短，跑不快，不好办。"老虎讲："这不要紧，我用棕索一头捆到我腰上，一头捆到你的颈根上。要是有人来了，你跳到我背上，我就背起你跑。"猴子答应了。走到山坡上，它们先悄悄在窗户下朝里面看，两位老人正在剁猪草。这时，老婆子讲："今天下的雨好大呀！"老头又讲："下的雨大怕什么，我只怕'屋漏'。"老婆子就讲："'屋漏'不要紧的，你把刀磨快些再讲。"

老虎听了对猴子讲："老弟，干不得。这家老人都怕'屋漏'，正在磨刀，不知道这'屋漏'是什么怪物？干脆算了！"猴子就讲："不要紧，怕死哪有好的吃！那边有蔸大树，我爬上去放哨。如果'屋漏'来了，我把索子扯几下，你就带我逃跑。"老虎一想也对，就这么干。猴子爬到树上以后，抬头一看，正好一个雨点落进眼里。它不自觉地甩了甩头，扯动索子。老虎以为是“屋漏”来了，扯起腿子就跑。也不知道跑了多远，老虎才停下来。没有看见“屋漏”赶来，才转身看索上捆的猴子。只见猴子龇牙咧嘴睡在地上，好像在笑。老虎生气地说：“老子快累死，你还笑得起！”见猴子没作声，老虎走到猴子跟前，一把揪住猴子的耳朵就讲：“你装聋！”猴子还是不作声。仔细一看，才知道猴子已被拖死。这时，老虎才痛哭道：“我的老弟呀，你的胆子怎么比我还小。‘屋漏’一来，你就吓死了！”

讲述者：永定区沅溪符八妹

整理者：李玉周

熊外婆的故事

从前,有位大娘养有两女。有一天,大娘对两个女儿说:“今晚我去外婆家看看。”这话被外面的一只熊听到了。

大娘刚走,那只熊就敲门。妹妹便问:“是哪个敲门的?”熊说:“我是你外婆。”妹妹说:“我外婆脸上有颗黑痣。”熊外婆就在地下捡颗羊屎涂在脸上,说道:“我这里不是吗?”妹妹还说:“我外婆身上还有一根带子。”熊外婆顺手拨块树皮,捆在腰上说:“这不是吗?”不懂事的妹妹听它这么一说,跑去把门打开。姐姐给熊外婆递把板凳叫它坐,熊外婆说:“我屁股上长有疮,不能坐。”叫姐姐搬个坛子来。这些举动,姐姐看在眼里,想在心里。

熊外婆说:“今晚两姊妹都跳火坑,跳过的就跟外婆睡一头。”姐姐假装怎么也跳不过去。妹妹一跳就过去了。熊外婆说:“妹妹跳过了,跟我睡一头。”半夜,姐姐听到熊外婆把妹妹吃了。便问:“外婆,你吃的什么东西?”熊外婆说:“吃的炒豆。”姐姐说:“外婆,我也要吃。”外婆又说:“小孩吃不得,吃了坏肚子的。”姐姐硬是要吃,熊外婆没办法,只好顺手递给她一个指甲壳。姐姐一看,是她妹妹的指甲,灵机一动,想出一个办法,忙说:“外婆,我要去厕所。”熊外婆不相信,怕姐姐跑,不准去。“你不相信,就把我手上拴根绳子。”熊外婆答应后,姐姐便上厕所。在厕所里,她把绳子解开,捆在鸭子脚上,自己爬上屋架。熊外婆看她出去一阵,还没来。就喊:

“外甥。”没有回答，便把绳子一拉，听到扑扑的响声以后，熊外婆点灯一看，已没有人。就一边找一边说：“老鼠大哥，你不要吹熄我的灯，找到平分。”姐姐听它这么一说，从屋架上跳下来，就往外跑，来到一棵大树下，爬上去一看，熊外婆从后面追来了。可它赶到后，看见姐姐在井里，就将水喝干，还是没有看到，便抬头往树上一望，姐姐随机应付：“外婆，我在树上玩。你来，我给你梳头发。”她一边梳一边把外婆的头发捆在树上。捆好以后，假装把梳子掉下去。对外婆说：“我的梳子掉了，我下去把它捡起来。”说时，跳了下去，捡起梳子就跑。熊外婆看见姐姐跑了，急得往下一跳。这一跳，头发被挂在树上，鲜血淋淋，疼得直跳。

在路上，姐姐碰上一人，叫道：“大哥，如果你碰到一个老婆婆，就说我走大路。把你挑的辣椒水和盐往老婆婆脑壳上洒一洒。”说完，就朝小路跑去。刚刚离开，熊外婆就赶到问：“大哥，你看见一个姑娘吗？”“看见她往大路去了。”说完，就把辣椒水和盐洒在熊外婆的脑壳上。这一洒就不得了，疼得熊外婆直打滚。

姑娘又碰到挑石灰的大哥，便对他说：“大哥，如你碰到一个老婆婆，给它脑壳上撒把石灰。”那个大哥在路旁看到一个老婆婆坐在大路边。熊外婆就问：“你看见一个姑娘路过这里没有？”“她朝大路去了。”说完，朝熊外婆头上放了一把石灰。熊外婆痛得死去活来，不一会儿就死了。

讲述者：桑植县赤溪乡陈家溶村王枝姑

整理者：覃正大

河鹰和野猫

河鹰和野猫都是偷鸡能手，两个相遇后拜老庚。偷到的鸡，两个搬到山上一起吃。

有一回，河鹰和野猫约好偷鸡，野猫潜伏在树林里，河鹰飞在高高的蓝天上。突然，有只大鸡来到树林，野猫将要动手，河鹰从天空中一铲下来把鸡捉走。河鹰搬着鸡在空中飞，野猫在地上往河鹰飞的方向走。因鸡婆太重，河鹰搬不起，飞到树上歇一会儿，野猫在地上走也停在树蔸下望着河鹰。砍草树烧灰粪的人来了，野猫就对河鹰说："走哟。"河鹰在树梢上也说："飞哟。"河鹰想野猫走开，野猫想河鹰将鸡婆掉下来。砍草树烧灰粪的人把火点了渣子，火从四周围来，河鹰搬着鸡飞走，野猫来不及冲出大火被烧死。大火熄灭以后，河鹰又飞来站在那棵树杈上，看着烧焦的野猫尸体，自言自语地说："我要飞，你要走，你才烧成骨头。"

讲述者：桑植县沙塔坪乡黄文光

整理者：黄　瑛

喜鹊和乌鸦

喜鹊和乌鸦同落在一棵树上，喜鹊“喳喳喳”地说：“黑乌鸦，你唱的歌并不难听，为什么人们讨厌你呢？”

乌鸦说：“因为我爱管闲事，喜欢把不好的消息告诉人们。”

“这是你不对。你应该学我，从来不揭短，天天唱赞歌。人们听见我唱歌，心里就高兴。”喜鹊骄傲地说。

“我才不学你，只报喜不报忧！”乌鸦很固执。

“报喜好，报喜不挨打，不受骂。”

“报忧好，报忧使人少犯错误，提醒人们注意安全。”

“报喜好！”

“报忧好！”

…………

乌鸦和喜鹊争论不休。其他的鸟儿，有的支持喜鹊报喜，有的支持乌鸦报忧，形成两派，互不相让。这时，飞来一只春燕说：“不要吵了，你们都听我的，用嘴巴含泥去梁上垒窝。”鸟儿们不同意，批评燕子说：“你怎么强求别人跟你一起去垒窝？”燕子笑着说：“这就对了，我强求你们学我垒窝不对。那么，你们要求别人学你们报喜、报忧就对吗？”听了燕子的话，鸟儿们恍然大悟：自己的意志是不应该强加给别人的。

整理者：朱德英

桫罗树的来历

相传清代咸丰年间,索溪峪的袁家大院有个名叫袁大吉的人靠打官司过日子。有一次,他从京城打官司回到长沙,住在一家店子里,恰好和一个提桫罗树苗的人在一起。袁大吉一看这蔸桫罗树长得好看,就打主意要搞到手。找他买吧,他肯定不得干。到了夜间,等那个人睡着了,他就起床数了树苗的叶子,枝丫和茎,并在一片叶子背面刻上"袁大吉"三个字。然后,蒙着被褥睡着了。

第二天,袁大吉拿着那蔸树苗准备赶路。那人见他拿了自己的树苗,拦住了他。两人你一拉我一扯,都说是自己的,最后扯不脱了,两人嚷着要去打官司。进了衙门,府台大人还没开口,两人又吵起来,府台大人气得甩袖退堂。袁大吉连忙扯住他的衣服,跪到他的面前说:"求府台大人作主,把树苗断给我。我不是冒领,这树苗是多少片叶子,多少根枝丫,多少条茎,我都清清楚楚的。他要是能够说出这些数字,我甘愿不要这蔸树苗,甘心受老爷惩罚。"

府台大人听他这么一讲,转身冲着那个人说:"你讲树苗是你的,有记号没有?有数没有?"那个人支支吾吾地说:"这树是——我朋友——送给我的,没得什么记号,也不知道叶子有好多片。"府台大人又转向袁大吉说:"你说你的树苗有数,做的有记号,请说给本人听听,说得对,本大人断给你;说得不对,莫怪老爷打你四十大板屁股!"袁大吉回答说:"老爷,不瞒你说,这树苗实实在在是我的，是我在京城公园玩的时候用五十吊铜钱买来的。买来以后，我把它当作宝贝。天天我都数一下子，这蔸树苗的叶子是一百零三片，枝丫四根，主茎一根，树根三十二条，第一枝第一片叶子的背面还刻有我‘袁大吉’的名字呢！大人如不相信的话，你可以看得。”府台大人下令差人查看，结果不差分厘丝毫。

府台大人气得火冒，拿起惊堂木冲着那个人一拍吼道：“大胆刁民，青天白日敢抢别人珍奇树苗，该当何罪？左右！给我打他四十大板屁股！”可怜那个人丢掉了桫罗树不要紧，又被一顿打，屁股打开了花，被赶出了衙门。袁大吉呢，打赢了官司，又得到了珍奇的桫罗树。自从那次打官司回来后，便把这蔸树栽到屋前。年复一年，日复一日，桫罗树已长成几百岁的老树。人们一看到桫罗树，便想起袁大吉这个害人的家伙。

讲述者：武陵源区索溪峪袁尚藩

整理者：陈　琳

风俗传说

土家民家的“连理会”

每年八月十五，是桑植县马合口一带白族、土家族青年男女谈情说爱、结成连理的良宵佳节。节日的晚上，夜幕给土家、民家山寨披上黑色帏幔。明月照在山涧、树林、草丛。一对对的男女青年，相聚一起。有的吃月饼、吹木叶、对歌赏月，有的窃窃私语、情意绵绵，共同编织美好的未来梦想……这边山头燃起篝火，那边山头跳起摆手舞、仗鼓舞。这就是欢乐而迷人的土家、民家“连理会”。对于土家、民家青年来说，连理会比任何节日更具有吸引力。

关于这个节日，有个美丽的传说：很久以前，土家和民家不能通婚。土家世代居住此地，民家是从云南来的客人，受到歧视。那时，土家住在茶叶寨，民家住在覆手坡，中间隔着山涧，山涧两旁都是悬崖绝壁，涧下河水湍急。隔涧早相见，晚相望，但却无法来往。

覆手坡有个白族姑娘叫香君，山歌唱得云雀围着转，挑花绣朵样样会。长得像山茶花一样美，白族青年都想娶她做婆娘，但她没答应谁。这天，秋高气爽，香君攀着涧边的树枝，在石壁上砍柴。不小心脚一虚，差点掉到深涧里去。幸得抓住一根青藤得救，可是右脚上的绣花鞋给绊掉下去。香君拍打着直跳的胸口惋惜不已。这时,只见一只觅食的岩鹫展翅劈向河水,叼起花鞋,就要向高空飞去。说时迟,那时快,只听"叭"的一枪,岩鹫应声落在香君前面的草丛里面。香君拾起鞋子,感激地四处张望。原来对岸站着一个英俊的土家后生,朝她微笑,手里拿着枪筒冒烟的火枪。这个土家后生就是茶叶寨有名的猎手色森。香君看见英俊后生盯着自己,两眼仿佛闪光,不禁红云飞上脸腮,羞涩地低下头。

香君和色森就这样认识了。从这天起,香君就像被什么勾了魂似的,每天都要到溪边砍柴、扯猪草,而色森每天比她来得还早,在对岸向她望着,用目光传情,一直等她走了才起身还寨。色森自从见了香君以后,做事无神,吃饭无味,哪个未婚姑娘也不理,唯有对香君一片痴情。后来,日久天长,不再拘来往,彼此就用山歌互诉衷情。由于山涧阻隔,二人难于面对面地相会。聪明能干的香君,终于想出办法,每天晚上纺纱织布,忙得鸡叫三遍。这样纺呀、织呀,到了第二年秋高气爽的日子,香君终于织好一匹又长又宽的布。十五的晚上,明月生辉,双双来到涧边,香君用山歌招呼色森,使他明白相见的办法。色森扔出绳索把布匹拉过去,牢牢地捆在涧岸枫树上。一座布桥搭成,双双非常激动,奔上布桥相会。说也奇怪,当俩人踩到布桥,那匹布竟变成一座石桥。原来,二人的行动已被月宫娘娘发觉,为其所动。于是,暗中相助,将布桥点化为石桥。

事后,民家和土家人认为这是神灵所助。天意而成,也就消除民族隔阂,取消民家、土家两族人不通婚的禁习。

香君和色森终于成了眷属。这座桥也被人们称为"自生桥"。

此后，自生桥就成一条交通要道，也成一条友谊的纽带，把民家、土家两族人士联系得更紧密。

因相会这天正好是中秋节，从此以后，每当此日，土家、民家两族青年通过自生桥欢聚在一起，祝贺土家、民家五谷丰登，互亲互爱。这天晚上，可以尽情欢乐，通宵不散。这种聚会后来被两族人确定为“连理会”。“连理会”上，青年们表达感情最好的方式是结伴对歌和跳舞。情歌、山歌、盘歌、小调都可；跳舞、摆手、仗鼓、花灯不限。很多姑娘和小伙总愿在这种场合出风头，亮开歌喉，伸展舞姿，以博得别人的喝彩，赢得异性的爱慕。获得爱情以后，男女青年可在花前月下，依偎在一起，单独叙话，互相赠物定情。不管白族还是土家族，若是姑娘，事先就要准备一个精心绣制荷包（又称香袋），爱上后生就给他。男方接受礼物以后，就送女方一块青布或者白布丝帕，外加一只银手圈或者银梳之类的礼物。不过，山里聚会定情，是讲规矩的，严禁干出格的事。

最后，当启明星升起时，就喝团圆酒。人们把篝火加旺，烤上一只野猪。待野猪烤熟后，每人面前放只海碗，倒上一碗包谷酒，提来一只雄鸡，割断脖颈，将鸡血滴入酒碗。然后，每人先喝一口酒，好似歃血盟会。随后，用刀割烤野猪，每人一块，边吃边碰杯，共同祝福。直到东方破晓，火熄人醉，人们带着甜蜜的回忆，带着醇香的满足，回到各自寨里，一年一度的“连理会”终于结束。

讲述者：桑植县马合口乡谷忠泉

整理者：贺一举

新娘哭嫁的根巴

澧水河边有个村子，住着姓秋的父女俩。老爹名秋棠，小女叫秋燕。秋燕一岁的时候，妈妈死了，而秋燕仍向爹爹要妈。为了不让女儿伤心，爹娶外村的郭氏为妻，给秋燕做后妈。郭氏刚到这里，就给秋燕缝了两件漂亮的花衣，秋燕很喜欢她。一二三，三二九，郭氏生了两个儿子，秋燕也九岁了。妈妈不那么爱她了，每天要她到七里路外的山里捡八捆柴，捡不到就不给饭吃。秋燕常常饿着肚子，挂着泪水，走在捡柴的路上。邻居张大婶的儿子大春，看到秋燕伤心的样子，知道她每天捡不来八捆柴就没饭吃，就帮她把捡的柴送到家门口。张大婶见自己的儿子和秋燕十分友好，便请媒去秋家求亲。秋燕爹看到大春眉清目秀、忠厚老实，也就答应了这门亲事。从那以后，大春常去秋家捡柴、挑水，耕田种地样样都干，秋家的日子越过越红火，每餐是大米下锅，鲜鱼上桌，蔬菜几个。

转眼之间，大春已满十七，秋燕也过十三，都已到了嫁娶之年。张大婶择个黄道吉日——腊月二十四为儿子办喜事。到了这天，大春骑着高头大马，带着一大队人，抬着轿子来到秋燕家，秋燕被伙伴们打扮得如花似玉，银簪银夹、银龟壳雪白耀眼，青丝手巾整齐地挽在头上，桃红色脸上微微带笑，丹凤眼里表现着机灵，薄薄的嘴唇给人能说会道的印象。身穿的大红新装，显得快乐无穷。

新娘上轿了，新郎上马了。当！当！锣响起来，很快来到澧水

河边，准备渡河。这时，对面来了一顶轿子，后面有队官兵护送。排头一个官兵举着写有“黄”字的四方灯笼，大家这才知道是本地的黄知县，他为官贪婪。他的儿子黄绝是个色鬼，比他还心狠手毒。

官兵上船以后，来到新娘、新郎的面前。从轿子里走出一个公子，大家一看是黄绝，个个露出恐惧之色。只见黄绝傲气十足地叫嚷着：“谁家崽子今日结婚，快把新娘交出，不然你们都要下河喂鱼。”一位须长一尺二寸的老者上前央求：“黄公子，今天是大春、秋燕大喜的日子，你就行行好，让……”没等老人把话说完，黄绝就当胸一拳，只见老人口吐鲜血，倒在地上。官兵蜂拥而上，同娶亲的人撕打起来，大春奋力拼搏，狠狠地揍了黄绝几拳，但是终因寡不敌众，娶亲的人先后一个个倒在血泊之中。秋燕被抢到船上。黄绝看到满面泪痕的少女，心里痒痒的，只想紧紧地抱着不放。秋燕的泪水像泉水一样往外流，她开口说道：“让我洗个脸。”黄绝满足她的请求，递给她一条手巾，秋燕将手巾往河里浸了浸，拿起来拧了拧，擦擦脸，再将手巾往河里浸时，一头栽进河里，再也没有起来。黄绝盯着河面，气急败坏。

秋燕就这样跳水身亡，这里的人们很怀念她，尤其佩服她不畏强暴的精神。后来，凡是出嫁的新娘都怕遇上暴徒拦截，遂在未行之前的一夜，哭着数数自己的父老长辈，数数自己的亲人。新娘哭嫁的习俗，也就相传至今。

讲述者：桑植县新街乡茅塔村彭春年

整理者：李长久

新娘坐轿的由来

相传明朝崇祯皇帝观光赏景,来到澧水湖畔。河水平似一面镜子,绿得像块碧玉。湖旁青山倒映水中,显得格外清晰。河边杂草长得茂盛,不知过了多少年的九匹石马还成九龙会的阵式俯卧在河的两岸。马皮油光发亮,马的神态活灵活现,湖口边直立着两块石碑,经过风吹雨打,已变成磨岩的样子。崇祯皇帝被这美丽的景色迷了心窍。天空飘来的毛毛细雨打湿他的龙冠,打湿他的龙袍,而他一点也不觉得。直到随从劝他上轿避雨,他才知道自己是在观风景。于是,他诗兴大发,提笔在右边的石碑上写下了一首诗:

世眠九马卧沙洲,
今古名声几千秋。
强风吹来无毛动,
细雨飘来汗长流。

写完,他长叹一声,说道:"言未尽,意未穷,此时已续不出第二首诗,真是惭愧。"接着,又是一声长叹。

随从端见皇上叹息不止,就献计道:"出榜征集下诗,对上了的,答应他的要求,就不愁得不到好诗。"皇上也同意了这个办法。

一个月过去了,对诗的才子佳人虽是成百上千,却没一首是皇

上满意的。两个月过去了，对诗来的人几乎绝迹。崇祯皇帝心灰意冷，只好决定起身回宫。临行之前，亲自来到河边告别，遇上一队抬有嫁妆的人围着石碑看热闹。经打听，才知是赵员外的女儿今日出嫁到很远的张员外家。因她从小就爱澧水景色，又圻说皇上要征集和诗，因而稍留片刻。她看看倒映在河里的缕缕青草，望望排列在湖面四周的九匹石马，瞟了一眼皇上写出的上诗，提笔即书：

满岸青草不开口，
天地作拦夜未收。
愚童用力牵不动，
金鞭苦打没回头。

一气呵成，围观的人齐声叫好。

崇祯皇帝挤进人群，看看写出的下诗，嘴里不住地赞道："对得妙，对得妙。"他转过身，才知对诗的竟是今日出嫁的新娘，和气地问道："新娘有何要求只管提出。"新娘拜见皇上，没提什么要求，起身走了。崇祯皇帝很受感动，命令从人把自己的大轿抬来，让新娘坐轿前去婆家。从此，新娘坐轿的习俗就传了下来。

讲述者：桑植县陈家河镇老街村张胜云

整理者：李长久

结婚为什么放鞭炮

很早以前，每逢喜事不放鞭炮，后来怎么放起来了？这有个传说。

有个村里，一个后生和另一个村的姑娘结婚，拜堂的那天，来了许多人看热闹。迎亲花轿进门，一阵吹打之后，举行拜堂。打开轿门，从轿里走出两个新娘，而且是一模一样，就连讲话的口音和走路的姿势也丝毫不差。把新郎搞痴糊了，看热闹的人也吓散了。大家都知道这两个人中有一个是假的，可就是分不清哪是真的哪是假的。有个胆大的就问她们两个的情况，她们俩回答都是一样的，这就作难了。这两个新娘你争我吵，竟然打了起来。这时候，一个长了胡子的老头出来解劝，要她们莫吵，说："哪个真，哪个假，凭嘴巴说不行。我看这么办，哪个爬上那蔸树巅，她就是真的。因为只有真的才有勇气，假的是怕死的。"两个新娘为了表明自己是真的，抢着爬树。有一个人爬呀爬呀，只爬三下，从树干溜下来，坐在地上急得大哭。另一个新娘爬呀爬呀，一直爬到树巅，笑着说："我是真的。"坐在地下的新娘看到那个新娘上了树巅，想到自己不能爬上去，大哭大喊："我的妈呀！"这时候，胡子老头不知道从哪里拿来一杆九眼铳（即九个眼的铳），将引信点燃，"通通通通"一阵响声，爬到树巅的那个新娘吓得从树上摔了下来。大家一看，死的是只狐狸。

于是，新郎拉着地上的新娘拜堂。从这以后，每逢喜事就要放铳。后来，又发明了鞭炮，从迎亲到拜堂要放几次鞭炮。这是为了避邪，免得狐狸精变成新娘害人。逢喜事放鞭炮的习俗就这样传下来。

讲述者：慈利县零阳镇柳林村朱保初

整理者：王一平

偷媳妇的缘由

永定区与永顺县交界的后坪、茅岗的土家寨子，娶媳妇通常在黑夜，外地人嘲笑他们是“偷媳妇”。

很久以前，土家族也是白天娶媳妇的。唐朝末年，有一天，一家接亲的和一家出丧的在官道上相遇，一方是披红挂彩，吹吹打打，兴高采烈；另一方是披麻戴孝，哭哭啼啼，哀乐鸣奏，谁也不肯让谁。接亲的怕误良辰，冲了运气；出丧的怕误出土，坏了风水。你推他挤，打起架来，拉拉扯扯去到县衙。

县官听了双方诉讼，随即判道：“出丧的身披重孝，肩拉灵棺，忠孝之举，理应先走。”出丧的人一听，急忙叩头谢恩。县官又判道：“娶亲的礼出周公，对忠孝之人理应让先，就晚点走。”娶亲的人看见出丧的先走，气得糊里糊涂。人们围上去问，他没好气地说：“娶亲还得晚上走。”这样误传下来，直到现在，还是晚上娶媳妇。

讲述者：永定区二家河田四元

整理者：田真祥

四月八嫁毛虫

每到农历四月初八这一天,许多人家都用红纸条写上“佛生四月八,毛虫今日嫁;嫁到青山外,永不归我家”,或者写上“佛生之期,文昌之笔;嫁尔毛虫,永无踪迹”,把它贴在墙上,让人家念后,毛虫就没有了,屋里干干净净的。这是什么原因呢?有这么个传说。

唐朝有个叫法藏的长老和尚,是佛教华严经创始人,武则天封他贤首的称号,就是叫贤首大师的。他出生在贫苦的人家,刚一出生,茅屋上的毛虫掉在他的身上,吓得他哭叫不止。爹妈急得没有办法,这时,文昌帝君从这里经过,听到哭声,变成一个化缘道人来到他家,对小伢儿说:“莫哭莫哭,今后享福;毛虫作祟,我来对付。”

小伢儿真的不哭。主人家看到这个化缘道人有本事,就说:“师傅道法无边,请你将毛虫除掉。”文昌帝君想想就说:“我把毛虫嫁出去。”于是,提笔写了“佛生之期,文昌之笔;嫁尔毛虫,永无踪迹”四句词儿,要主人家贴在墙上。第二天,茅屋里的毛虫就没有了。从此,这个习俗传了下来。

讲述者:慈利县岩泊渡镇王泽之

整理者:王一平

端午节为何在门上插艾蒿

传说有一年,世上妖魔作祟,瘟疫流行,死了成千上万的人。百姓只好烧香磕头,求上帝保佑。太白金星把凡间瘟疫流行情况禀告玉帝。玉帝发了善心,命张天师下凡为百姓消灾治病。

张天师领了玉帝旨意,身骑艾虎,手执宝剑,来到凡间,在张天师修道处龙虎山设立神坛,请神降妖。打了七七四十九天的醮(祷神的祭礼),到了农历五月初五这天,张天师身披花衣,手执宝剑,在神坛前念着咒语,作起法来。由于张天师的法力,妖魔不敢作祟了,瘟疫也消除了,百姓过着安乐日子。

人们为了消灾禳祸,每到农历五月初五,就在两张红纸条写上"五月五日午,天师骑艾虎;瘟疫化灰尘,邪妖入地府",合成十字贴在墙上。听说贴了这个的人家,一年四季平安。每到这天,家家户户都在门上插着艾蒿、菖蒲。艾蒿是张天师的艾虎,菖蒲是张天师的宝剑,插了艾蒿和菖蒲,妖邪就不敢进门。这个风俗现在还在流传。

讲述者:慈利县零阳镇柳林村王大文

整理者:王一平

岩泊渡二端午的来历

民间传说抗法保台民族英雄孙开华逝世后，光绪皇帝亲撰《祭孙提督文》，并且下旨准允在其家乡和仕宦之地分别建立石人石马作为纪念。

据说，孙道仁出示朝廷礼部转呈的光绪皇帝谕旨，选择在农历五月十五日上岸，安置两套石人石马：一套置于孙开华的出生地慈利县柳林铺澧水南岸；另一套置于孙开华的祖居地岩泊渡廖家村（今名叫坪山村）澧水河码头。岩泊渡的百姓为了欢迎“孙九大人”灵归故里，家乡族人与亲人决定以孙开华生前喜爱的活动划龙舟迎接石人石马上岸，并且举行盛大的安置仪式。于是，把原来农历五月初五的扒龙船改在农历五月十五进行。岩泊渡的澧水渡口两岸人山人海、扶老携幼，河中船只密密麻麻，鞭炮声、吆喝声响彻河谷两岸。为让子孙后代铭记帮办台湾军务大臣孙开华保卫台湾的历史功绩，岩泊渡的乡绅学士决定：从此以后，岩泊渡人在每年农历五月十五举行二端午、划龙舟活动，这就是岩泊渡二端午的来历。

这种习俗相沿到现在。每逢农历五月十五，岩泊渡镇的澧水河段锣鼓喧天、喊声震地，十多条龙舟像利箭冲向标船，争夺奖品。澧水两岸数万民众穿红戴绿、熙熙攘攘，欢欢喜喜地过“二端午”，慈利人民以独特的方式纪念澧水河畔的民族英雄“孙九大人”。

整理者：周星林

过年前为什么扫灰尘

传说农历腊月二十三晚上，灶神司命菩萨要去天庭向玉皇大帝禀告各家各户的清洁卫生情况。

农村一年四季很忙，难得大清大扫，清洁卫生方面常有不周之处，这让玉皇大帝知道了，就要受到惩罚。怎样才能免受玉皇大帝惩罚呢？大家心想，司命菩萨年纪大记性差，平日里他把不卫生的情况一笔一笔记在壁子上和瓦下边，如把这些记载抹掉，他就没有禀报的了。所以，每年腊月二十三以前，家家户户忙着抹洗板壁、墙壁，打扫房屋顶上的灰尘。到了晚上，家里的堂客把铁锅洗得干干净净，用清油、灯草点灯，放在锅里，上面罩着一把筛子，灯的光亮从筛子眼里射出，一晃一晃的。司命菩萨借着晃动的光亮一看，满屋子都是干干净净的，没有差错。于是，他就高高兴兴地上天庭向玉皇大帝报喜。

讲述者：慈利县二坊坪乡段雪琴

整理者：郭长青

土家族过赶年的来历

“过赶年”是土家族最隆重的民族节日，是土家族民族认同的重要标志。土家族“过赶年”即比汉族提前一天过大年，月大在农历腊月二十九日过大年，月小在农历腊月二十八日过大年。总要往前赶一天过大年，因而叫“过赶年”。

据说在明代世宗嘉靖年间，我国东南沿海地区经常受到大批倭寇（即日本人）侵扰。皇帝征调湖广土司土兵赶赴苏松地区抗击倭寇，圣旨传到湖广土司，土家先民奔走相告。由于正值农历年关，按照路程计算，如要按时到达指定地点，必须及时出发。为使这批将要离家、奔向战场的土家官兵过年以后再走，茅岗等土司王就下令各家各户提前在农历腊月二十九日过大年。据说当年土家官兵一起过年之时，因为人数众多，于是蒸甑子饭，切坨子肉，斟大碗酒。又因时间太紧，没有时间炒猪肉、萝卜、白菜、青菜、粉丝、豆腐，只好合在一个锅里煮成“合菜”（现名“三下锅菜”）。土家官兵浩浩荡荡出征以后，与朝廷将士并肩作战，打败倭寇，收复祖国边疆，荣立“东南第一战功”。所以，清代《光绪龙山县志》记载：“土人度岁，月大以二十九日为岁，月小则二十八日。”清代《长乐县志》也载：“容美土司后，则在除夕前一日。盖其先人随胡宗宪征倭，于古历十二月二十九日大犒将士。除夕，倭不备，遂大捷。后人沿之，遂成家风。”此后，为了纪念土家先烈抗倭功绩，土家先民每年提前一天过大年，成为土家固定习俗。现在，土家族人远离家乡的亲人也要及时赶回家里，过“土家年”。

土家族人过“赶年”时，家家户户的长者先用盆子把煮熟的猪首供在神龛之前，点燃香烧纸钱，敬祭历代祖先。半夜三更过后，土家族人开始做菜，蒸甑子饭。在凌晨三五点钟，全家人团聚，围着宴席吃团年饭，喝团圆酒，一直吃到天亮，预示来年越来越兴旺。吃团年饭之时，关着自家大门，忌讳外人闯入。

2006年，“土家族过赶年”经湖南省人民政府批准列入第一批省级非物质文化遗产名录。腊月三十白天，土家族人为祖坟送亮。在除夕之夜，土家族人在火坑里用大树蔸烧着旺火“守岁”。全家人围火而坐，一边吃薯片、瓜子，一边聊天，长辈乐给晚辈“压岁钱”。

半夜三更，燃放鞭炮，谓之“接年”。

“土家年”习俗内容丰富，办年货、做年饭、走亲拜年、跳摆手舞。跳摆手舞的时间各村不太一致，规模有大摆手、小摆手之分。“土家年”活动的内容有闯驾进堂、祭祀祖先、唱梯玛歌、跳摆手舞、演茅古斯、唱花灯戏、打三棒鼓等，是展示土家文化的盛会，对研究土家族的民俗文化具有重要价值。

整理者：戴楚洲

狗头帽的来历

从前，一个财主家里有妻和妾。妻称大娘，妾称小娘，大娘心狠手毒，小娘贤惠善良。两人都没生孩子，财主就规定：不管大娘小娘，哪个生了孩子，就由她当家，所有财产归她掌管。大娘怕小娘生孩子，天天烧香求神，哪晓得小娘怀孕了。大娘知道以后恨得要死，想鬼主意。当小娘快要生孩子的时候，财主出门收债去了。走的时候，交代大娘好生侍候怀孕的小娘。财主走后，大娘悄悄地给喜婆很多银两，要她趁小娘生育之时，想法把小伢儿弄死。小伢儿生下后，喜婆抱出门，把他丢在山塘旁边。财主家的黄狗娘急忙衔着一片藕叶盖在小伢儿身上，每天给小伢儿喂几次狗奶。

财主回来以后，大娘花言巧语地说："小娘生了个死伢儿。"财主只好唉声叹气。黄狗娘见了财主，咬着他的衣服不放，嘴里连声哼着，好像讲话的。财主觉得奇怪，就让黄狗娘拖着走。一直拖到山塘旁边，黄狗娘揭开藕叶，才真相大白。财主一气之下，赶走大娘。为了报答黄狗娘救孩子的恩情，财主叫人按照狗头式样，给孩子做顶帽子戴在头上。

小伢儿带狗头帽的习俗，流传到现在。

讲述者：慈利县金岩乡朱立兰

整理者：覃章顺

白族人为啥爱狗

白族人爱狗，喜欢养狗，而且不吃自家所养狗的肉。逢年过节，狗和人一样，吃好的喝好的。白族人为什么爱护狗呢？

在很久以前，有年春天，电闪雷鸣，大雨滂沱，一连下了四十九天，各条江河涨了大水。洪水淹没所有村庄，只剩洱海边、苍山上的一个山头。山头上住着两户不同姓的人家，每家只生一孩，一户生一女孩，另一户生一男孩。两家的孩子喜欢和狗玩。因此，两家养着两只狗，也是一雌一雄。

大雨不停，门前洪水还在陡涨，时刻都有灭顶之灾。两家大人望着大水，一筹莫展，焦急万分。最后两家大人望着孩子，又望着会水的狗，决定把生的希望留给孩子。于是，唤狗让孩驮在它们身上。聪明的狗先围着孩子绕了个圈，后跑到谷堆上滚了几个滚，让谷子沾在自己的茸上，最后含泪对着主人悲哀地长吠一声，驮着小孩下水游去。一下水后，排天的巨浪发出山崩地裂般的啸声，像猛兽一样迎面扑来。顿时，天地难分，万物淹没。

忠实的狗驮着这对男女，游呀游呀，不知过了多长时间，洪水消退，大地逐渐现了出来。不过，经过这场大水，房屋、田地都已冲毁，万物已经绝种。这对男女为了生存，搭起窝棚，开荒种地。不久，结成夫妻，成了白族人的祖先。狗身上本来沾满谷的，可因全身泡在水里，游的时间太长，在狗的尾巴上仅剩几粒，夫妻俩拿下谷粒种在地里，精心培植，当年秋天就有收获。小两口儿舍不得吃，全部留做种子。平时扯野菜、打野兽度日，后来一年接一年地种植，扩大种田面积。日子逐渐好转，儿女越养越多。这对男女就是这样，辛勤劳动，养儿育女，繁衍白族的后代。

后来，狗驮着人和谷渡过大水的故事，一代一代地流传下来，以表示白族人为感谢狗救祖先的恩德。

讲述者：桑植县瑞塔铺镇戴福香

整理者：贺一举

土家族高花灯

相传高花灯起源于东汉章帝初年，“澧中蛮”覃儿健举旗反汉，与汉军“战于宏下（今沅陵县）”。土家先民用火把跳舞，为起义军呐喊助战。终因汉军势众，覃儿健与起义军全部战死。

后来，土家先民每年都必在正月初一至元宵节打着火把，集会跳舞，纪念覃儿健起义。久而久之，火把演变成为高花灯，表演也有一定规矩。传说公元 683 年，武则天曾于长安举行了一次盛大灯会，宫内扎起高达五十丈的灯楼。唐高宗与武后坐在上面，皇子皇孙、宫娥彩女伴立两旁，同观花灯。各州文武百官奉旨备办各式各样花灯，前来表演。只有西南夷人以“高花灯”献于皇上，别具一格，引得武则天笑逐颜开，唐高宗传谕嘉奖，赐名“皇灯”，并且下发圣旨：以后非西南夷人不得玩此“皇灯”，违者以“冒皇”论处。之后，薛刚醉酒，大闹花灯，踢死太子，惊死老王，惹下弥天大祸，薛家满门抄斩，导致薛刚反唐。因此，凡是玩“高花灯”的，禁吃人家的盘中荤菜、杯中之酒。

高花灯表演，由 12 至 24 人组成，配以锣、鼓、钹、唢呐等乐器。每人举着一盏纸扎灯笼，里面点蜡烛两根，顶扎一木偶像，用五颜六色的纸剪成“八仙过海”“瓦岗寨好汉”“梁山英雄”和“耿氏送子”等戏文故事。12 个大长柄灯代表一年 12 个月，意味着月月平安无事；24 个小长柄灯代表一年二十四节气，象征春种秋收，风调雨顺。

表演时，有一套程式，要求东起西落，进一个“半边月”，出一个“月团圆”，舞一个“太极图”。边舞边组成“单八字”“双八字”“连八字”“八卦阵”“四耳节”“六耳节”“九连环”“推骨牌”“滚柱头”“织篱笆”“过天星”“象棋盘阵”“一字长蛇”“二龙戏珠”“双龙出洞”“羊儿打架”“烈马回头”“狗寻骨头”“螺丝旋顶”“荷花出水”“覃王点兵”等几十种队形。

民间舞蹈“高花灯”起源于永定区沅古坪镇栗山村一带。永定区每年举行元宵灯会的时候，有种花灯用木托扎着灯笼，灯笼里点木油、蜡烛。夜晚起舞之时，烛光闪烁，犹如银带飘飞，使人眼花缭乱，那便是土家族娱乐性舞蹈“高花灯”。永定区沅古坪镇栗山村“高花灯”领队龚瑞珍老人每年领着24名队员参加张家界市举行的大型文艺活动。2006年，“张家界高花灯”被湖南省人民政府列入第一批省级非物质文化遗产名录。

整理者：戴楚洲

土家族板板龙灯

相传板板龙灯起源于宋代，是为纪念剿匪英雄“黑神都督”雷万春而开展的民俗活动。这种习俗代代相传，沿袭千年。

宋朝初年，慈利县龙潭河匪首张大奎纠集一千余人，盘踞龙头山顶。张大奎怂恿众匪抢劫财物，虐待妇女。“赶天二公”李盛上京禀告朝廷，请求镇剿。宋太祖遂派高怀德元帅和郑於戈、潘荣贵将军领兵五千来到龙潭河攻山，但被滚木、烂石击败。高元帅命令李盛召集当地族长共商除恶良策。秀才朱名月献计以后，李盛发动百姓自备长木板，上点烛灯，连成“板板龙灯”，诱匪出山观灯。次年正月十五日，各家板板龙灯来到龙潭河比赛，内容是看谁家灯长，圈盘最大。久未下山的张大奎亲领匪队，前来观灯。玩灯农民冲断队伍，将其团团围住。郑於戈、潘荣贵率领官兵，大打出手。张大奎见势不妙，拔腿逃向龙头山匪巢。逃到半山腰时，景龙桥的雷万春喝道：“张贼快快投降，免得老子动手。”张大奎举枪就杀，二人厮打一阵。因为天黑，雷万春虚踩一脚，被张大奎刺中胸部。张欲逃跑，雷抱腿不放，还用嘴咬。这时，郑於戈将军挥起一刀，砍断张的右臂，张匪就擒。流血过多的雷万春当场阵亡，潘荣贵命令士兵抬着雷将军，在板板龙灯引路下，回到军营。第二天，高帅令将张大奎斩首示众，沉尸龙潭河。命令李盛将雷将军葬在龙头山下，并建“黑神庙”以示纪念。因雷万春皮肤黑，被宋太祖追封为“黑神都督”。

自宋朝剿匪胜利以后，龙潭河一带每年正月十五组织玩板板龙灯。经过历代传承，玩板板龙灯的目的逐步从庆祝胜利演变成为祈福迎春、盼望吉祥。时间不局限于正月十五，大年三十以及重大节日都可进行。板板龙灯原是家族性传承，现已发展成为以村为主，甚至以乡为单位组队。

板板龙灯是土家族人自编自演的娱乐性舞蹈。板板龙灯分布在慈利县龙潭河镇周边几个乡（镇），表演艺术形式独特，是全国著名的民间舞蹈。板板龙灯由木板安上灯笼，组成龙身，长达千米。表演板板龙灯时，每人肩上抬着用枫木或者樟木做成的木板。随着锣鼓节奏，板板龙灯左右翻滚，时而龙腾虎跃，时而长蛇蜿蜒。

慈利县龙潭河、景龙桥、二坊坪等乡（镇）参加表演队伍少则数百人，多达数千人。在点灯和龙头点睛之前，进行祭祀活动，祈求风调雨顺、五谷丰登。天黑以后，主持人下令“点灯”并举着火把围绕坪里跑一周停下后，表演的板板龙灯才上灯，亮相坪中。发灯以后，龙头前由几名或者几十名力气大的人用粗绳向前拉，龙尾的人向后拉，前后形成角力，龙身才能起动。排在最前面一人举好龙头，最后一人举好龙尾。板板龙灯开始蠕动，昂头、摆尾、走圆场，组成一个巨大的滚动着的火轮。龙的前面抬着高怀德、雷万春的雕像作为吉祥物。表演板板龙灯的人很狂，高声呼叫，连走带跑。

板板龙灯的玩法以跑圈、走字为主。玩灯的时候，由龙头向四周扩散，不走回头步。起初是像蛇一样盘大圈，龙头顺左方向往内转，再从中间顺左反转向外，演变成为“太平年”“福禄寿喜”“国泰民安”等造型。板板龙灯的高潮在“龙争珠”这一节。此时，一位土家姑娘走入坪中，把彩珠抛向空中。顷刻间，呐喊声响成一片。最后，彩珠被姑娘的意中人夺去，板板龙灯也就宣告进入尾声。

慈利县板板龙灯在春节或者国家大型庆祝活动时表演，如抗日战争胜利以后举行几次，新中国成立时举行一次，改革开放以来，连续举行多年。1990 年，慈利县政府召开经贸大会期间，高桥镇组织了一支上千盏灯笼的板板龙灯，入夜浩浩荡荡游遍慈利县城。有时像一条长龙，有时像一个火球，在零阳十里长街舞动，为数万客商瞩目。2003 年元宵节夜晚，由龙潭河镇上千人表演的板板龙灯在慈利县体育广场进行，并且上街表演。慈利县城数万市民汇聚街道观看，鼓乐开道，鞭炮相迎，锣鼓如潮，气势磅礴，热闹非凡。板板龙灯艺术价值独特，不但是珍贵的民族文化遗产，而且对研究历史学及民族学有着重要价值。2006 年，慈利县板板龙灯被湖南省政府列入第一批省级非物质文化遗产名录。

整理者：戴楚洲

白族仗鼓舞的由来

桑植县白族人为何爱跳仗鼓舞呢？说来话长。据老人相传，“民家人”初来桑植落业之时，由于人少势孤，常受其他民族欺侮，特别是受到官府压迫，很是吃亏。为了生计，民家人习武形成风气。

相传明代某年春节前夕，澧水流域白族兄弟三人用木杵在家里打糍粑。一队官兵突然闯进，不管三七二十一，抓起糍粑就吃，吃饱以后，还要强行把剩余的糍粑带走。开始都只拉拉扯扯，后来动起刀枪，发生殴斗。弟兄三人因取武器不及，顺手抄起打磁粑用的杵直打横扫。弟兄三人武艺精湛，把官兵打得东倒西歪，一个个抱头鼠窜。打退官兵，保住糍粑，兄弟三人喜得手握木杵跳起舞来，其中不少动作是从武术中提炼出来的。为了纪念这次械斗胜利，白族人在打糍粑前，都会举起木杵手舞足蹈，久而久之，演变成为白族独有的舞蹈。因像打仗，故称“仗鼓舞”。所以，《甄氏族谱》记载：“吹牛角，跳仗鼓。”

在白族聚居区，每逢喜庆节日，白族人自觉聚在一起，欢欢喜喜跳起仗鼓舞。道具仗鼓形状像杵，长约一米二，两头大、中间细，两端用皮革绷衬成鼓。仗鼓舞在桑植县麦地坪、梅家桥、走马坪、人潮溪、长潭坪一带的白族山寨流传。白族人跳仗鼓舞时，由三元老司领队。仗鼓舞队员手执仗鼓，在仗鼓舞大师领跳下，踩着节奏，跳着“硬翻身”“狮子坐楼台”“野猫戏虾”“兔儿望月”“五龙棒圣”“魁星点斗”“霸王撒鞭”“雷公扫殿”“二龙戏珠”“二十四连环”“四十八花枪”等八十一个动作，舞姿变化多样。舞蹈优美，玲巧多变。舞者手里拿着道具仗鼓，跟随者使用海螺、长号、横笛、唢呐、大锣、小鼓、钹等乐手围成一圈，踏着节奏翩翩起舞。舞时，参加跳仗鼓舞的人数不断增多。但是必须是每三人成一组，鼎足而舞。其中一人执仗鼓，一人打钹，一人敲锣，以一个一个的小圆圈围成一个圆圈。开始时的“单跳”换成“双跳”，手部摆动随之增加。

新中国成立后，仗鼓舞被搬上文艺舞台，被列为优秀节目，多次参加文艺汇演，荣获多个奖项，深受观众好评。2009 年，“桑植白族仗鼓舞”被湖南省政府列入第二批省级非物质文化遗产名录。2011 年，“桑植仗鼓舞”被国务院列入第三批国家级非物质文化遗产名录。

整理者：戴楚洲

土家族阳戏

“阳戏”全称“阳盘戏”，又名“柳子戏”，据说因阳春人演戏而得名。阳戏声腔吸收四川省梁山县灯戏腔调，习称“杨花柳”。自明末清初土家覃玉龙、覃玉凤兄弟从施州迁入澧水流域以后，形成教子垭犀牛潭覃家班，至第四代覃保元始收外姓徒弟，培育杜从善、覃华堂、庹松侠、刘思之等知名艺人。

清朝中期，阳戏普及澧水流域。后经杜从善等几代阳戏大师改革，借鉴荆河戏演唱方法以及融合傩愿戏、花灯戏和土家民歌于阳戏中，使阳戏形成具有独特风格的土家剧种，积累《捡菌子》《扯笋子》《双进京》《双揭榜》《宝莲灯》《打经堂》《打金银》《打芦花》《打仓救主》《姐妹皇后》《春哥与锦鸡》等200多个传统剧目，主要内容反映家庭生活、劳动故事和男女爱情。从民间歌舞发展成为戏曲剧种，阳戏经历“二小”“三小”以及“多行当戏”等阶段。现在，阳戏角色行当分为生、旦、净、丑四行。其主腔有两种唱法：一是用平嗓平腔唱，尾音不翻高，称为“老柳子戏”；另一是用真假嗓结合演唱，尾音翻高八度，称为“新柳子戏”。

20世纪80年代是阳戏发展鼎盛时期。2006年，“张家界阳戏”被湖南省政府列入第一批省级非物质文化遗产名录。2011年，又把“张家界阳戏”列入国家级非物质文化遗产名录。

整理者：戴楚洲

夫妻走娘家妻在前夫在后

古时有个习惯，乡里夫妻走娘家有个规矩：妻子走在前头，丈夫跟在后头。

传说孟姜女的丈夫范喜梁修长城，一去就是几年，音讯全无。孟姜女非常想念丈夫，包起盘缠，带着棉衣就去北方。她走到长城边缘，听说丈夫已经累死，大哭起来。七哭八哭把长城哭倒了，里面埋有好多死人骨头。孟姜女在里面找呀找呀，找得丈夫几根骨头。然后，用衣服包着，用伞把把撅在背后背回来了。

后人被孟姜女的情意感动，就把这件事传了下来。两口子出门走娘家，都要学孟姜女。女人在前，男人在后，这是夫妻和睦的表现。

整理者：金克剑

符家人与鲤鱼

据说永定区双溪桥乡的符家人早先姓付。

明朝永乐年间,符氏祖先付宗杰率兵携妻经洞庭湖往湘西征剿“蛮”。有一天,突然遇到大风大浪,竹筏眼看就要颠翻,老艄公对付宗杰说:“怕是没用猪羊祭祀洞庭水神的缘故?”付宗杰吟诗回道:“五世为官代代清,哪有猪羊祭洞庭?平生没做亏心事,来到江中任水沉。”

不料这一说,风浪更大。正在危急之时,他的妻忙接口吟一首诗:“一对金簪入水洋,一折猪来二折羊。劝君莫听丈夫语,轻风送我过楚江。”

付妻丢下金簪,风浪果然平息,竹筏顺利靠岸。这时,只见一条鲤鱼死在岸边。艄公把鱼剖开,发现鱼肚里有一支金簪。付宗杰忙命令把鲤鱼放回湖中,并且烧香叩头,感谢鲤鱼神灵庇护,得以逃生。这之后,付宗杰为纪念洞庭竹筏之难,遂在付字上加了个“竹”字头,并尊鲤鱼为符氏祖神。

整理者:金克剑

三斤黄蜡躲出来

永定区四坪都、双溪桥、谢家垭等乡以及沅陵县火场乡的符、张、梅三姓是土家人。如果是土家人,他们就会讲几句对巴句:“鹰儿坼,鹰儿岩,三斤黄蜡躲出来。”

为什么呢?传说明朝末年,李自成兵败后,退隐石门县夹山寺。他的部将王进才、马进忠率领义军继续与清军作战,终因抵敌不住,从沅水退到湘西地区深山密林。清军穷追不舍,沿路烧杀掳掠,无恶不作。为了煽起土人对义军的仇恨,还四处造谣言说王马兵是“长毛鬼”。当时,一支王马兵路经沅陵县火场乡,百姓吓得往山里躲,清军乘机屠杀这些“土蛮”。其中符、张、梅三姓土人乘乱攀上一棵榆蜡树,躲进悬崖绝壁上的山洞里面。因为这个地方野鹿长鸣,所以叫“鹿鸣溪”;那个山洞老鹰成群,所以叫“鹰儿坼(chè)”“鹰儿岩”。清军哪管山洞里躲的是王马兵还是老百姓,团团围住就剿。他们先砍倒榆蜡树,断掉洞中人的退路,再在山下烧辣子末熏,又射火箭进去烧,结果“一毛不拔”。清军发怒以后,就在洞下扎营,死围不撤,硬要渴死饿死洞中之人。

三家人的粮食吃光,就剩三斤黄蜡。为了活命,他们只好把黄蜡当饭吃。黄蜡是不消化的油脂,吃多少,屙多少。他们又吃屙出的黄蜡。这样周而复始,居然熬过一段时间。为了蒙蔽敌人,他们还对崖下的清军唱山歌:“鹰儿坼,鹰儿岩,千军万马打不开!”清军围了许久，没了耐心，见洞中的人安然无恙，以为是神仙相助，只好悻悻地撤走。清军走后，三家人撕破衣服、被子结成绳子，缒下悬崖。山下全寨的人都被杀绝了，这三姓人奇迹般地躲过灾难，并且繁衍子孙。

这三姓人为了纪念鹰儿坼之难，每当逢年过节，他们都用三斤黄蜡做烛台，用榆蜡树枝当香烛，插在黄蜡烛台之上，并且默念几句祭词："鹰儿坼，鹰儿岩，三斤黄蜡躲出来。"

整理者：金克剑

崇山人为什么不吃黄鳝

黄鳝炖莴菜，是道士家名菜。可是永定区崇山人不仅不吃黄鳝，反而把黄鳝奉为他们的祖神。

传说在四千五百年前，虞舜把欢兜流放到崇山以后，欢兜并不屈服，他一边开发崇山大，一边厉兵秣马，准备讨伐舜帝。舜帝害怕，遂派大军南下征“蛮”。打了几仗，欢兜因为寡不敌众，只好退到崇山的一个山洞里面，凭险固守。舜用兵封住洞口，日夜攻打，致使洞里粮尽水绝，八百将士生命垂危。

这天，欢兜正倚在岩包上打瞌睡，忽然觉得脚趾发痒。睁眼一看，见是一条黄鳝正咬住他的脚趾往一边拖。欢兜大吃一惊，一脚将黄鳝踢在一边。不一会儿，那条黄鳝又来啃他脚趾。欢兜一想：有黄鳝必有水源！俯身对黄鳝说：“黄鳝呀黄鳝，你若是搭救我欢兜的，就给我指条生路吧！”那条黄鳝听罢，松开了口，掉头就往洞里溜去。欢兜紧跟不舍，终于找到水源。将士们喝了水，一鼓作气，打败舜兵。

此后，欢兜下令所有将士不吃黄鳝。崇山人遂将黄鳝奉为祖神，至今如此。

整理者：金克剑

三元教

在桑植县白族人中，最信奉的是“三元教”，做供果时唱“拜祖词”，词中有这样几句：

一拜祖先来路远，二拜祖先劳百端。
三拜祖先创业苦，四拜祖先先于前。
家住云南喜州县，苍山脚下有家园。
大宋义士人皆晓，天山逸民历代传。

据说桑植县白族人的老家在云南大理。七百年前，蒙古大帝蒙哥即位，对南宋发动进攻。命令忽必烈率军渡江南下，围攻鄂州，命令大将兀良合台率军二十万，西渡金沙。不久，兀良合台灭大理国，国王段兴智当了蒙军的傀儡。蒙军由于伤亡减员，就地征募一支两万多人的“寸白军”，由段福率领从征。后来，蒙哥死于四川，忽必烈闻讯速返上都承袭大汗之位。因为内部倾轧，兀良合台不被任用，段福所率“寸白军”遭遣散，不少军士流落长江流域。

桑植县白族始迁祖谷均万、王朋凯、钟千一等人就是在“寸白军”中服役的。谷均万在军队中是一个小头目，钟千一系谷均万的妹夫，王朋凯与钟千一又是姨亲。由于姻亲关系，他们常在一起，相互照应。“寸白军”遣返时，返乡又很困难，便商议，择地定居。他们来到桑植，解甲归田。同涉者，还有熊、李、高、马、杨、施、孔、于、车等姓十余人。在白族聚居区有多处“五姓祠”，是谷、王、钟、熊、李五姓后裔所修。其五姓祖先和本主神像均供在一个神龛上，长期共同祭祀。除这五姓外，其他几姓人丁不旺，谷、王、钟三姓占了桑植白族人口的百分之八十。因此，白族人就把谷均万、王朋凯、钟千一三位祖先称为三位元老。信奉三元就是不忘根本，敬奉自己的祖人。

讲述者：桑植县走马坪乡钟为化

整理者：贺一举　谷忠诚

从前，一位民家祖先外出，走到一座山中，突然跳出一只老虎。经过扑打，民家祖先仍然无法脱身。万分危急之时，他就许愿祷告。说也奇怪，只见一阵狂风卷过，再也没有动静。民家祖先定眼一瞧，猛虎早已不知去向。只见头顶半空彩云之中有三个不同颜色的人影，忽隐忽现。

灾难消除以后，民家祖先跪下，朝天礼拜，深感神灵保佑。回到家中，他请来工匠将所见之形塑成三个半身的男头形菩萨，下绕彩云，统称“三元傩神”。从此以后，民家人有什么不称心如意的事就许愿。然后，恭请傩神还愿了结，解脱人间痛苦。特别是小孩长到十二周岁，必须还“托白”愿，以易养成人。还愿之时，由“三元老司”主持坛门。“还傩愿”习俗沿袭至今。

讲述者：桑埴县马合口乡谷兆庆

整理者：谷忠诚

白族大二三神的由来

桑植县“民家人”普遍敬奉“本主”红脸大神、黑脸二神、白脸三神。每逢正月十五、七月十五、十月十五是三个“本主”的生日，“民家人”按姓氏齐集祠堂赶会、赛神，“三元老司”进行祭祀。这是怎么回事呢?

白族初来桑植的始迁祖谷均万、王朋凯、钟千一等路过杨家河时，乌天火闪，狂风暴雨，河里涨水，波涛滚滚。“怎么办？过不得河了。”谷均万说。“我们全身湿透，躲又没个躲处。妖魔和我们作对，不冻死，也会饿死，大家有什么办法?”王朋凯回答：“我们请菩萨保佑!”钟千一就讲：“我们跪下磕头作揖!”于是，大家跪拜，嘴里念：“神灵神灵，快快驾临；消灾降福，拯救我等过路之人。”

不一会儿，来了一个红脸老人、一个黑脸老人和一个白脸老人。红脸老人双手对天几摆，暴雨停了，风停了，雷停了，太阳出来了。黑脸老人双手对河里几拍，波落了，水消了，河里的岩包现出来了。白脸老人对他们吹一口气，全身发热，衣服干了。

谷均万等人激动得泪水长流：“菩萨！承你们搭救，我们绝处逢生。你们的恩情啊，我们永世不忘。等我们安居乐业以后，修庙宇，塑金身，子子孙孙长年奉敬。请问三位菩萨，尊姓大名?”“就叫我们大二三神!”话音一落三位神仙也消失不见了。

讲述者：桑植县芙蓉桥乡王国卫

整理者：李康学　刘黎光

第三部分　故　事

幻想故事

后　娘

从前,武陵山区有两口子,男的老实巴交,堂客端庄贤惠。两口子恩恩爱爱,生一男伢,取名虎儿。虎儿长到十二岁,他娘病死了,他爹给他找了个后娘。后娘为人阴险刻毒,想尽千方百计伤害虎儿。

有天清早,后娘对虎儿说:"虎儿,你用一到九天的时间把门口的那蔸松树砍了,好做柴烧。九天砍不断,就不准你吃饭。"这松蔸树有木桶那么粗,虎儿提着斧头刚要去砍。突然,从树上跳下一只松鼠,把虎儿吓了一跳。虎儿看了一眼松鼠,没去捉它。松鼠竟向虎儿走过来,亲热地用脑壳擦着虎儿的裤角。虎儿见状,就从屋里拿出一个背篓,在背篓里垫些松针,把松鼠放在里面以后,提着斧头砍树。虎儿砍了九天,只砍出点点痕儿。到了晚上,他怕后娘骂他,不敢回去吃饭,继续在那里砍树。砍到半夜,还没砍断,虎儿急得不得了。松鼠从背篓里跳出来对虎儿说:"虎儿不用急,我帮你砍树。"说着,竖起尾巴朝那松树一扫,只听轰的一声,松树断了。虎儿见树被松鼠砍断,非常欢喜。他抱着松鼠,告诉后娘树被砍断,就去吃饭。

后娘见砍树难不倒虎儿，又生一计，叫虎儿在砍树的地方用二九一十八天的时间，挖一口三亩大的堰塘。如果不挖出来，以后不准他睡觉。虎儿拿着锄头，挖啊挖，在松树蔸下，挖出一条蚯蚓。他把蚯蚓放进瓦缸，又继续挖。

不知不觉，挖到第十八天，还只挖出一个小小的水凼凼。天快黑了，他不敢回去吃饭，更不敢回去睡觉，只是不要命地挖。这时，蚯蚓从瓦缸里爬到他的面前对他说："虎儿，你歇歇吧。我是蚯蚓精，我替你挖吧。"说着，只见蚯蝼一弓一伸，一伸一弓，动作越来越快。那凼越来越大，一会儿就变成一口三亩大的堰塘。挖成堰塘，虎儿把蚯蚓放进瓦缸，告诉后娘塘挖好了，就去吃饭、睡觉了。

后娘见挖堰塘难不倒虎儿，又叫他用三九二十七天的时间为堰塘挑满水。否则，就打死他。虎儿开始挑水，挑了一担又一担。压肿肩膀，磨破鞋子，挑了三九二十七天，堰塘里还只有一寸深的水。天黑以后，虎儿去河里挑，竟把在河里游水的两条黄鳝打进桶里。虎儿把水挑到塘堤，他想期限到了，水没挑满，不能回去，焦急地流眼泪。这时候，水桶里的黄鳝说："虎儿，我们是海龙王的两个女儿。你莫急，我们给你把堰塘的水灌满。"说完，两条黄鳝从桶里腾空而起，在空中现出龙身，张开大嘴，只见两股大水从龙嘴里喷出来。大约过了一餐饭的时间，堰塘就灌满了。堰塘里水满以后，虎儿把两条黄鳝放进堰塘里，高高兴兴地回家告诉后娘。

后娘见挑水难不倒虎儿，又叫他用四九三十六天的时间把堰塘里的水烧开，不然就要吊死他。虎儿用一个月的时间砍来柴火，把堰塘四周堆得满满的。然后点火，只见堰塘四周火光冲天，把塘里的水照得通红。到了三十六天，水还是冷的，虎儿好焦急呀！正在这时，有条黄鳝从水里游过来，问他为什么在堰塘四周烧火，虎儿告诉它事情的原委。黄鳝说："凭你在堰塘四周烧火把水烧开是不可能的。我是火龙，我给你烧吧。"说着，那条黄鳝沉入水底，说来也怪，不一会儿，水就开了。虎儿见水烧开，就去告诉后娘。

后娘跑来一看，果见塘水滚开滚开，心想：虎儿啊虎儿，砍树、挖凼、烧水难不倒你，现在要你下去洗澡，烫死你。后娘对虎儿说："虎儿啊，你好久没有洗澡，乘现在水是热的，你就好好地洗个痛快吧！"说罢，就把虎儿往塘里一推。虎儿被推到塘里以后，发觉刚才还是滚开的水不烫了。正当他感到奇怪的时候，忽见一条黄鳝游过来对他说："给你烧水的是我姐姐，她是火龙。我是妹妹，是冷龙。你后娘心毒，要烫死你。我放出身上的冷气冲散了。走！到堰塘中间去。那底下有堆金子，你拿些金子以后，马上上岸。我要回龙宫去了，水马上要热起来。"说着就引虎儿来到堰塘中间，果然好大一堆金子。虎儿拿了一坨金子以后，就上来了。

后娘见虎儿下水后，心想他一定被烫死。正在扬扬得意之时，忽见他活着上来，手里拿着一坨金子，非常惊奇，忙问金子是哪里来的，虎儿老实地告诉她。后娘见虎儿下去没被烫死，而且塘底还有一堆金子，欢喜得不得了。为了捞到金子，她什么也不顾，急忙跳进水里，只听"啊"的一声惨叫，后娘被开水烫死了。

讲述者：慈利县龙潭河镇竹峪村姚臣亮

整理者：朱爱平

背时鬼

从前，有个鬼很穷。他每次赶集的时候，看到那些有钱用的鬼，就非常难受。有一天，穷鬼跑到富鬼那里问："你们的钱是怎么搞来的？"富鬼说："我们身上带有'要钱圈'。要钱之时，守在路边。发现有人过路，将'要钱圈'往这个人头上一戴，他就会头痛。俗话说'肚痛一泡屎，头痛一把纸'，他想治好病，就会烧纸，就有钱用。"这个穷鬼一听，就借了个"要钱圈"，跑到路上拦过路人。天快黑时，一个木匠背着工具往家里走，这个穷鬼就把"要钱圈"戴到他的头上。木匠感到头痛，只好用一根长手巾把脑袋捆住，嘴里不断呻吟："今天遇到鬼哒！"回到家里，妻子忙问是怎么回事。木匠就说："今天我遇到鬼，鬼想要我的钱用，我偏不给他钱，要死就死。死了和他一样，是个穷鬼！"说罢，吩咐妻子把斧头拿来，把自己的脑壳剖开，看看里面是什么鬼在作怪。

躲在门外的穷鬼一听，吓出冷汗，赶紧从木匠头上取下"要钱圈"。穷鬼回到富鬼那里，把"要钱圈"还给他说："你这个'要钱圈'，我用不灵。"并说出了圈木匠的经历。富鬼笑道："你真是背时鬼，做鬼还这么怕！他怎么会剖自己的脑袋呢？"

讲述者：桑植县走马坪乡彭清文

整理者：钟为平

鬼抢斋粑

李家做斋,一伙鬼得知后,约好一齐到李家去抢斋粑粑。他们来到李家,看到一群妇女才开始做斋粑,忙得跳脚舞手,他们就一齐躲进厨房屋角落里。蒸斋粑粑的人才洗锅准备上甑,舀水以后再用竹刷刷锅。可是,才放下的竹刷不知道掉到哪里去了。她大发脾气:"见鬼,竹刷子没见了,硬是有鬼!"那几个鬼听见以后,溜出厨屋就跑。回到屋里,没去的鬼就问:"李家做斋热不热闹?斋粑好不好吃?"他们回答:"你莫讲了,我们今天到李家,斋粑粑没抢到,差点儿被人家骂死了!"没去的鬼问:"怎么回事?"去了的鬼说:"我们去了,斋粑还没蒸,蒸斋粑的人洗锅,我们把她的竹刷往水缸里放了。她找不到,就骂起来:今天见鬼,竹刷子没见了,硬是有鬼。"她把我们骂得这样,我们跳出门就跑回来了。

讲述者:桑植县黄艮生

整理者:黄　瑛

狐狸报恩

过去有三个老庚[①],好得像一个人。他们天天一起上山打猎,就是运气不好,空手去,空手回,这样过了几年。

有一天,三老庚吃了早饭以后上山打猎。跑了几座大山,翻了几条大岭,赶到一个庙堂,活捉一个二十斤重的狐狸。三个人喜欢得不得了,就把狐狸用一根藤子捆起。大老庚讲:“我去搬盆子。”二老庚讲:“我去磨刀,把狐狸杀了,好喝一餐酒。”三老庚就讲:“我在这里守着。”三个人各做各的事。

狐狸就用前爪扒三老庚的衣服,接着又用前爪蒙脸痛哭。三老庚看它几眼,却不理它;狐狸又扒衣服,又哭,他还不理。狐狸再扒再哭,三老庚便问:“我们打了多年的猎,没搞到一根毛。今天捉到你,要吃餐酒。偏偏你又求情,叫我怎么办才好呢?”狐狸听了,哭得更加伤心。三老庚心软了,就说:“莫哭了,我放你。”边说边解开藤子。狐狸走了两步,回头看看三老庚,舍不得离开。三老庚又讲:“你赶快去,我假装睡着了,他们不能把我怎么样。”狐狸又走几步,又回头看看。最后,才跑进大山里。

过了一阵,老大搬来一盆滚开的水,老二拿来磨得锋快的刀。两人一来,见三老庚在瞌睡,狐狸却不见了。他俩就把三老庚喊醒,

---

① 老庚:同龄人之间的亲切称呼。

问他狐狸哪里去了。三老庚睁开眼,“啊啊”地打哈欠。三老庚分头寻了一阵,没见狐狸影子,只好怏怏地回到家。

从此以后,大老庚怎么也不要和三老庚在一起了,三老庚左讲右讲都不行;二老庚想留住三老庚,见大老庚硬得很,又不好讲。三老庚眼见无法,就一个人走了。

三老庚一个人无法打猎,就织一个背篼,天天上山背柴到街上卖,买米糊口,衣服扯得稀烂,日子越过越难。

那天清早,三老庚清理打猎行头,打算上山去碰财喜。走了一座山又一座山,眼见太阳偏西,连个斑鸠都没遇到,准备下山回家。

这时,迎面来了一个姑娘,年纪轻轻的,生得体体面面。姑娘开口就问:“大哥,你一个人在这里做什么,怎么怏怏的?”三老庚叹了口气,把自己的经历告诉姑娘,姑娘开通他说:“大哥,你莫着急,看你一个人家里无人照管,里里外外忙不过来。若是你不嫌弃的话,我们两个人住在一起,我给你做家务事,好不好?”三老庚一听忙讲:“你这位大姐快莫这样讲,男男女女,在一起讲这样的话,要是别人听见,对你的名声不好。”姑娘哪里肯听,越发大声地讲要和他成亲。三老庚没办法,就讲:“我要家无家,要业无业,住的是个茅棚,没亲没故的,你跟我去受苦呀?”姑娘爽快地回答:“吃苦受罪我不怕,只要你对我好。”三老庚看看姑娘,实在是诚心诚意的,就答应了。

三老庚把姑娘领到了蕨物子凸,进入了矮茅棚。姑娘立即讲:“我帮你修大屋。”三老庚无奈地说:“我穷成这个样子,一天两餐稀饭都糊不到口,哪里还有东西修建房子?”姑娘也不作声,对着后面的蕨物子凸,用手一抹,就成一个平平坦坦的田坝,田里竖着一幢大

屋，把三老庚移到新屋里大床上睡了。第二天早晨，三老庚睁眼一看，自己睡在漂亮的屋里，就起来问姑娘："怎么有这么大的房屋？"姑娘讲："这是我昨天夜里修的。"姑娘摆起桌子，端来山珍海味，叫三老庚吃饭，两口子的日子过得欢欢喜喜。

过了几天，三老庚想起大老庚和二老庚，就去接他们来吃饭。走到大老庚和二老庚屋里，好久不见，他们要给三老庚办饭吃。三老庚说接他们吃饭的。大老庚讲："你那蕨物子凸茅屋里有什么吃的？"三老庚讲："我发财了，保证你有好吃的就是！"二老庚辨："我们都是老庚，不得见外。若是三老庚差火得很，就把他接来住。"他们一起来到三老庚屋里：哦嗬，好大的屋！朱漆大门，几重厅堂。三老庚的媳妇出来筛茶，生得好乖，世上少有。坐了一会儿，一起吃饭。桌子上面，尽是山珍海味。两个老庚饱吃一餐，放碗以后告辞要走。姑娘讲："婆娘老公一条心，同年老庚第一亲。来一次不容易，多住几天再走。"两个老庚住了几天才走。

后来，这个姑娘给三老庚生了四个儿子，又教儿子读书。儿子长大以后，正逢皇上开科，四个儿子都去赶考。有的中状元，有的是探花，有的中举人。三老庚富贵双全了。有一天，姑娘对三老庚讲："我要回去。""我们一家刚刚圆款，正好享福，你要回到哪里去？"

"我是你以前放的狐狸，是来谢恩的。现在，你已有享不尽的荣华富贵，我该回去了。"说完，姑娘对外一指，三老庚以为有人来了，就对外一看。当他回头，不见了姑娘，好不伤心。

讲述者：覃章雷

整理者：陈金中　余晓华

佘国亮

永定区谢家垭乡筒车坝村有个山洞,叫娃峪洞。洞口的石头上,经常坐着一个标致的妹子,穿着无纱路的白衣衫,在那里纺织纳鞋。这个洞口有一坝山水田。有一天,一个叫王佬的人去洞口赶水,他砍蔸大杉树,请木匠做成木枧,顺洞口把泉水搭到田里。隔几天后,王佬去看田水,发现木枧下面一滴水也没有了。于是,走到枧槽边看一看。天啦,一条碗口粗的大蟒蛇,直挺挺地睡在枧槽里,把水堵死了!王佬火冒三丈,心想:"你把老子的水枧堵死了,老子硬要吃你的肉!"他跑回家,把畲刀换上一丈二尺的刀把,磨得白晃晃的,跑到枧槽旁边,发现那条蛇还没动。他就用力朝那条蛇砍去,砍下一条尾巴,足有五斤多重。大蟒蛇痛不过,溜回洞去了。王佬好快活,心想:"这下我可有下酒的菜了。"他一回家,就把蛇尾巴煮在锅里,并紧紧地盖上盖子。

不一会儿,一个漂亮的女子来到王佬家,一进门就哥呀哥的,并开口问:"王佬哥呀,你锅里煮的什么呀?能不能让我看看?"王佬闷气闷声地说:"我煮的溜子肉,下酒的。"

那位女子眼看纠缠不过,王佬又不肯揭锅盖,只好怏怏地走了。走出王佬的门口,那位女子叹气说:"天不怕,地不怕,只怕王佬剁尾巴!"

从此以后,那条蟒蛇,再也看不见了。到哪里去了呢?原来,这

蛇精摇身一变,变成一个美貌的男子汉,化名佘国亮,到澧州开起药店,招牌上写的是“佘国亮药店”。他见病人就诊,诊一个好一个,真是:神医下凡。八百里洞庭鱼米乡,哪个不知,谁个不晓?还有两位后生慕名拜他为师。

三年过去了,佘国亮提出回家看看,因为他只有三年的人间生活。三年之后,就必然现原形。

徒弟听说师傅回去,两个都要送师傅回家。三师徒走了三天三夜,到了筒车坝,眼看离娃峪洞很近了,佘国亮便对两个徒弟说:“你们在这里暂时等一等,我有三年没回来了,还是让我进去打扫吧!”交代了几句后,他上前走了。

两个徒弟七等八等,见师傅还没来,就顺小溪走去,快到小溪源头时,只见眼前陡起一栋高楼大厦,金霞霞的。徒弟俩走过几重大门,里面有好多侍男侍女,又有金筷金碗,桌上是酒肉饭菜。两个徒弟吃了一餐,师傅便对他们说:“今晚实在对不起,左邻右舍听说我回来了,他们都要到我家来,你们就到对门大屋找个歇铺。”

徒弟俩走出半里路,回头一看,原来的高楼大厦忽地不见,却是一个黑黝黝的大山洞!

两徒弟吓一跳。赶回澧州以后,药店药物还在,只剩两徒弟给人看病,用药再也不灵,佘国亮也不知下落了。

讲述者:永定区谢家垭乡张治顺

整理者:张学洵

卖货郎

从前,有个卖货郎天天挑个货担,到处走乡串寨卖货。有一天,他来到一户熟人家外面,忽然听到屋里传来一阵哀求声和打骂声。原来这一家碗柜里的剩饭不见了,主人家怀疑是小媳妇偷吃的,所以只管打骂小媳妇。卖货郎因为经常来到这家,看见过大黄狗偷饭吃,随即把真情告诉了主人。主人听后,几棒就把黄狗打死。

黄狗被主人打死后,与货郎结下冤仇。大黄狗死了,投生一条小黄狗,被货郎买了带在身边。有一天,卖货郎遇见一个道师,道师见他带条小狗,便对他说将有灾难。卖货郎听了大吃一惊,他忙请教道士,问有什么消灾的办法。道士告诉他,除非摆脱那条黄狗,然后悄悄出走,逃到远处去躲三年六个月,才能保证无事。

货郎听了道士的话,于是做了准备。当天晚上把自己的鞋子放在床上,衣服仍然搭在被窝上,装做睡的样子。然后,悄悄摆脱那条黄狗,跑走了。到半夜时分,那条黄狗以为主人还在床上熟睡,猛然扑上床去一阵乱咬,却没有咬着人。那条黄狗气癫死了,变成一条蟒蛇追了出去。

再说那货郎逃到远处一个地方,慢慢躲了三年。他想,这么长的时间没出什么事,大概再回家去也不会有什么危险吧!于是不顾道士的忠告,又挑着货担走了回来。在土地庙前,道士一见货郎,随即大惊道:“我叫你等三年六个月的,你三年都等了,为啥六个月等

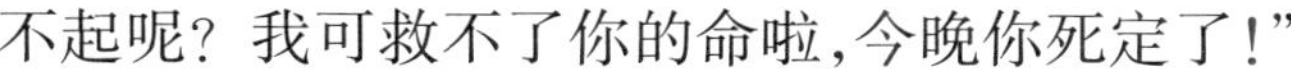

不起呢？我可救不了你的命啦,今晚你死定了!”

卖货郎听了道士的话好不后悔,他想,自己应该再等六个月就好。现在没有办法,只好央求道士再次救一命。

道士却说:“现在我救不了你的命,只能救你全尸!”说罢,即把庙里的一口大钟放下,赶紧将货郎罩了起来。只过一会儿,听到一阵风声响,那黄狗变的蟒蛇爬进了庙。蟒蛇在庙里四处寻找,没有寻着卖货郎。最后看见那口大钟,就溜过去围着大钟缠了几圈。卖货郎吓死了,蟒蛇慢慢爬出门气死了。只不过卖货郎完整的尸体还是好的,没有受到一点损害。

讲述者:桑植县澧源镇向益妹

整理者:胡双喜

花好月圆

有个家财万贯的人家，儿子娇生惯养，生得白净，读了一些文章，吟诗填词，样样拿手。父亲把他视为掌上明珠，儿子要干什么，全部依从。

有一天，儿子对老头儿说："爹爹，给我找个漂亮的妻子吧。"老头儿依从了，带着儿子走了八八六百四十里路，翻了八八六百四十座山，过了八八六百四十条河，查了八八六百四十个村子，终于找到一个美丽的妻子。那个姑娘长着乌云般的头发、透明的眼睛、雪白的脸儿。

谁知过了半年，姑娘头上竟然长出癞子，到处求医，均不见效。书生心想：这下完了，千挑万选，得了癞子壳壳，多不像话。于是，聪明的书生想了个主意。

有天月亮出来的时候，他把头发梳得溜光，打扮得漂漂亮亮。走进竹园，对着月亮作了三个揖，就说："月亮菩萨，我的妻子生了癞子，几多不般配呀，快叫她死了吧。"

每天夜里，他都对着月亮作揖。然而，日子一天天过去，癞子婆娘并没有死。有一天，他刚走进竹园，好像听见有人说话：

"喂！你看见了没有？"

"谁呀。"

"竹园里天天磕头作揖的书生。"

“他怎么啦?”

“他找了个漂亮妻子,妻子长了癞子,他就不要她了,天天磕头作揖,许愿叫妻子死。”

“那多不该呀!”

“是呀,心太黑了吧。”

“那样没良心的人,让他也长癞子。”

书生吓了一跳,说话的听到响声,终止对话。书生伸手把头一摸,坏了,头发一根也没有了,全是疙瘩,湿漉漉的。缩手一闻,糟了,臭气熏得作呕;对着月亮一看,原来是癞子流出的烂脓水。

书生的心碎了。回到屋里,伤心地哭呀哭,眼睛泡泡的,红得像个核桃。老头儿慌了,到处求医,问神卜卦。药用尽了,都没办法。有人就说:“烧香问问月亮菩萨,或许知道。”

老头儿办了许多粑粑、豆腐、猪肉和香纸,和儿子一起去求月亮菩萨。刚刚走进竹园,听到有人说话:“喂!你看见没?”“看见什么?”“那书生不要的姑娘,癞子好了。”“是呀。”

“那个黑心的书生到处找药求医,癞子越烂越臭。”

“是呀。”“是不是让他烂一辈子?”“这要看他自己,如果坏心不改,就让他烂死吧。”“要得。”

“如果他真心悔改,多做好事,还是让他好吧。”“也是。”

那个书生听了,赶忙烧香,摆好斋粑、豆腐,磕了三个响头,说:“月亮菩萨,我全错了。人吃五谷生百病,妻子长了癞子,我嫌丑爱乖,就许愿望她死。我错了,我有罪。请饶恕我吧,我一定多做积德的事。保佑我吧!”

从此，书生修善积德，做起好事。书生每天去上学，要从一家田坎中经过。坎上住着一家有权有势的财主，坎下住一家本分的穷人。财主逞强，不让穷人从上边田里放水，那穷人的田里，就靠天上落点雨保禾苗。天旱以后，上面田里满田水，禾苗绿油油。坎下的田干裂了口，禾苗枯黄。书生每天早晨去上学，给下面田里扒股水；中午回家吃饭，扒一股水；晚上放学回家，又扒一股水。枯黄的禾苗得救，长得又绿又壮。秋收时节，一片金黄，颗粒饱满。书生做了好事，癞子慢慢地好起来，脓不流，头不臭，疮疙瘩结了壳。

过了几天，河里涨了大水。奇怪，都秋凉了，怎么还在涨水？书生在岸上看，河水越涨越大，一浪压一浪，波浪大得像山，河水发出的吼声，像发疯的野狮那样可怕。

“救命呀！救命呀！”河水上游发出呼喊。书生抬头一望，只见波浪卷着一人上下翻动。他跳进水中，拼命向那个人游去，好容易抓住了那个人，把她托出水面。可是书生连吸奶的力气都用完了，怎么也游不到河的岸边。他们被河水冲呀冲，顺水冲了三天三夜，被搁到沙滩上。仔细一看，是原先订婚的妻子，头发还是那样乌黑的，比原来更漂亮。于是，他拉着妻子的手，高高兴兴地接回家去。

他和妻子走到屋边一看，屋前屋后站满许许多多的人，有的提着破罐子，有的背着烂背笼，一个个低着头。他走上前去问：“你们怎么啦？”“水冲光了……”人们有气无力地说。

“老爷……行行好！……讨口吃的吧。”

书生走进屋里，取了钥匙，打开谷仓，高声对大家说：“仓开了，大家拿口袋来，匀着吃吧！”

书生又打开布仓，招呼大家说："布仓开了，布在里面，大伙随意挑吧，拿回去给老小做几件衣，免着受冷着凉。"说着，把金黄的谷子和绫罗绸缎，一袋袋、一匹匹地塞给穷苦的乡亲们。

"谢谢你啦，相公。""相公，你的心真好呀，愿你娶个漂亮妻子。"

"没什么。"书生不好意思地摸摸头。怎么头发好好的了，一点癞子疙瘩也没有了。

书生拉着妻子的手，高高兴兴地跳呀。月亮升起来了，书生拉着妻子的手，唱呀。他们来到竹园，刚走进来，听见了有人说话："喂！看见了没有？""什么呀？""竹园里面那一对儿。""看见了，那样才好呢！"

"让他们结婚吧！""给他们送点什么呢？""送些花嘛。"

霎时，只见天空吹来一阵热风。他们定神一看，身边开满鲜花：芙蓉花、牡丹花、石榴花、月月红……数也数不清。他们只觉眼花缭乱，清香阵阵……

月亮高高地升起来，又圆，又大，又高，又明。

书生和姑娘拜天、拜地、拜月亮，他们结婚了。

讲述者：桑植县龙潭坪魏兴元

整理者：余晓华

前言扶(符)后语

有两个老庚,一个穷得叮当响,叫前言;一个富得流油,叫后语。前言、后语两家相处和睦,比亲兄弟姊妹还好。他们约定,在最难的时候要一个扶一个。

有一天,后语置办酒席,邀请前言夫妻吃饭,他讲:“老庚,你这么穷,我给你三千两银子,你到河边做桩生意,保你会富起来。”前言接到三千两银子就到河边做木生意,晚上和妻子睡在木排上守木。突然,天气一变,落了暴雨,洪水猛涨,木排一根根拆散了,前言两口子落下河差点淹死。

他们空手回到后语跟前说:“老庚,事虽没成,可我欠你的三千两银子还是要还的。我两口子就交给你,给你当牛做马都值得。”

后语心肠太好:“老庚,不要你还银子,我再给你三千,你开个铺子吧。”后语想:“这是个办法,赚了钱还老庚。”于是,他接了银子,开起铺子。不想那年年份不好,百姓很穷,哪有钱光顾铺子,店里的货腐烂了,三千两银子亏本。前言愧疚地对后语讲:“老庚,我两口子欠你的钱怎么还得清?让我的后代设法给你还吧!”“不要那么讲。老庚,我再给你三千两银子,你租田种。或许,种田牢靠些的。”前言听了老庚的话,租了稻田,泡在田里,田耙得细,肥上得多。秧插下去以后,长得茂盛,真喜人啦。可到成熟时节,田间发生火蜢,稻田变红。前言颗粒未收,眼看到了山穷水尽之际,怎么办

呢？只有一条路可走："讨米！"当前言对后语讲出自己的打算后，后语只是沉默。自己的财产也不多了，没有能力再帮老庚做生意，让他们逃生吧，兴许比待在家里避难好些。后语两口子为前言打点包袱，在里面悄悄地放了二百四十两银子。

前言两口子背起包袱上路，走了半天，肚子饿了。打开包袱找吃的，意外地发现了银子，猜想一定是后语干的。不敢扯用，以后回去还给他们。

前言两口子走呀走，走到一个村子，听到一户人家有人哭，他们走进去问："您哭得这么伤心，是为什么事呀？"那人就讲："我们借了财主的银子，他连本带利要八十两，我们还不起，他就要抢我的妻子。"前言拿出八十两银子说："我这儿有，你拿去吧。"那个人给前言下跪，前言扶起他："都是穷人，我晓得穷人的苦楚。您拿用吧，不要你还钱。只要您在屋旁大树上刻上一句话，'后语的银子前言带，共出银子八十两'，这就算你帮我还情。"那人当即在树上刻了字。

前言两口子讨饭，一路讨到一座桥边，见桥只修一半，就没有人修了。路过的人都从水里泅过。水流很急，若不小心，被水冲倒、淹死的人不少。前言问桥头旁的人："这桥修成一半，怎么停工了？""这方圆十几里的穷人穷得出血，富人又不拿钱。还差八十两银子，怎么修哟！"前言拿出八十两银子，对他说："你拿去吧，修桥铺路为人积德，我不要你还钱。"那人摆手："你是个讨饭的，钱来得不易，我们不忍心用呀。""你拿着吧，只要你在桥上和指路牌上刻一句话，'后语的银子前言带，共出银子八十两'，就算是您帮我还情。”那人收了钱,在桥上刻了字。

前言两口子又走呀,走呀。突然,天色一变,下起了大雨,他们两口子见前面有座庙堂,就跑进去躲雨。庙堂破破烂烂,大大小小的菩萨被屋漏水涤得不成样子。前言把斗笠取下来戴在菩萨头上。出了庙门,问山坡上的人家:“寺庙破成那样,怎么不修呀?”“客官,哪有钱啊,糊日子都糊不起呀!”前言拿出最后八十两银子给他,照旧叫他不要还钱,只在寺庙门边刻上“后语的银子前言带,共出银子八十两”。

前言两口子继续走,走到一栋大楼房前,天已经黑,他们进屋借歇,屋里空无一人,房前屋后长满荒草。前言走到旁边的小屋里问:“那栋大楼房没人住,我两口子是讨饭的。天太黑了,想在那里睡一宿,不晓得主人是谁。”“主人就是我,那房子住不得人,有鬼呀。从修好到如今没人敢住,鬼在黑夜出来,闹得人不安生,哪个有福气住就送他了。”前言夫妻没处去,只好住在那里。睡到半夜,打架的鬼把他们两口子吵醒了。前言起身一看:四个黄人和四个白人正使劲地撕打。前言使老力一吼,所有的鬼都不见了。

前言想了一宿,对妻子讲:“那四个黄人肯定是金子变的,那四个白人肯定是银子变的。”妻子也说:“有道理,他们一没进来,二不会出去,肯定就埋在这屋里。”

天亮以后,前言对老板讲:“老板,你那楼房闹的不是鬼,是宝呢。”老板说:“这房屋只有您两口子住得,有宝无宝那栋房屋就归你们住吧!”前言请人陪着自己,背起锄头到鬼打架的屋里挖了起来,果然挖到四坛金子和四坛银子。一半写有前言的名字,一半写

有后语的名字。老板就问前言:“后语是谁?”前言告诉老板:“后语是我老庚呀!”

话说后语自前言一走,家道衰落,几场官司,早就把不厚的家底浪得精光。稻田卖了,房屋卖了,无处栖身,也落得个讨米。后语对妻子说:“不知道老庚两口子讨到哪里去了,我们边讨边找他们去。”

后语两口子顺着老庚走的方向走去,看到树上、桥上、庙上刻的那句话,知道前言的去向。知道他们一路做的好事,很是感动。

后语两口子来到前言房屋门前,正好赶上前言添子,赈喜酒,在门口给叫化子开饭。前言认出老庚,大吃一惊,他们怎么讨米?叫手下人拿了两套衣服给老庚换上,请他们进屋,另办酒席款待。自己总不露面,暗地派手下的人到后语家打听情况。手下人回来说,后语家贫穷了,田地房屋都没有了。前言亲自去用加倍的钱赎回田地、房屋。

后语两口子住在前言家好久了,总是不见主人的面,过意不去。一个讨米要饭的,长期住在这里,也不是办法,就动身要走。前言正好赶回了家,喊他们两口子:“老庚,你的财产我都赎回来了。”“老庚,原来是您哟!你怎么为了我,花那样大的本钱?”“是你在我困难的时节帮我,我就不该在您困难的时节扶您一把吗?”

后语两口子回家的那天,前言把两坛金子和两坛子银子全给了他。

讲述者:永定区谢家垭乡李有章

整理者:赵文福

生活故事

民间古话（十二则）

（一）三老庚吃白食

大老庚张富，二老庚李贵，三老庚王平，他们三人像亲生兄弟一样。大老庚家庭富裕，每餐不离酒肉；二老庚也是富裕家庭，每餐也是美味佳肴；只有三老庚家庭贫困，朝无晚粮。在张、李老庚家中，长期用餐。嘴巴上糊石灰，白吃白喝。张、李老庚讨厌他，商议用船划在水的中间用餐。不料王平知道以后，躲在一口红色箱子里面，随水漂流。张、李二人刚把菜饭做好，突见水面有口红色箱子飘来。二人喜在心中，不知什么珍贵珠宝来了。于是停止用餐，赶快用力把它抬上船来。箱子重量一百余斤，不知装的什么金银财宝。打开一看，又是王平。王平从箱子里窜出，扬扬得意地说："我们三人真有缘分，又在一起用餐。"张、李二人怒气冲冲地说："今天用餐不比往日，有几个条件。我们出题你猜，你猜对就用餐，没猜对不用餐。"王平就说："请你们出题。"张、李二人说，讲四个词句：糊糊涂涂、明明白白、容容易易、难上加难。王平便说："我在箱子里面，糊

糊涂涂。打开箱子出来，明明白白。我吃你们的，容容易易。你们吃我的，是难上加难。”三人哈哈大笑，算你猜对了。称赞三老庚机灵。佩服，佩服，快快饮酒。

(二)癞子与先生对题

很久以前，边远山村有个癞子，生有两个儿子，希望把他们培养成为有用人才。于是，就请一位私塾先生，在家设个学堂，专门培养儿子。久而久之，先生起了爱慕癞子美貌妻子之心，癞子之妻也有敬爱先生之意。癞子知道他俩的暧昧关系以后，假意请先生吃饭。在酒宴中，癞子提出条件，说：“先生文才超群，四书五经，样样皆通。我出对子你来对。”二人发誓，定出输赢规矩。先生要癞子首出誓言，癞子推托，要先生说。先生就说：“如你对到我输，给你一个金洗脸盆。”癞子便说：“如你对到我输，就把妻子给你。”随后癞子说：“我出四样东西你猜：①红红绿绿，②洒洒稀稀，③两头尖尖，④一坨堆堆。”出了对子之后，妻子悄悄询问癞子：“那四样东西是什么呢？”癞子怕她告诉先生，就以假话相告：“①红红绿绿是鸡屎。②洒洒稀稀是羊屎。③两头尖尖是鼠屎。④一坨堆堆是牛屎。”妻子听了非常高兴，竟然密告先生。

第二天清早，先生请癞子喝酒时，得意地说：“我已对出四个题：①红红绿绿是鸡屎。②洒洒稀稀是羊屎。③两头尖尖是鼠屎。④一坨堆堆是牛屎。”癞子听了之后，不以为然地说：“你枉为秀才，竟全讲屎话。我讲的全是天上的自然景色：①红红绿绿是彩虹。②洒洒稀稀是星星。③两头尖尖是月亮。④一坨堆堆是乌云。这次我若对老婆说真话,我就要打单身,快把金洗脸盆给我。”先生恍然大悟,送出金洗脸盆。

(三)小气的财主

从前有个财主,家财万贯,确很小气。向来爱财如命,用粮似金。财主雇了几个长工,舍不得给长工多吃饭。一日三餐,长工每人每餐吃两碗,财主心痛。改为二餐,长工每人每餐就吃四碗,财主更加心痛,像扯他的心肝一样。最后熬煮稀饭,长工每人每餐就吃五碗,财主忍气吞声让他们吃。长工恨他入骨,就说:“二三如六你嫌弃,二四得八你不依;二五一十见高低,看你煮干还煮稀。长工兄弟齐努力,扯起肚子加劲吃;吃掉你的田和地,看你小气不小气。”

(四)两老庚互相戏弄

有一次,大老庚到二老庚家拜访,进门时不小心,把门槛底下一支猫踏死了。二老庚妻子要他赔偿,竟说:“我家这只猫走似龙,坐似虎;东边楼上跳,西边楼上舞。银子出到五两五,我都不卖,我要我的原猫在。”大老庚回家后,愁眉苦脸,闷闷不乐。妻子问他,有何为难之事,他说:“我今天到二老庚家,不知门槛底下睡只小猫,被我踩死。他的妻子说,这只猫走似龙,坐似虎;东边楼上跳,西边楼上舞。银子出到五两五,她都不卖,她要她的原猫在。我们赔得起吗?”妻子就说:“老公不用担心,由我负责,他们还要给我们找钱。”妻子问老公:“二老庚什么时候前来取钱?”老公说明天早晨。

妻子用一把破瓢瓜放在门槛底下。第二天早晨,二老庚果然来了。大老庚的妻子热情地说:“我家的狗很恶,你快走吧。”二老庚急忙小跑,前脚踏进门槛,“啪”的一声响,瓢瓜被踏破。大老庚妻子说:“我家这把宝贝瓢,翻过去切得肉,翻过来舀得粥;银子出得六两六,我都不卖。我要我的原瓢在。”二老庚听到后,立即说:“你我两家东西相抵以后,还要给你家找一两一钱银子。”大老庚的妻子又说:“看在你两老庚的面子上,不用你找,就这样算了吧。”

(五)穷十代西天问佛

很久以前有个孩子,十多岁了,还过着贫穷的日子。从他的祖宗开始,已穷十代,食不重口,衣不重身。他想弄清是什么原因,到他已穷十代,过着贫穷日子。于是,就请一位风水先生。风水先生提醒他,你只有前往西天问佛,就会知道。

第二天,这个孩子带着行李就去西天问佛。走到一户人家门口,户主出来问他,你这孩子想去哪里。他说:“我家从祖宗起至我这代,已穷十代,我去西天问佛。”户主说:“孩子,那你帮我家问下,左边一树桃,右边一树梨;开花不结果,结果不开花,是何原因?”孩子答应问下。又到一户人家,户主出来问他去哪里,他说去西天问佛。“你替我家问下,我家有个女儿,18 岁了还不说话,是何缘故?”孩子答应问下。走到佛爷庙里,跪地磕头、装香烧纸、叩拜问佛:“那家左边一树桃,右边一树梨,开花不结果,结果不开花,是何原因?”佛爷解释:“左边一缸金,右边一缸银,挖开就知道。”孩子又问:“那家有个女儿,18 岁了还不说话,是何缘故?”佛爷解释:“她的丈夫还没有到，到了就会说话。”在回来的路上孩子才发现：自己去西天问佛，为别人问了，自己家穷十代的原因却没问，踟蹰徘徊。回到那户代问桃、梨树的人家门前，户主就问桃、梨树的原因。孩子就说：“左边一缸金，右边一缸银，挖出来就知道。”于是户主搬把挖锄就挖，真是左边一缸金，右边一缸银，缸的上面写着“穷十代”三个字。户主竟说：“这是属于你的金银，别人不能享受。”孩子得到两缸金银，发了大财。走到那户代问女儿 18 岁了还不说话的人家门前。女儿看见他，突然大喊大叫。户主就问不说话的原因，孩子说佛爷解释了：“她的丈夫到了就会说话。”现在，她的丈夫到了，开口说话。因此，户主就将女儿许配于他，成为夫妻。从孩子这代起，家发人兴，永不受穷。

（六）算卦先生

从前有个先生，东西南北到处奔波，以算卦为生。

有一次，他在路途中遇见一位女施主，年方三十有余，无儿无女，要他进家为她算命、卜卦。进门之后，女施主热情招待算卦先生。算卦先生要她说出生庚八字，她说是甲子年出生的。算卦先生掐指一算，就说：“甲子乙丑，丙子丁丑，戊子己丑，庚子辛丑，壬子癸丑。你这大姐的命不行，有五个丑字。”女施主怒气冲冲，喊他快走。算命先生觉得这个妇女是听吉利话的人，就忙说：“大姐息怒，我进门时心慌口快，说错了话，我再为你仔细掐算。”思考片刻，他说：“甲子乙乖，丙子丁乖，戊子已乖，庚子辛乖，壬子癸乖。你这大姐的命真好。今后有享不尽的荣华富贵。吃不了，穿不尽；子孙发达，富贵双全；家发人兴，长命百岁。不过你家里有两样东西对你不利。”妇女问是那两样，算命先生又说：“一个是你家那张桑树犁辕，另一个是你家喂的红毛鸡公。”妇女又问哪两样东西怎样。算命先生竟说：“桑树犁辕死耕牛，红毛鸡公招火烛。你把那两样东西除掉，包你家门清静，百事顺心。”那个妇女把犁辕劈了，鸡公杀了，为算命先生做酒饭吃。

算命先生出门的时候，给她留话：“在今晚半夜三更，只怕有个灾害发生，你千万要小心。”妇女问他什么灾害。算命先生神秘地说：“到时候你就知道了。”到了晚上，她的男人回家。半夜三更以后，男人奇怪地问：“今晚这个时候为什么还没有听到我家的鸡公叫?”女人就将算命先生在他家说的话讲了，我家有两样东西不利。男人问：“是什么东西?”女人回答：“一个是桑树犁辕，另一个是红毛鸡公。他说桑树犁辕死耕牛，红毛鸡公招火烛。我把桑树犁辕劈柴烧了，红毛鸡公杀了，为他办吃的了。”男人一听，就是一脚，把她踢到床下。那个妇女似有所悟，算命先生的话真准，讲我半夜三更以后有个灾害，真出现了。

(七)兄弟分家

很久以前，有两兄弟分家，哥哥分条牛，弟弟分条狗。牛不能耕田耕地，哥哥恨之入骨。弟弟的狗听话，很通人性。哥哥想与弟弟调换，弟弟同意。

哥哥调的狗在工地上不能使了，一犁过去，哐哐哐，哐哐哐地喊；一犁过来，哐哐哐地喊。哥哥不耐烦了，用棒把它打死。弟弟知道以后,把狗埋了。过了几年,狗坟上面长了一蔸青树,长得枝繁叶茂。每天清早,弟弟走到树下,抱到树蔸摇,落下许多银子,发了大财。哥哥起了嫉妒之心,想摇几个早晨,弟弟同意。他摇几个早晨,落下许多狗屎。哥哥怒气冲冲,用刀把树砍了。

弟弟把树搬回家,烧在火坑,化为灰烬。弟弟用火钳在灰里找到几粒黄豆。黄豆很香,吃了黄豆,放出来的屁也香。他跑到老爷府里喊道,卖香屁。一个屁放出来,全府都是香气。府里的大小官员、男女老少,都跑出来吸收香气。

老爷知道以后,赏他钱财万贯、良田千顷。哥哥知道以后,也用火钳夹几粒黄豆子吃下去,跑到府里也喊卖香屁。一个屁放出来,整个府里臭气冲冲。文武官员、男女老少难忍臭气,赶快躲开。老爷知道以后,吩咐差人首先重打四十大板,再用针线把屁股缝了。他一瘸一瘸地返回到屋前,喊老婆快拿剪刀剪线。老婆没听清楚,以为得赏了,钱多带不起,要拿扁担挑钱。老婆拿条扁担挑钱,一看屁股打得稀乱,缝线血连连。男人大骂老婆,要你快拿剪刀剪线,你拿扁担挑钱。憨婆娘啊,疼死我呀。

(八)女婿戏弄岳父

以前有个财主家财万贯,丰衣足食,过着幸福生活。有个女婿,家庭贫困,好吃懒做。岳父恨之入骨,只想把他置于死地。

有年腊月,女婿身穿单衫,来到岳父家里。岳父留女婿住宿一晚,安排一间小屋,无床无被。他带女婿进屋以后,把门锁了,指望冻死女婿。不料上天有眼,屋里有个木缸,缸里装满棉花。女婿跳

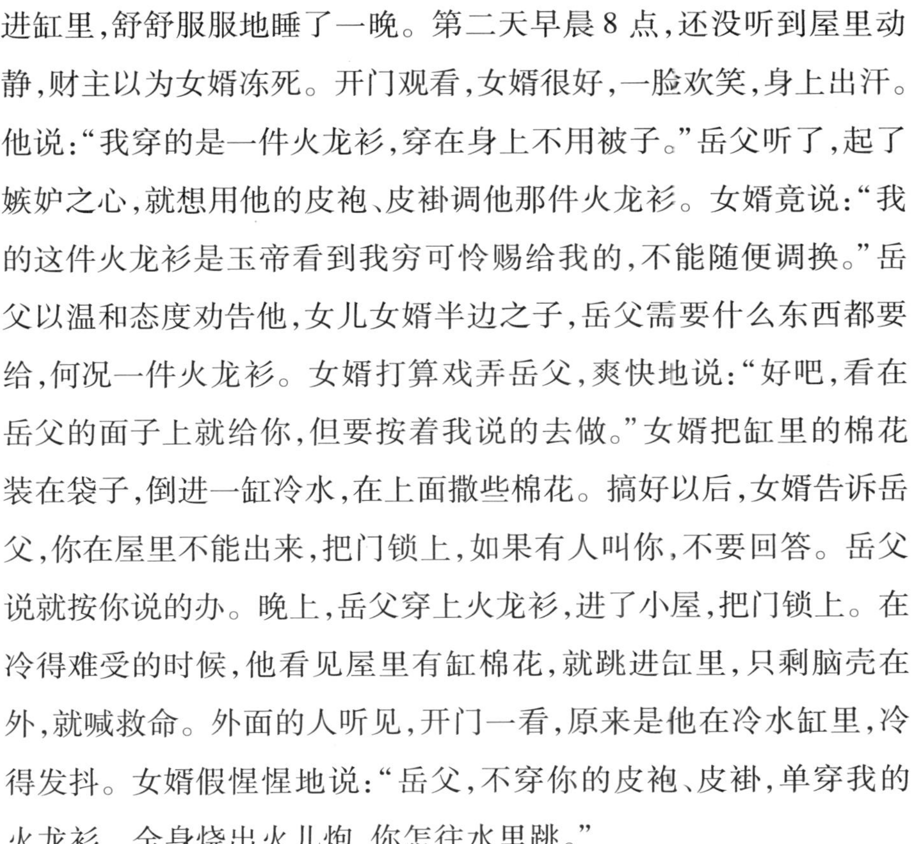

进缸里，舒舒服服地睡了一晚。第二天早晨8点，还没听到屋里动静，财主以为女婿冻死。开门观看，女婿很好，一脸欢笑，身上出汗。他说："我穿的是一件火龙衫，穿在身上不用被子。"岳父听了，起了嫉妒之心，就想用他的皮袍、皮褂调他那件火龙衫。女婿竟说："我的这件火龙衫是玉帝看到我穷可怜赐给我的，不能随便调换。"岳父以温和态度劝告他，女儿女婿半边之子，岳父需要什么东西都要给，何况一件火龙衫。女婿打算戏弄岳父，爽快地说："好吧，看在岳父的面子上就给你，但要按着我说的去做。"女婿把缸里的棉花装在袋子，倒进一缸冷水，在上面撒些棉花。搞好以后，女婿告诉岳父，你在屋里不能出来，把门锁上，如果有人叫你，不要回答。岳父说就按你说的办。晚上，岳父穿上火龙衫，进了小屋，把门锁上。在冷得难受的时候，他看见屋里有缸棉花，就跳进缸里，只剩脑壳在外，就喊救命。外面的人听见，开门一看，原来是他在冷水缸里，冷得发抖。女婿假惺惺地说："岳父，不穿你的皮袍、皮褂，单穿我的火龙衫。全身烧出火儿炮，你怎往水里跳。"

岳父被人从冷水缸里救出以后大骂："你竟这样戏弄我。"女婿哈哈大笑，说道："岳父嫌我家里贫，千方百计害我身；关到屋里实在冷，一缸棉花救我命；假言我有火龙衫，岳父嫉妒心不善；皮袍皮褂找我换，没有福气你要穿；穿到身上往水蹿，看你这是为哪般。"

（九）嗜吃粑粑的老头

民国年间，有位老头嗜吃粑粑。

有一次，遇上一位做道师，他说："我嗜用米做的粑粑。"于是，道师把他带到办丧事的家里。进了大门，道师指着他，介绍说是掌坛师傅。主人看见老头昼夜坐在坛里，只吃粑粑，没看见他上朝做事。到丧事结束那天，其他道师都在外面焚烧冥钱、灵屋。主人看见老头坐在坛里无事，便说："掌坛师傅，你为我家把家神安哈。"他在无奈之下，头戴五付官帽，身穿兰衫法袍。手拿朝牌，往上一指，往下一指，往前一指，往后一指，往左一指，往右一指。最后，两掌一圆，五指一出。

主人问他什么意思，老头就说："这朝功课用于心里默读，不能发出声音。"并解释说："（上指）上有三十三层天，（下指）下有十八层地狱，（前指）前金童，（后指）后玉女，（左指）左青龙，（右指）右白虎，（两掌一圆）是日月，（五指一出）是金木水火土。"

不一会儿，道师烧完冥钱、灵屋回来。老头告诉他们，你们出去以后，主人就为难我，为他家安家神。其实我什么都不知，我的意思是：往上一指，上不粘天，（假言）上有三十三层天。往下一指，下不着地，（假言）下有十八层地狱。往前一指，前无杀手，（假言）前金童。往后一指，后无救兵，（假言）后玉女。往左一指，左也难，（假言）左青龙。往右一指，右也难，（假言）右白虎。两掌一圆，是大粑粑，（假言）是日月。五指伸出，是五个粑粑，（假言）是金木水火土。

道师们听说后，哈哈大笑，一致称赞老头有心计。

（十）煮淡酒的故事

从前有两个干亲家，有个亲家开了一座酒坊，以煮酒为生，但是酒淡，买酒人吃了不满意，就暗使人戏弄他家。两个亲家如兄如弟，

酒肉往来。

煮酒干亲家的妻子长得美貌，另一个干亲家起了爱她之心，朝思暮想用什么方法实现自己的心愿。他乘着干亲家不在家的时候，装成花脸菩萨，身穿蟒袍，手执刀剑，在晚上蹿进干亲家妻子的屋里，站立房中，举起刀剑，大声喊道："黑黑神啊黑黑神，玉帝命我下凡尘；谁人家里煮淡酒，我要杀他一家人。"干亲家的妻子见了，跪在地下，哀求菩萨保佑，从今改正，不煮淡酒。还向他发誓，求神祈祷，许愿证果。菩萨看他一眼，貌如天仙，便说："我爱你。"干亲家妻子在无奈的情况下，保护性命要紧，只得以身相许。菩萨点头以后，实现心愿。不多时，丈夫回来，妻子便将菩萨在家的情况告诉了男人。男人怒气冲冲，搬起一根木棒，赶到庙里，想用棒打周藏。周藏言道："老板且慢，你开你的酒坊，我坐我的庙堂。干亲家戏弄你的婆娘，怎能怪我周藏。"男人听了，赶到干亲家屋里，举棒要打，干亲家就问何事。男人就说："周藏说你戏弄我的老婆。"干亲家辩解说："岂由此理。我俩如兄如弟，怎能做出对不起你的事情？走走，我俩去找周藏。"到了庙里，周藏看见二人怨气都大，就耐心地说："酒坊老板你且听，你煮淡酒到如今；买酒之人心里明，吃了几斤不醉人；玉帝知道这事情，专派菩萨下凡尘；向你家里提个醒，以后一定要改正。"酒坊老板听了，原来是这样一回事。老板明白以后，亲家还是亲家，依然和和气气。

（十一）傻瓜儿子

很久以前，有个农户养个儿子，没有智力，是个傻瓜。到了十五岁时，父母担心他没有能力养活自己，找不到妻子，无人继承家产，父母老了，无人奉养，于是要他出门，看世面，学见识。

第一天，父母说家里有匹白布，要他送到染铺。父亲说，你看见黑手黑脸的人就是染匠师傅。他说知道。他走到一座庙里，看见一个菩萨老爷是黑手黑脸的，他喊了几声，你给我把布染下。菩萨老爷不回答，于是他把布放在那里，就走了。回到家里，父亲问他找到没有，他说找到了，到一座庙里找到他，我喊几声，给我把布染下哈，他不回答，我把布放在那里就走了。父亲骂道："傻子，那是庙里的黑老爷，你把布取回来。"傻子去取布，在路上遇到许多出殡的人带着白色孝衣孝帽。他就冲着喊你们把我的布偷了。出殡人见他胡说八道，放下棺材打他。回到家里父亲问他，他说布被出殡人偷去，缝的白衣白帽。父亲说："傻子，遇到出殡的人你要帮他撑一杠才是。"他说记住了，撑一杠。

第二天出门，遇到迎亲的四个轿夫抬着大轿。他走到面前，说："我给你们撑一杠吧。"迎亲人见他说话不礼貌，一顿打骂。回到家里父亲问他怎样，他说遇到迎亲的四个轿夫抬着大轿。我说给他们撑一杠，他们把我打了一顿。父亲说："遇到迎亲的，你要给他们送恭贺。"他说知道了，送恭贺。

第三天出门，遇到一家房屋在烧，他跑到门前大喊给你们送恭贺。救火的把他又打一顿。回到家里，父亲问他怎样，他说今天出门遇到一家房屋在烧，我给他们送恭贺，救火的人把我又打一顿。父亲说："遇到烧屋的，你要帮他们救火，用水把火泼熄。"他说知道了，泼熄。

第四天出门,遇到一个铁匠打铁,炉子一扯,火轰起很高。他就提了一桶水,往炉里一泼,把火泼熄了。铁匠拿起铁锤就打。回到家里,父亲问他怎样,他说出门遇到一个铁匠打铁,他炉里的火轰起很高。我提一桶水,往他炉里一泼,把火泼熄。他把我几铁锤打得没奈何。父亲说:“遇到铁匠打铁,你要帮他打锤。”他说知道了,打锤。

第五天出门,遇到两夫妻打架,他在中间,你身上一锤,他身上一锤,两夫妻架不打了,反而打他一顿。回到家里,父亲问他怎样,他说遇到两夫妻打架,我在中间你一锤,他一锤。两夫妻不打了,打我一个人,把全身打绿了。父亲说:“两夫妻打架,你要扯劝。”他说记住了,扯劝。

第六天出门,遇上两条水牛打架,角挽角。他在中间扯劝,几脑把他会触死。回到家里,父亲问他怎样,他说遇上两头水牛打架,我在中间扯劝,把我几脑会触死。父亲说:“水牛打架,你应该莫做声,躲在树棒里面。”傻子说知道了,躲在树棒里。

第七天出门,遇到两根黑蛇缠索,他蹿进树棒里看,一动不动。回到家里,父亲问他怎样。他说今天遇到两根黑蛇缠索,没有受到伤害。父亲说:“看见蛇裹索,是不吉利的事。我家又要倒霉,要你出门,看世面,学见识,就没碰到一件好事。你遇上的事情,我与你解释的问题,都是恰巧相反的。我家生了傻子,以后可怎么办呀!”

(十二)木匠做官

以前有个财主,有三个女婿。大女婿是秀才,二女婿是举人,三女婿是木匠。每次给岳父、岳母做生,就把大女婿和二女婿请到书房，讲文章，谈诗词，美味佳肴吃得面红耳绿。对三女婿，只给粗茶淡饭，还安排他整修娘家的桌椅板凳。三姑娘见把丈夫当作傻瓜，坚决要回家去。回家之后，夫妻商议不做木匠，外出学习知识。

丈夫刻苦钻研，攻读三年，并以优良成绩考取状元，做了官吏。回家探亲，轿抬马骑，其妻见了大喜。恰好又是岳父六十大寿，夫妻俩装作木匠为岳父拜寿。进门之后，岳父岳母仍吩咐三女婿整修家具。在吃饭时，大姨父和二姨父说："三姨父出外多年，今天同桌共饮吧。"在桌旁边，请三姨父坐在中间，大姨父和二姨父坐在两旁。饮酒之时，二姨父提出："今天是岳父60岁大寿，我们祝福他老人家，大家说以什么为题？"大姨父说："我以来字为题，左边一大人，右边一大人，中间有一木条，来了不像个人。"二姨父说："我以坐字为题，左边一个人，右边一大人，中间有一土堆，坐着不像个人。"三姨父知道是攻击他的，便说："我以夹字为题，左边一小人，右边一小人，中间有一大人，夹着两个小人。"大姨父、二姨父听后吓呆，三姨父怎么不像以前的木匠？

就在这时，外面鸣锣开道，走进一个衙役，说请状元公回府，岳母说我们这里没有状元公。衙役说就是以前做木匠的三女婿，现在已是状元公，做官吏了。岳父岳母听了，惊喜地说："人难料啊马难骑，做官真是三女婿。以前来了整家具，现在来了带衙役。轿子抬来马儿骑，快快请到书房去。美酒佳肴侍奉你，奉劝女婿莫生气。只怪二老眼目低，做工之人看不起。赔礼道歉悔不及，你是我们好女婿。"

整理者：熊正贤

两妯娌敬婆婆

从前，有个瞎婆婆，娶有两个儿媳妇。四周八围的人都讲这两妯娌相貌长得好看，只是不晓得两个人的心肠如何？儿媳妇强不强，婆婆最清楚，只是闷到心里不讲出来。儿子是娘的心头肉，尽管母子没提起这层话，两个儿子心里还是明亮的。

婆婆过生日这天，两妯娌都要尽尽孝心。大儿媳妇心想：婆婆抚儿育女，屎一把，尿一把，吃得有亏，遭得有孽。如今年老眼瞎，该享清福过日子。可是大儿得个拖拖病，吃得做不得，屋里弄不出五盘六碗孝敬老人，只好揉碗糠皮碎米汤圆，奉送婆婆过生日。幺儿媳妇心想：老不死的瞎子婆，光消茶饭不做工，老子有吃的不如喂猪狗！可转过来想，瞎子婆手边还有几宗东西：一副石碓，一个方柜，外加一个吹火筒和一个旧灯笼壳。旧东西值不得几个钱，便宜你老大，我也不得干。心想还是把瞎子婆待到起，先把东西捞到手，再对付你不迟。眼睛一眨，主意来哒。幺儿媳妇三扒两抓盛上一碗馊臭现饭，蒙上几根肉骨，泡上半碗肉汤，闻起来喷香的。两妯娌把瞎子婆婆扶上桌，都说一些艰难话，让婆婆趁热吃下去。婆婆一手摸到肉汤饭，幺儿媳妇赶紧说："白饭泡肉汤，吃得喷喷香；拌上肉骨头，肉骨有啃头。"婆婆端起饭碗闻闻，放在一边没管它。另一手摸到汤圆碗，大儿媳妇见了，有话说不出口，站在旁边揩眼泪水。哪晓得瞎子婆二话不说，端起汤圆就吃。幺儿媳妇急煞哒，赶紧提起分东西的话。婆婆昂起脑壳翻翻瞎眼，气都不哈一口，只顾大口大口地吃汤圆。那碗肉汤饭再也不闻一下。这回轮到幺儿媳妇流眼泪了，端起肉汤饭，哭哭啼啼找他男子汉。那幺儿子气鼓气胀地说："俺娘瞎眼儿翻就是说话。瞎子吃汤圆——心里有数！"幺儿子赶紧向瞎子娘赔不是。瞎子娘还是翘口不开，只给老大分一个大方柜，给老幺分一个吹火筒。幺儿媳妇气得要死，她男子汉悄悄对她说："你莫做声哒，俺瞎子娘分东西骂人，骂俺两口子小里小气，夸老大两口子大大方方！"

到了冬天，天上飘起鹅毛大雪，瞎子婆婆被褥单薄，人又上了年纪，睡到床上像筛糠一样。大儿媳妇想帮她置床新棉絮，想得到办不到，只好钻到婆婆被褥里面睡发热，再请婆婆睡进去。幺儿媳妇也想尽点孝心，她叫婆婆把睡铺搬到火坑屋里狗窝旁边，一对狗崽不是睡得好香吗？瞎子婆婆又没说什么，只帮大儿媳妇分一副石碓，给幺媳妇分个旧灯笼壳。幺儿媳妇明明晓得又分得不公，上次分东西挨了骂，这次再不好意思提起这层话。她把灯笼壳拿回家一看，里头还有三枚旧铜钱。她的男人唉声叹气说："俺娘又在夸大嫂碓码舂碓窝——实(石)打实(石)，要你花三个烂眼钱买支蜡烛点灯笼，心里放明白点！"

第二年，枇杷上街，药铺大开。瞎子婆婆一病不起，好久水米不沾牙。大儿媳妇对婆婆讲："娘，你想吃什么，想吃就是好药！俺想天方也得弄来。"婆婆好半天才讲出想喝鸡汤。大儿媳妇的鸡才出蛋壳，怎么办？她想起娘的家里有只乌鸡，乌鸡汤又补又香，就赶急回娘家，劝娘老子杀了乌鸡，拿了半边鸡肉，提起就走。心里着急脚步慌，一不小心，被石头绊倒在地上，鸡肉飞出几丈远，不偏不斜正好落在路旁边的粪坑里。大儿媳妇急呀！哭呀！好不容易弄来一块新鲜鸡肉，搞得臭熏熏的。她急忙捞起鸡肉，眼泪水冲掉了臭粪水。她过河过沟，见水就洗，洗掉了鸡肉上的粪臭气。回到屋里就熬鸡汤，自己先尝了尝，见没有臭味才送到婆婆手里。她问婆婆鸡汤臭不臭，婆婆摆摆脑壳，喝得喷喷香，说是好心自有好报！这时候，天上乌云翻滚，雷轰电闪。她想起鸡肉掉进粪坑，又煮给婆婆喝，只怕有罪。赶急搬来一口水缸，跪在禾场坪里悔罪。她要用雨水洗刷自己。等到缸里水接满，雨住天晴，缸里金光闪闪。仔细一看，满缸尽是瓜子金。大媳妇把这些瓜子金分把四周八围的穷苦人，自己只留一份。说也奇怪，婆婆的眼睛亮了三分。

幺儿媳妇见大嫂把到手的财喜分给别人，暗地里骂她傻。第二天，她也回到娘家要了半边鸡肉，走到一个粪坑旁边，把鸡肉往粪坑里一丢，捞起到水里洗。回到屋里，三扒两抓煮成鸡汤，自己闻都不闻，赶忙端到婆婆面前，问婆婆香不香，婆婆喝了一口就说："好心才有好报。"这时候，天上也是雷鸣闪电，大雨淋淋。幺儿媳妇赶忙搬来水缸，扑通一声跪在地上，眼睛盯着缸里。只见缸里白花花的，这不是白银子吗？没有金子，银子也值钱。忙用手到缸里去捧，哪晓得是一缸粪蛆虫，她全身肉麻麻的。从此以后，幺儿媳妇总觉得身上肉麻麻、皮痒痒，受尽了皮肉苦。直到瞎子婆婆寿终以后，她为婆婆披麻戴孝，过了七七四十九天才好。

讲述者：慈利县二坊坪乡段雪琴

采录者：郭长青

兄弟争雁

兄弟两人看见一只大雁正在天上飞。哥哥连忙拿起弓箭,一面瞄准,一面说:“把雁射下来后清炖了吃。”弟弟却争着说:“不,应该红烧。”

于是,兄弟两人争吵起来。他俩去找一位老人评理,老人就说:“一半清炖,一半红烧。”俩兄弟这才不再争吵。等俩兄弟回来再找大雁之时,大雁早已飞得无影无踪。

讲述者:慈利县零阳镇北岗村宋绍红

整理者:卓美绒

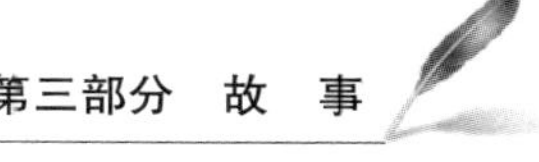

巧嘴媳妇

媳妇做好饭后，先跟公佬儿盛一碗饭，公佬儿吃了一口说:“今朝的饭好香，我要吃三大碗。”媳妇听公佬儿夸奖，接到说:“这饭是我煮的。”当公佬儿吃第二口时，只听“咔嚓”一响，公佬儿马上说:“这饭里面怎么有砂子!”媳妇忙说:“是妹妹淘的米。”公佬儿在饭碗里拌了两下一闻，问道:“这饭怎么有煳味?”媳妇又说:“是妈妈烧的火。”

讲述者:慈利县零阳镇金台村熊一姑

整理者:卓美绒

宰相肚里撑得船

从前,有个宰相身体瘦弱,他的夫人长得非常漂亮。时间一长,夫人觉得自己的丈夫不够意思。宰相家里有个年轻家人,身体结实,相貌也好。宰相经常上朝,家事都由夫人执掌。这个家人勤快,夫人喜欢吩咐他。一日三,三日九,夫人就打起了他的主意。

有一天,夫人叫这个家人到后花园扫树叶,自己跟着去了。她指着离房近些的一棵树,对家人说:“我家老爷有对孔雀,歇在这棵树上。每天天不亮拍翅报晓,宰相便起床去上朝,闹得我睡不着觉。”夫人说完,眼一瞅,嘴一翘,脸一笑就走了。家人看着夫人的样子,想着夫人的话,心中暗喜。

这天晚上,他等不及,只到三更,就摸到后花园,不觉惊动孔雀。宰相听到孔雀报晓,爬起来整理衣冠上朝去了。夫人就把这个家人接进房里,同床共枕。宰相到了金殿门前,不见开门。等了一会儿,天还没亮,就回家了。当他走到自己的房门外边,听到房里有人讲话,觉得奇怪,就停一下,听见一个女人在讲:“老爷枯瘦如柴,你壮巴肉坨。”又听见一个男人的声音:“夫人软和哒,真得味。”宰相非常气恼,心想:闹事吧,损坏自己的名声。天又快亮,我还要上朝去,便在房门上写了四句话:“昨夜孔雀被人惊,我急上朝天未明;壮巴肉坨真得味,枯瘦如柴门外听。”写完以后,就去上朝。

早晨,家人开门,看见这四句话,知道情况不妙,便在门上续写四句话："来府做事已三年，阴风吹火火才燃；城墙上面跑得马，宰相肚里撑得船。"家人写完，就离开了宰相府。

讲述者：慈利县澧河镇彭云龙

整理者：董济民

县官断案

有个丞相的儿子,二十多岁了,自己的生活都处理不好。伤透脑筋,就在皇帝面前为儿讨个县官。

县官到任的第一天,衙门里面平安无事。第二天清早,听到前鼓声咚咚,一阵紧接一阵。县官心里着急,整理衣冠,传令升。只见一老一少随着差役进堂,来到县官面前磕头。老年人指着旁边的青年人说:“我好心好意借给他一头牛,让他犁田耕地。他昨日送牛来的时候,在半路上把我的牛摔死了。现在我没牛耕田,求大人为我作主。”县官一听,怎么办呢?他想到聪明的夫人,赶忙跑进内房询问,夫人就说:“牛死不能复生,剥下皮子,交给县衙;把肉卖掉,买头小牛,长大以后同样能够耕田。”县官回到公堂,把惊堂木一拍,照着夫人的话说了一遍。一老一少听了,觉得有理,离开县衙就回去了。

第三天,衙门前的鼓声又响。县官传令升堂,击鼓人拜见县官,哭哭啼啼地指着身边的轿夫说:“俺爹今朝上街去,被他撞死。求大人作主,为小民申冤。”县官觉得今天的案子和昨日的差不多,又想问夫人,仔细一想,自己做官,天天有事问夫人。于是,惊堂木一拍,大声说:“人死不能复生,剥下皮子,交给县衙;把肉卖掉,买个小伢儿,长大后同样能做你的父亲。”击鼓人一听,回头就跑了。

讲述者:慈利县通津铺镇唐纯初

整理者:赵彩霞

落雨天留客

张三李四到王二麻子家里做客，一去就遇到落连雨，两人也就不说回去的话。住了很久，还是不提一个走字。

王二麻子看到张三李四不走，不免厌弃。这天早晨，他看天上还在落雨，拣砣石灰，在大门上写了“落雨天留客，天留我不留”十个字，意思是说，落雨是天在留客，可天留客我不留客，你们还是早走好些。

张三看到字后，一念是“落雨天，留客天；留我不？留！”念过以后，就说：既然留我，再歇几夜再走。李四看到字又念成：“落雨，天留客；天留我不？留！”念完也讲：“既然天还留我，那我再住几天才走。不然，对天不住。”两人安安心心继续住了，王二麻子虽然生气，但是不好做声。

讲述者：慈利县象市镇王建生

整理者：谭杰群

选女婿

从前,有个员外没有儿子,只有一个女儿。女儿已满十八岁,还没有人上门求亲。员外为这件事着急,就找女儿商量。女儿就说:“爹爹,你不要着急;我的事,自有安排,请爹爹放心。”

有一天,女儿外出走亲戚。员外一人在家,想起女儿的婚姻大事。他想啊想,想出一个主意:出张招贴选女婿。趁女儿不在家,就提笔写了个“招贴”。

招贴一出,许许多多的年轻后生赶来求亲,把员外忙得不可开交。他选来选去,选了三个长相很好的年轻后生,等女儿回家了再挑选。

女儿回来以后,员外就把招贴选婿的事情告诉了女儿。女儿一听,又急又气,埋怨爹爹是个老糊涂。年轻后生等待挑选,怎么办呢?要是毁约,人家耻笑。女儿只好答应挑选女婿。

这一天,正是员外女儿挑选女婿的日子。员外女儿提出说个四言八句,规定头句“两面快”,二句“逗人爱”,三句“要是”,四句“菜”。

这三个后生,一个是乐师,一个是巫师,一个是种田的。做乐师的后生抢先说:“手拿铙钹两面快(快:锋利),兰衫一穿逗人爱;要是姑娘嫁给我,有钱天天吃荤菜。”员外点了点头,女儿瘪了瘪嘴。做巫师的后生又说:“手拿师刀(师刀:巫师用的道具)两面快,调儿

一哼逗人爱；要是姑娘嫁给我，鸡鸭鱼肉当小菜。”员外又点点头，女儿还是瘪了瘪嘴。第三个种田的后生讲：“犁上贯头两面快，栽田种地逗人爱；要是姑娘嫁给我，只有饭吃没有菜。”员外一听，瘪了瘪嘴，女儿笑笑后说：“我也讲几句。”三个后生张起耳朵听。员外女儿就说：“手拿锄头两面快，种的蔬菜逗人爱；只有嫁给种田的，又有饭吃又有菜。”

讲述者：慈利县溪口镇朱雨初

整理者：朱西杰

幺女婿的四言八句

从前,有个财主招了三个女婿:大女婿是秀才,二女婿是公子,幺女婿是农民。财主只喜欢大女婿、二女婿,对幺女婿刻薄。幺女婿心里有数,暗暗地也对财主丈人不满。

有一年的八月十五,三个女婿向丈人拜中秋节。晚上,财主在禾场上摆起月饼,全家人团团圆圆赏月。大女婿自恃有文墨,想露一手,便说:"今朝是中秋佳节,合家团圆。大家说个四言八句吧!"财主一听,正合心意,想乘此机会把幺女婿难一难。于是就说:"我看,话里面要嵌上'团团圆,缺半边,看不见,喊皇天'。说不出来的磕二十四个响头。"

大女婿先说:"十五月亮团团圆,二十四五缺半边;三十初一看不见,晚上行人喊皇天。"大家一阵笑。

二女婿把孩子手中的月饼抢来,就说:"这个月饼团团圆。"说罢就啃一口。又说:"啃了一口缺半边。"又是几大口把月饼吃完了。接着说:"装在肚里看不见。"这时小孩哭了起来,他说:"孩子哭得喊皇天。"众人也是一阵大笑。

轮到幺女婿时,他只笑,不开口。大家以为他说不出来,都讥笑他。堂客站在一旁着急。丈人老子竟说:"我谅你说不出来,就是磨子也压不出屁来。"丈母娘凑热闹地说:"说不出来,磕响头吧!"众人异口同声要他磕头。

四句话："来府做事已三年，阴风吹火火才燃；城墙上面跑得马，宰相肚里撑得船。"家人写完，就离开了宰相府。

讲述者：慈利县龙潭河镇彭云龙

整理者：董济民

县官断案

从前,有个丞相的儿子,二十多岁了,自己的生活都处理不好。丞相为他伤透脑筋,就在皇帝面前为儿讨个县官。

新县官到任的第一天,衙门里面平安无事。第二天清早,听到衙门前鼓声咚咚,一阵紧接一阵。县官心里着急,整理衣冠,传令升堂。只见一老一少随着差役进堂,来到县官面前磕头。老年人指着旁边的青年人说:"我好心好意借给他一头牛,让他犁田耕地。他昨日送牛来的时候,在半路上把我的牛摔死了。现在我没牛耕田,求大人为我作主。"县官一听,怎么办呢?他想到聪明的夫人,赶忙跑进内房询问,夫人就说:"牛死不能复生,剥下皮子,交给县衙;把肉卖掉,买头小牛,长大以后同样能够耕田。"县官回到公堂,把惊堂木一拍,照着夫人的话说了一遍。一老一少听了,觉得有理,离开县衙就回去了。

第三天,衙门前的鼓声又响。县官传令升堂,击鼓人拜见县官,哭哭啼啼地指着身边的轿夫说:"俺爹今朝上街去,被他撞死。求大人作主,为小民申冤。"县官觉得今天的案子和昨日的差不多,又想问夫人,仔细一想,自己做官,天天有事问夫人。于是,惊堂木一拍,大声说:"人死不能复生,剥下皮子,交给县衙;把肉卖掉,买个小伢儿,长大后同样能做你的父亲。"击鼓人一听,回头就跑了。

讲述者:慈利县通津铺镇唐纯初

整理者:赵彩霞

一哼逗人爱；要是姑娘嫁给我，鸡鸭鱼肉当小菜。”员外又点点头，女儿还是瘪了瘪嘴。第三个种田的后生讲：“犁上贯头两面快，栽田种地逗人爱；要是姑娘嫁给我，只有饭吃没有菜。”员外一听，瘪了瘪嘴，女儿笑笑后说：“我也讲几句。”三个后生张起耳朵听。员外女儿就说：“手拿锄头两面快，种的蔬菜逗人爱；只有嫁给种田的，又有饭吃又有菜。”

讲述者：慈利县溪口镇朱雨初

整理者：朱西杰

幺女婿的四言八句

从前，有个财主招了三个女婿：大女婿是秀才，二女婿是公子，幺女婿是农民。财主只喜欢大女婿、二女婿，对幺女婿刻薄。幺女婿心里有数，暗暗地也对财主丈人不满。

有一年的八月十五，三个女婿向丈人拜中秋节。晚上，财主在禾场上摆起月饼，全家人团团圆圆赏月。大女婿自恃有文墨，想露一手，便说："今朝是中秋佳节，合家团圆。大家说个四言八句吧！"财主一听，正合心意，想乘此机会把幺女婿难一难。于是就说："我看，话里面要嵌上'团团圆，缺半边，看不见，喊皇天'。说不出来的磕二十四个响头。"

大女婿先说："十五月亮团团圆，二十四五缺半边；三十初一看不见，晚上行人喊皇天。"大家一阵笑。

二女婿把孩子手中的月饼抢来，就说："这个月饼团团圆。"说罢就啃一口。又说："啃了一口缺半边。"又是几大口把月饼吃完了。接着说："装在肚里看不见。"这时小孩哭了起来，他说："孩子哭得喊皇天。"众人也是一阵大笑。

轮到幺女婿时，他只笑，不开口。大家以为他说不出来，都讥笑他。堂客站在一旁着急。丈人老子竟说："我谅你说不出来，就是磨子也压不出屁来。"丈母娘凑热闹地说："说不出来，磕响头吧！"众人异口同声要他磕头。

幺女婿憨笑一阵后说:"硬要说我就说,说得不好就莫怪呀!"众人有的别嘴巴,有的哼鼻子,料他说不出什么名堂。只听他说:"岳父岳母团团圆,岳父死了缺半边;埋在土里看不见,岳母夜间喊皇天。"

众人一听,哭笑不得。

讲述者:慈利县金坪乡田见子

整理者:全双尧

“欺恶怕善”的杨三

从前有个杨三,三十出头还没结婚。这年媒人给他介绍一个离婚五次的恶婆娘。

这个恶婆娘长得倒还标致,就是脾气坏,横强霸恶,动不动就骂、就打、就泼,远近十里都出了名。有人挑拨离间说:“杨三啦杨三,你老实巴交,日后不死在这个恶婆娘手里才怪呢。”杨三不作声,还是结了婚。

结婚的第二天早上,杨三说要教牛耕地,婆娘牵笼斗,牛没打三个转身,就不走哒。杨三火冒三丈,提起两棒把牛儿打死了。嘴里还骂道:“看你强不强!”恶婆娘有点胆怯,回到家里没有心思做中饭。

猫儿肚子饿了,围着杨三咪咪地叫。杨三提起一脚把猫儿踢扁了,嘴里还骂道:“看你饿不饿肚子!”恶婆娘一看,吓得赶快做饭。

这时,黑狗把舌头伸到桌子上舔碗,杨三照到狗子就是一刀,把狗砍成两截,嘴里还骂道:“看你还馋不馋!”恶婆娘一看,心想这个杨三脾气太大,比我还恶三分,心里直擂德山鼓。

杨三一本正经坐在椅子上,装作发烟瘾,伸了下懒腰,叫道:“把烟斗拿来!”恶婆娘赶快送到他手上。“打盆水来!”杨三又吩咐。恶婆娘二话没讲,水又端到杨三面前。

吃饭之时恶婆娘讲:“杨三啦,俺两个人脾气都大。为了这坏

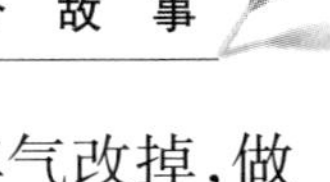

脾气，我恶跳了五次嫁，你恶三十岁没结婚。我俩都把脾气改掉，做善良的人，好好地过日子。”

杨三就说：“好啊，我是欺恶怕善的人，容易改掉这个脾气的。”

讲述者：永定区永定办事处东岭

整理者：张绫屏

刘猛制伏虫灾

在白族聚居的马合口一带,刘猛的事迹家喻户晓。刘猛是个什么人,为何得到人民的称颂呢?

刘猛是汉族人,于清朝时候,在马合口做地方官。有一年,稻子出穗的时候,马合口一带起了虫,蔸蔸稻叶“包粽子”。刘猛心急如火,召集百姓聚会,要求大众下田捉虫。当场有人反对说:“老爷,这是天上降下来的神虫,捉不得的。只有抬菩萨,求神保佑。”

第二天,族长们到各个村寨集资,抬起大二三神来了。一时,香烟缭绕,锣鼓喧天,三元老师跳起仗鼓舞,人越聚越多,就像过大兵一样。今日游这峪,明天游那寨,上坡下坪,过田走垭,一连就游几天!

众怒难犯,刘猛不去反对游神,只找好友谷明商量,先到谷家的田里捉一些排虫试试,看能不能把虫除掉。谷明说:“刘公要亲自去捉虫,当然是好。只是小弟怕犯族规,不能奉陪!”刘猛带着夫人、儿子、女儿挎起竹篓,手拿竹竿,顶着烈日,冒着酷暑,下田捉虫。他们削开一个个“卷子”,一条条像土蚕的虫子落入竹篓里面。夫人的手触及虫子时,微微发抖:“老爷,这虫子咬不咬人?”妻子两眼望着丈夫。

“夫人莫怕!不会的。”刘猛手里抓起一把虫子,五指一叩,捏成糊浆。“你们看啰,这有啥怕的。”

刘猛一家人在田里捉虫子、挑虫网的事风快地传开了。

胆子大的人来田边看稀罕,议论纷纷:“天上降下来的虫子,他们敢捉!”“真是斗大的胆子!”“恐怕是做官的人八字好命大哩!”怕事的人躲到一边看,你一句,我一句:“刘猛捉神虫,只怕要惹天祸!”“和天打斗的事,恐怕是盘古开天地第一回,谁晓得会不会出事!”

刘猛在谷明的两丘田里捉了三天虫,又要谷家追些灰屎。几天工夫,眼看稻谷一穗穗地拱出来了。马合口周围的百姓一路路地来了,在田坎上望,啧啧地赞口说:“哎呀,捉了虫子,稻子就好了!”

抬菩萨游神,田里的虫灾越来越狠,卷卷网网更多,有的稻子就像刷把,只剩秆秆。刘猛第二次召集众人聚会,要大伙捉虫,大众都乐意了。他带起千百人下田,白天斗烈日,晚上打起灯笼火把。干了七个日夜,虫灾消灭了。

刘猛由于多日坚持在酷暑中捉虫,中了暑,加上捉虫之时疏忽大意,虫汁弄到口中,中了毒,很快就去世了。百姓听到消息,眼泪长流。送葬那天,人山人海,哪家死爹死娘都没这么多人!

刘猛的事迹上报京城,皇帝传旨封他为“刘猛将军”。马合口一带的民家人为他修庙,塑了金像。每年农历六月二十一是他的纪念日,大家都提香纸和三牲礼品敬祭。

讲述者:桑植县马合口乡谷洁成

整理者:李康学　刘黎光

穷人和富人

从前有个穷人，经常吃了上顿没有下顿，所以他在上帝面前抱怨，说他活得很累，每天辛苦做事，却攒不了钱。他抱怨道："这个世界不太公平，富裕的人无所事事，而我们这些穷人累死累活。"

上帝问他："那你认为怎么样才公平？"穷人想想就说："要让富裕的人穷得和我一样，然后和我做一样的事。如果富人还是富裕，我以后再不抱怨。"上帝答应他了。上帝就把一个富人变成穷人，并且分别给他和抱怨的那个穷人一个煤矿，自行挖矿，然后出售，限期一个月。穷人和富人一起开挖，穷人平常干惯粗活，挖煤这活对他就是小菜一碟。那个穷人很快挖了一车子煤，拉到集市上卖。他用卖煤的钱买好吃的，拿回家后给老婆、孩子解馋。富人平时没干过重活，挖一会停一会，累得满头大汗。到了傍晚挖一车煤，拉到集市上卖。他用卖煤的钱只买几个馒头，其余的钱都留下来。

第二天，穷人早早起来开始挖煤，富人去逛集市。不一会儿，带回两个穷人。两个穷人二话没说，就开始给富人挖煤，而富人站在一边指手画脚，监督他们挖煤。只用一个上午的功夫，富人指挥两个穷人挖出了几车煤。富人把煤卖了，再雇几个苦力挖煤。一天下来，他除给工人开工钱外，剩下的钱还比那个穷人赚的钱多几倍。

一个月快过去，那个穷人只挖了煤山的一角，每天卖煤的钱都

买好吃好喝的,基本没有剩余。而富人指挥工人挖光煤山,赚了许多钱。他用这些钱投资做起买卖,很快成为富人。

结果可想而知,那个穷人不再抱怨。

整理者:熊雁鸣

机智人物故事

龚垮吾的故事(四则)

(一)我就是龚垮吾

慈利县龚垮吾,人很机智,名气不小。永定县黄耀武不服气,想找他比试。

有一天,黄耀武背着被子找龚垮吾,快到慈利县城的时候,与龚垮吾相遇。黄耀武不认得龚垮吾,就向他打听龚垮吾的住处。龚垮吾一听,就问:“你找龚垮吾有什么事?”黄耀武回答:“听说龚垮吾的本事不得了,我要跟他比试。”龚垮吾又问:“你叫什么名字?”黄耀武神气地说:“黄耀武。”龚垮吾看到他背的被子,有了主意。便说:“我也在找龚垮吾,那就一路走吧!”

进了慈利县城,天就黑了。在一个店铺里,黄耀武打开被子和龚垮吾睡了。睡到半夜,龚垮吾悄悄地在棉絮角上用线扎了小记号儿。

天刚亮,黄耀武就起床,准备赶早去找龚垮吾。可是,龚垮吾还在睡,黄耀武只好等。眼看太阳起得很高,黄耀武掀开被褥就喊:

“伙计,起来！我们去找龚垮吾。”边说边卷被褥。龚垮吾就说:“被褥是我的,哪个要你卷?”黄耀武吃了一惊:“么哒？是你的?”龚垮吾回道:“不是我的是你的?”黄耀武肺快气炸,俩人大吵起来,边吵边扭到县衙门里。县老爷首先问:“是什么事?”两个都讲被褥是自己的。县爷问黄耀武:“你讲是你的,有记号吗?”黄耀武解释说:“一般的被褥,没有记号。”县爷又问龚垮吾,龚垮吾不慌不忙地说:“我的棉絮角上有小记记儿。”县爷命令手下人撕开被角,一看,真有记号。二话没讲,就把被褥判给了龚垮吾。

两人走出衙门以后,龚垮吾竟对黄耀武说:“被褥是你的,我只是开玩笑。”边说边把被褥递给了黄耀武。黄耀武接过被褥,头没抬,就走了。

等黄耀武一走,龚垮吾转身跑进县衙又喊起冤来,说黄耀武抢了他的被褥。县爷大怒,命手下人把黄耀武抓来,惊堂木一拍,怒道:“好大的狗胆,竟然不服本官的判决,该当何罪！给我重打四十大板。”黄耀武被打得皮破血流,喊天叫地。

龚垮吾大步走出县衙,黄耀武垂头丧气地跟在后面。龚垮吾又要把被褥还给他,黄耀武再不敢接。龚垮吾一阵大笑,把被褥塞给他后得意地说:“你不是要找龚垮吾吗？老兄,我就是龚垮吾。”

讲述者:慈利县赵家岗乡赵绍于

整理者:赵亚平　杨协全

(二)状告九垭十三坡

龚垮吾,机智过人,又能体念百姓的苦愁,很逗群众喜爱。他看到丛高一带的老百姓交钱粮,要翻九个垭,爬十三个坡,几得艰难,于是想了一个主意。

有一天,新任知县刚到,他就跑到县衙鸣冤告状。知县升堂,喝道:“下跪何人?”“大人,在下是龚垮吾!”“状告何人?”“我要状告九垭十三坡!”“九垭十三坡是何人?”“九垭十三玻不是人!”知县听了,火冒三丈,把惊堂木一拍,大声说道:“告状不告人,难道要告鬼吗? 大胆的龚垮吾,你敢戏弄本官?”“不敢戏弄大人!”“那你是个癫子,来人,给我赶出去!”

龚垮吾大声道:“我听说大人体谅民情,爱抚百姓,我才特地告状。大人哪里晓得,我们丛高一带与县衙相隔一百多里,每年田赋实粮,送到县衙,前后要走四十天。”

知县就问:“如何要这么长的时间?”龚垮吾说:“只因相隔九垭十三坡,山又高,路又陡! 九垭的第一垭是雷雨垭,垭下青天白日,垭上雷雨大作! 第二垭是斑鸠垭,俗话讲,斑鸠垭,斑鸠垭,斑鸠飞过都害怕;第三垭是雪升垭,第四垭是溜儿垭,第五垭是转死垭,第六垭是……”“算哒! 算哒!”知县打断龚垮吾的话说:“本人为官三十多年,天南地北都到过,就不相信有这么个地方。”转向当班的:“打轿雷雨垭!”龚垮吾急忙说:“大人坐不得轿,只能骑马。”

知县骑着马来到雷雨垭脚下,抬头一看:哎呀,好陡! 他想转身,可是又怕丢面子,只好硬着头皮,骑马上山。龚垮吾走在马后面，假装推马，悄悄拿出一根针，在马屁股上一扎，那马猛地往前一冲，把个知县摔了下来。龚垮吾赶上前，扶起知县乘机说："大人，另外的八个垭比这路还险些。"知县摔了一个跟头，又听龚垮吾这样讲，忙对手下人说："回府！"

知县回衙以后，当急升堂："从高一带的田赋实粮，均以减半，以银两、铜钱折之。"

从高一带的群众听到这个消息以后，无不拍手叫好。

讲述者：慈利县高桥乡李时全

整理者：陈辉元

（三）买财主的一湾树

有个财主贪财如命。老百姓恨死他了，都要龚垮吾出个主意，狠狠地整他一下。

有一天，龚垮吾来到财主家，说要买树。财主一听，心想又有财进，吩咐人办酒席。龚垮吾和财主一边喝酒一边谈生意。财主问他买多少，龚垮吾讲："只要一根弯树。"财主一听，又想机会难得，我就高点喊价，便说："一根弯树也要十两银子。"龚垮吾爽快地说："十两银子就是十两银子，写卖契吧！"这使财主作难哒。扁担倒下来，他认不到是个一字。怎么办呢？想想就说："你写你写，我画押就是。"龚垮吾知道他不会写字，提笔就写。写后，又读给财主听。财主点了点头，按了手印后说："明天就来砍树！"

龚垮吾拿了契纸，连夜喊人。第二天麻麻亮，好多人来到财主湾里砍树，只到中午，一湾树快要砍光。财主看到以后，就找龚垮吾："你是怎么搞的，只买一根弯树，怎么把我的一湾树都砍光？走！到县衙讲理去！"拉起龚垮吾就走。龚垮吾一边走一边回头对砍树的人说："大家只管使劲砍树！"

到了县衙，财主抢先讲："他只买我一根弯树，砍了我的一湾树，请县太爷处置。"县太爷鼻子一哼说："买你一根弯树，有什么处置的？"财主解释说："他只买我的一根弯树，我一湾树有几千根！"县官就问龚垮吾："你讲！"龚垮吾取出契纸，不慌不忙地说："大人，请看这份契纸！"县官接过契纸一看，上面写的是一湾树，就把惊堂木一拍，对财主说："契纸上明确写的卖一湾树，白纸黑字，你怎么想赖掉？来人哪！把这个老东西责打四十大板！"贪财的财主丢了一湾树，还挨四十大板，老百姓都拍手叫好。

讲述者：慈利县溪口镇朱五初

整理者：朱西杰

（四）龚垮吾是不好惹的

传说某年，有个武官骑匹大马在城外游玩，休息之时把马套在稻田里。旁边有个农夫的耕牛也套在这里。那匹马见了耕牛就想咬它，耕牛几下就把马触死。农夫见牛把马触死，赶快把牛牵回家了。武官见马死在田里，就到县衙告状，状告这个田的主人。

县官把田主传来，立即升堂审问。"战马在你田里被牛触死，罚你赔偿！"田主就说："田是我的，牛触死马，与我无关！"县官怒

道:“战马死在你的田中,你不赔哪个赔?”田主没法,只好回家想法凑钱、赔马。

这时,龚垮吾正从这里经过,听说这件事后,对田主说:“你不要慌,我给你写张条子找县官去。”

田主拿起龚垮吾写的条子又去县官那里。县官拿起一看,上面写着:“朝廷战马,农夫耕牛,两物并重,都是畜生。牛触马死,与田主何干?若豺狼虎豹伤人,找山神土地否?龚垮吾。”县官想了一想:“龚垮吾是不好惹的。”于是,升堂又说:“朝廷战马,农夫耕牛,两物并重,都是畜生。牛触马死,与田主何干?若豺狼虎豹伤人,找山神土地否?不赔了。退堂。”

讲述者:慈利县溪口镇朱雨初

整理者:朱西杰

陈二郎摸娘娘脚

朝廷大臣们恨死了陈二郎,又没办法对付他,他们经常一起想主意,想把陈二郎狠狠地整一下。一个大臣讲:“要陈二郎摸摸娘娘脚,看他敢不敢。”又一个大臣讲:“这个主意要得,看他怎么摸得到。”第三个大臣接着说:“就是摸到哒,皇上也要降罪,他要吃亏的。”主意打定了,大臣们就跟陈二郎打赌,赌他摸到娘娘的脚,就请他喝酒。陈二郎二话没说,就笑着答应了。大臣们暗喜,这一回陈二郎死得哒。

有一天,皇帝邀陈二郎下棋,娘娘坐在旁边观看,众大臣也在一旁恭候着。正当大家注意走棋的时候,陈二郎把一粒棋子悄悄地丢到娘娘的脚边。陈二郎眼睛看着棋盘上的棋子,手在地上摸来摸去,把娘娘的脚摸一下,然后才把棋子摸到手。他在摸棋子时,众大臣痴痴地看着摸。皇帝看到陈二郎摸到了娘娘的脚,心中很不快活。大臣们看到皇帝脸色垮了下来,心里暗喜。陈二郎看到皇帝将要发火,不慌不忙,顺口就说:“风吹棋子落,错摸娘娘脚;小臣该万死,万岁要赦过。”皇帝听后,只好微微一笑。大臣们眼看着没整到陈二郎,都摇摇头。从此以后,再也不找陈二郎的麻烦。

讲述者:慈利县赵家岗乡赵绍于

整理者:赵亚平

覃金瓯的故事（三则）

（一）千里姻缘一线牵

覃金瓯是永定区土家族的幽默人物。覃金瓯年轻时，看中大山那边的朱妹子。有一天，覃金瓯上街买了一斤毛线，挽成一个坨。第二天早上，覃金瓯带着毛线前往后山，在山脚下捡个石头压住毛线的头，边走边放，一直放到山顶一蔸枞树下边。然后，坐在枞树下面。说来也巧，朱妹子正好这时背个背笼上后山扯猪草。朱妹子看见毛线，一边上山一边挽。挽到山顶之时，看见覃金瓯拿着毛线的另一头，就把线坨交给他。覃金瓯笑着说："千里姻缘一线牵，看来我俩有缘分。"姑娘听了他说的一些话后，才晓得这后生就是远近闻名的覃金瓯，心里比较喜欢。后经媒人上门说合，就把亲事定下来了。

覃金瓯的未婚妻性格内向，不爱与人说笑。结婚前夕，有人找覃金瓯打赌："如果拜堂时能逗新娘发笑，就输两吊钱。"结婚那天当礼生喊"夫妻对拜"后，覃金瓯假装慌忙，故意把头上戴的瓜皮帽甩到新娘膝盖前面。他用头顶，连顶几下都没顶上，反把帽子顶到新娘胯下去了，逗得亲戚朋友哄堂大笑。这时，新娘羞得眯眼笑。覃金瓯见新娘笑了，忙向那个打赌的朋友伸出两个指头。

打赌的人输了两吊钱不甘心，又说以新娘先找新郎讲话为条件,再找覃金瓯打赌。“讲一句赌多少钱?”“讲一句赌一吊钱。”赌友答道。那天晚上,闹房的人走后,几个赌友躲在新房外听壁脚。覃金瓯鞋子也不脱,一头钻进被窝统子里面睡了。过了一会儿,新娘怕新郎受凉,心疼地说:“你怎么不脱鞋子?”覃金瓯立即喊:“一吊。”新娘忙问:“你说什么?”覃金瓯接着说:“两吊。”新娘又说:“你把被子弄脏了。”覃金瓯大声叫:“三吊。”新娘关切地说:“你怎么睡在被窝统子里面?”“四吊。”新娘不解地问:“你是不是酒喝多了?”“五吊。”覃金瓯又说道。这时,屋外的赌友忙喊:“覃金瓯,我们认输了,明天早晨给你送来五吊钱。再讲,就没有钱给的。”覃金瓯听他们走了,对新娘说:“这个生意不错,讲一句话得一吊钱。”新娘把手指头指到新郎鼻尖上说:“你这个快活人。”“六吊。”覃金瓯抱着新娘哈哈大笑,新婚夫妻在笑声中度过快乐的新婚之夜。

整理者:戴楚洲

(二)覃金瓯戏谑买官人

清朝中叶,永定县西溪坪田大富豪,只嫌没有功名光耀门庭。经多方钻营,用四百石谷捐个“拔贡”的头衔。

时逢田某五十岁生日,大摆宴席,庆贺双喜佳期。亲友争着捧场,要给田某送一块寿匾,便请覃金瓯给金匾题字。覃金瓯不假思索挥笔写了“德弼硕容”四个大字。漆匠做匾时,覃金瓯嘱咐四个大字和上下款用平光金,把德字中的“四”字,弼字中的“百”字,硕字旁的“石”字,容字下的“谷”字加上彩金。田某见匾,认为覃金瓯

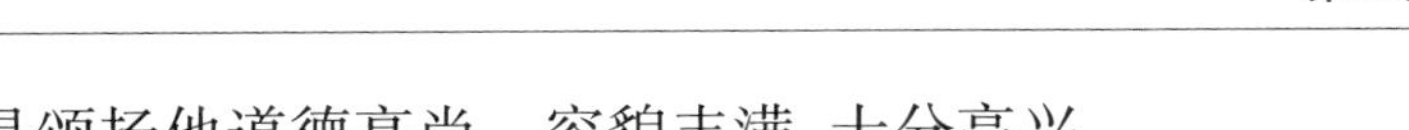

是颂扬他道德高尚。容貌丰满,十分高兴。

可是匾挂了半年后,平光金褪色,而彩金的笔画没有褪色,鲜艳夺目,“四百石谷”几个字显得格外耀眼。此时,田某才知道覃金瓯是有意揭露自己“四百石谷”捐顶子的丑行。

讲述者:永定区黄玉振

整理者:陈杰生

(三)要县官抬谎架子

永定县知县刚上任就听说乡下有个神童,有七步、八叉之才,还会扯谎,便将他传上公堂问话。“你叫覃金瓯?”“是的。”“听说你会扯谎,今天要是扯到本官的谎哒,恕你无罪。”

覃金瓯假装害怕地说:“老爷!我哪会扯谎?也不敢扯谎呀!”“你今天非扯谎不可!”

“这……这……老爷,你要我扯谎干得,那你必须派十八个人到我屋里把谎架子抬来。”边说边用手排(指用双手作量具,丈量物体的宽窄)大门,口里连说窄哒窄哒。县官一面派人去抬“谎架子”,一面安排拆除大门。覃金瓯又用手一印(指用双手作量具,丈量物体的宽窄),就说:“我的‘谎架子’还是进不来呀。”县官只好叫人把墙拆哒,只等谎架子抬来以后开始扯谎。

抬“谎架子”的十八个人到了覃金瓯家里一问,哪有什么“谎架子”?只好空手回来禀告县官。县官一听,火冒三丈地吼道:“覃金瓯,你家没有‘谎架子’。没有‘谎架子’是小事,又把县衙的大门连墙都拆垮哒,丢了本官的门面,你……你……你这家伙,该……该……该当何罪?”

覃金瓯无可奈何地说:“我先就讲哒的,我不会扯谎,也不敢扯谎。你老人家硬要我扯,扯哒又要办我的罪。你这堂堂父母官,到底讲话算不算数?”

县官哑口无言,他没想到上了这个娃儿的当了。

讲述者:永定区黄玉振

整理者:鲁承德　丁　星

附记:覃金瓯,又名祚巩,土家族,永定区西溪坪人,生于清代嘉庆年间,卒于同治年间。据《覃氏续修族谱》(1914 年修)记载:覃金瓯“姿性颖悟,敏捷过人,赋物肖形,有八叉七步之誉。以贡生终,士林惜之”。覃金瓯诙谐幽默,聪慧过人,常以诗对或者施“鹊宝”(用意外手段制服别人)讽刺、抨击贪官污吏和富豪劣绅。幽默大师覃金瓯的故事流传甚广,特别在大庸、慈利、桑植诸县几乎家喻户晓,民间称他为“鹊才”。

土家歌星张友桃的故事

张友桃，又名张桃妹，永定区红土坪人。张友桃终身以歌为伴，声誉传遍三湘，被土家族研究专家誉为“土家族的刘三姐”。

张友桃十二岁时给不满一岁的金渊章做童养媳。十八岁时，她向女歌手梅世菊哭诉，梅世菊便叫她逃婚。张友桃星夜逃走，跟着梅世菊到各地唱歌。不到半月，被张家族长抓回，交与其叔处治。叔叔问她为何逃婚，张友桃哭诉道：“十八女配六岁郎，洗完手脚抱上床；睡到半夜摸奶吃，我是妻子不是娘。”叔叔责备道：“逃婚是败坏门风的事，成何体统？”张友桃又唱道：“我的幺幺我的伢，侄女没有犯王法；前头乌龟爬开路，后面乌龟跟路爬。”原来，友桃祖母七岁做童养媳，十四岁逃到沅陵与其祖父结婚。这首歌触动祖母旧恨，因为同病相怜，祖母放起泼来：“要杀桃妹，先把我杀了，我也是逃婚到这里的。”叔叔只好依允由祖母带回娘家居住，后随歌手梅世玉、梅世菊四处唱歌，交友参师。她辗转到慈利、沅陵等地摆擂台赛歌，歌手云集，无人胜她。不久，族长又为张友桃找了一个比她大二十三岁的黑汉。友桃誓死不从，并且唱道：“腰缠万贯我不恋，我只恋郎不恋钱；如果二人无情义，哪怕金银铺阶檐。”这种发自内心不为钱财动摇的爱情使在场的人无不为之折服。

沅古坪有托字、托物的民间唱法，是对民间歌手智慧的考验。1945 年，张友桃与谭子华在红土坪对歌托“蛇”（音 shā）字，唱了半天。

谭:千里路上访歌家,谁知妹妹把气发;
　　出门忘记把脚提,是我踩的蛇尾巴。
张:只因婆家王法大,妹是弱女玩死蛇;
　　寡妇拖肚莫奈何,你莫拨草寻蛇打。
谭:娘婆二家官司打,妹唱山歌不枉法;
　　莫信公蛇是冷的,要进草笼不怕蛇。
张:六岁男儿妻十八,出嫁只当没出嫁;
　　碓里打蛇冤屈死,青春年少活守寡。

1946年,唐行与龚翘楚各带四百多人枪在慈利县张三溪械斗,张友桃认为这是用百姓性命为地主乡绅争权夺利,便赶到张三溪唱道:"双方乡亲听我言,早不相见晚相见;唐龚好比两只船,中间隔座鼻梁山。龙虎相斗有死伤,妻儿高堂谁照看;死者不知生者惨,须知唇亡齿更寒。"张友桃一直唱到双方撤走,各自罢休。

随着涉世经验的增长,张友桃逐渐为穷人唱歌,并用民歌讽刺富人。宣坪地主刘秀生满八十岁时,请张友桃等歌手唱寿歌,张友桃对刘秀生恨之入骨,于是唱道:"刘氏秀生乐悠悠,三代同堂作高寿;一家三代生无底,满门儿孙午出头。"众歌手听后,拍手称妙。刘秀生悟出张友桃骂他一家人都是"牛",命家丁把张友桃赶了出去。友桃神情自若,边走边唱:"不用赶来不用留,人畜怎能共一楼;对牛弹琴牛不懂,留下畜生我就走。"

有一年,李家沟桥竣工后,请来文人为桥赋诗,要求以"李家沟桥"四字冠顶。张友桃路过此桥时唱道:"李白斗酒诗百篇,家家户

户化善缘；沟溪弯弯长流水，桥平路正万万年。”1950 年，她与红土坪农民李孟青结婚，后被选为人民宣传员。因为张友桃工作出色，1954 年调任沅陵金矿妇女主任。1956 年出席全省民间文学座谈会，并被选为全国妇女联合会代表。

整理者：戴楚洲

李三郎审瓜

李三郎上任的第二天,接到城西菜园老板辣狗娘的状纸,说是一个叫花婆偷了他五个南瓜。李三郎便把原告和被告传上堂进行审问。

辣狗娘本名田腊娘,是城南有名的菜霸。她的菜园中间有条便道直达城里,不知多少生人误入此路,被田腊娘当贼抓住,为此发了黑财。人家就给了她个“辣狗娘”的臭名。被告呢,是个四十多岁的妇女。她背上背个小孩,手里还牵一个,一看就是个老实巴交的乡下人。她只喊冤枉,却又讲不出理由。李三郎觉得案子蹊跷。这时,差役传上一卷信纸,原来是个好心人劝李三郎手下留情。李三郎看罢,冷笑几声,传令送五个南瓜上堂。

“是不是有这么大?”三郎指着这个大南瓜问。

“嗯,有这么大!”辣狗娘说。

“再看,比这个呢?”三郎又指着那个大南瓜问。

“比那个还大些!”

三郎一连指五个,辣狗娘一口咬定:“偷去的瓜,个个有这么大!”

三郎突然把惊堂木一拍,对着被告喝道:“好你个妇道人家,竟敢过路行劫。今日把你的两个孩子判给她!”又转脸对辣狗娘道:“这五个瓜就算赔给你了。现在,你可以把南瓜、小孩一起背

回去。”

辣狗娘喜滋滋地叩头谢官,便把南瓜往肩上放一个,手里提一个,眼睛盯着那三个,无能为力。三郎吩咐取背篓来,把另三个一齐放上去。五个大南瓜,有百多斤,辣狗娘哪里背得起?几个踉跄,摔了个狗吃屎。三郎又命将两个孩子放在她的身上,让她背着。孩子又哭又闹,脚蹬手抓,把辣狗娘抓得皮破血流。

“老爷,我做几次送罢,压死老娘哒!”辣狗娘启禀道。三郎冷笑道:“人家抱两个孩子都偷得瓜,你莫背不回去?今天非要你背回去不可!”说罢,惊堂木啪的一声拍在案上。

辣狗娘的脸唰的一下变得铁青,赶忙跪在堂前服罪。她犯了诬告罪,四十大板是少不了的。

讲述者:永定区李作应

整理者:金克剑

魁举人的故事

清朝道光年间，桑植县芙蓉桥白族乡廖坪村里，有位名叫谷顺魁的武举人。生得高大，身材魁梧，民家人称他为“魁举人”。魁举人虽然武艺高强，但是与人为善，和蔼可亲。有一次，魁举人有事走到一个村里，有几个不怀好心的人想要整他。他们设下圈套，在路边凉水田的田埂上糊了些稀泥巴。待魁举人走近之时，几个人突然拥来将魁举人一挤，魁举人没有防备，被挤倒在田里。田里的水冷得刺骨，魁举人的衣服被打湿了，冷得牙齿咯咯打架。村里族人知道此事，拿起棍棒刀枪，要替魁举人出气。魁举人拦住大家说：“你们别去打架！我这次是不小心滚到水田里的，后来还是他们扶我起来才爬到田埂上。”一番用心良苦的假话，使得大家消气，一场即将暴发的殴斗，就这样被阻止。

有一次，魁举人前往永顺府赴考。在一家酒馆里吃酒时，忽见一个穿着补丁衣服的老头走了进来。这个老头靠打草鞋辛辛苦苦地积攒了一块银圆，就想在街上的馆子里吃一餐。老头手里拿着银圆，来到馆子门前面，鼻孔闻到一股呛人的油烟子味。老头抽身想走，背后老板叫住他道：“你走来走去干什么？”老人一怔说：“我本想买点东西吃，可闻了你店里的油烟味直作呕！”老板嘿嘿阴笑道：“我这店五香扑鼻，香味被你闻了，你不给钱，就想走哇！”说着夺过老人手里的银圆。老人好不着急，两人争吵起来。这时，魁举人走

过来对老板说:“你把银圆给我看看!”

老板把银圆递过去,魁举人接在手用筷子一敲,银圆“当!”地发出一声悦耳的响声。“你看这音色怎样?”“不错!”老板回答说。

“现在,你拿一块银圆给他!”魁举人说。“我怎么要给他银圆?”老板不服。

“你为什么不给呢?”魁举人又说,“他闻了你店里的香味要给钱,你听了他银圆的声音也要给钱嘛!”

魁举人随即便将那块银圆还给了老人,老人感谢不已。老板哑口无言,论文论武,自己怎是魁举人的对手?

讲述者:桑植县芙蓉桥乡谷善福

整理者:李康学　刘黎光

奇才陈洋盘(二则)

(一)卖谷

有一天,陈洋盘上街赶场,快到散场的时候,还有几个煮酒卖的酒贩子到处找人买谷。这几个酒贩子平素做买卖虚假狡诈,乡里人有谷不愿卖给他们。

洋盘就上前问道:“你们几位要买多少谷?”几个人说,只要每人买一撮撮。洋盘道:“你们每人只买一撮撮,有!有!大家跟我去。”几个酒贩子欢欢喜喜挑起箩筐,跟他回到家里。洋盘客客气气地招呼他们坐下,又沏茶又装烟。几个人急着要买谷,茶不喝,烟不抽,只要洋盘快把谷子卖来。洋盘便要他们拿家伙来,几个酒贩子就把箩筐拿来。洋盘说:“我不要你们一钱,送给你们各一撮就是。”几个人想,这卖主慷慨大方。正在欣喜时,听得洋盘又道:“别人一撮是三根指头儿,我给你们照顾点,每人五根指头儿一撮。”酒贩子听了,讲道:“主人家,我们是要每人煮一锅酒的谷子,你怎么用五根手指头儿抓一撮谷子给我们呢?快莫讲笑话了,天也黑了,我们还要找宿处的。”洋盘又道:“我不是讲笑话,正是看你们走了这样远的路。别人又不肯给你们卖,说你们很奸猾。我本是可怜你们,不然的话,我一撮撮也不得给你们!”

酒贩子又羞又愧,没好气地走了。

(二)鹅虽挂牌,犬不识字

有一年,桑植县县长喂了一只鹅。他对这只鹅非常喜爱,在鹅的颈上挂了一个纸牌,牌上写的是:“县长之鹅,见者肉之。”意思是县长喂的鹅,看见的人都得给他肉吃。陈洋盘知道后,想把这只鹅除掉,因为百姓厌它。怎么除呢?洋盘想个法子。有一次,他到屠夫那里砍块猪肉拿着,尔后一面唤鹅,一面唤狗。鹅跑来了,狗也跑来了,他就将猪肉一甩。狗和鹅同时争肉,鹅被狗咬死,洋盘赶紧溜走。

过一会儿,县长派人把屠夫抓进监狱,准备要他抵命。此时,屠夫的妻子找到陈洋盘,把丈夫被关的事细述一遍。陈洋盘听说屠夫被抓,安慰一番以后,来到衙门对县官道:“请问县长老爷,听说你的鹅死了,是怎么回事?”县长没好气地说:“我的鹅颈上挂有牌子,谁人不识?屠夫明知是我的鹅,却使狗咬,应当处死!”洋盘回道:“鹅虽挂牌,犬不识字,怎么能怪屠夫?请你马上释放屠夫,不然的话,我要到州府告你的状!”县长听洋盘这一说,不得不放屠夫。

讲述者:桑植县刘家坪乡杨幺妹

整理者:李学康

谷梅桥戏弄“老鼠子”

桑植县洪家关乡杜家山村，有一个十五岁就戴了顶子的白族秀才，名字叫谷梅桥，人称“梅老师”，是湘西地区名儒。谷梅桥不畏权势，不慕名利，爱和一些玩弄权术、趋炎附势的人作对。

1947 年，桑植县政府有个秘书，名叫陈作善，是本县叶家桥人。这个人对上巴结奉承，专肆蝇营；对下仗势欺人，百般刁难。他长得长耳尖腮，油头滑嘴，留上几根胡须，活像一个老鼠，人们送他一个绰号叫“老鼠子”。

他见别人都向梅老师探诗求字，也想弄来一幅借以炫耀。有一天，他买了“寅城宣纸”“金龙真墨”“杭州狼毫”来到梅老师家里，求书一幅。梅老师早就憎恶他的行经，本想当场拒绝，但又思其行为无法传播。于是改变主意，立即允诺，答应他三天以后来取。陈作善走后，梅老师当即草书一联：“作恶多端，过街人人喊打；善无半点，上钩洋洋自称。”并且展与友人过目，大家拍手称好。

三天以后，陈作善取回楹联。抖开一看，火冒三丈。但他对梅老师也没办法，只好悄悄撕掉。谁知市面早已风传，真是“叫花子要黄连——自讨苦吃”。

讲述者：桑植县洪家关乡谷志学

整理者：谷忠诚

寓言故事

王灵官欺善怕恶

有个脚穿钉靴的人,被条小溪拦住,一脚跨不过去。刚好旁边有个王灵官庙,便把石雕的王灵官像取下丢在溪中垫脚。

一个当地农民看见菩萨被丢在溪里,急忙把它供在庙里的神龛上。当晚农民感冒发烧,头疼难忍,于是跑到灵官庙焚香祷告。

王灵官在三更给那个农民报一个梦:“这个病是我给你的一个报应,你把我从溪里捞起,没有给我好好洗澡,对我不真诚。”农民不服气地说:“我把你打捞起来,供在神龛上,是尊敬你。你这样报应我,那个把你扔到溪里的人,你该给他什么报应?”王灵官说:“那个人了不得,他的脚上长满獠牙,我怎么敢找他?”

整理者:胡开堂

要你这个指头

从前有个信奉道教的人，虽然家境贫困不堪，但还是供奉道祖吕洞宾的神位。吕洞宾异常感激，腾云驾雾降临他家，家中果然只有几个破坛破罐。吕洞宾很是同情，伸出一个指头对着庭院中的磨盘一指，磨盘闪闪发光，变成一块金子。

吕洞宾说：“把这块金子给你要不要？”那人磕头拜谢：“不要，不要。”

吕洞宾又惊又喜，又说：“你这样诚心信奉道教，丝毫不爱钱财，我愿把真道传给你。”那人急忙说：“我不是这个意思，我是想要你这个指头。”

讲述者：永定区湖田垭乡龚大婆

整理者：秦霞妹

学挑窑货

从前，有个小伙子没事干，找个师傅学挑窑货。

有一天，他们师徒各挑一担瓦罐。走山路时，师傅崴了脚，走路一跛一跛。这个小伙子也学着歪一下脚，走路一跛一跛。师傅在下山坡时滑了脚，摔倒在地，一担瓦罐打得粉碎。小伙子看见了，也赶紧滑一脚，摔倒在地，将瓦罐打得一个不剩。

讲述者：桑植县沙塔坪乡瞿绍荣

整理者：黄　瑛

龙头起蛇尾落

桑植县九龙山下的一条龙对一条蛇说:“我们俩到东海去。”蛇欣然同意,可是一直定不了何时走,这样犹犹豫豫拖延许多时间。

有一天,两个终于下定决心,商定:“现在就走。”于是,两个迈开步伐。龙刚把头伸起来,蛇的尾巴就落下了。两个又丧失信心,终于不能到达东海。

讲述者:桑植县沙塔坪乡瞿绍荣

整理者:黄　瑛

猴子和团鱼

猴子和团鱼一起赶路，两个走了很远，也找不到东西吃，饿得要命。

突然，它们看见路旁一棵李子树上面挂满熟透的李子。猴子邀团鱼去摘李子，团鱼跟着猴子来到树下。猴子上树摘李子，摘又大又红的自己吃。团鱼上不得树，喊猴子给它扔李子。猴子摔给团鱼一颗青李子，团鱼的嘴巴酸木了，猴子的嘴巴吃甜了，肚子也胀饱了。

它们继续往前走，遇到一条很深的河。猴子问团鱼怎么办，团鱼答应背猴子过河。猴子趴在团鱼的背上，团鱼往水急潭深的地方走，团鱼氽进水底，猴子被水卷进深渊。团鱼冒出水来，看见猴子被水淹没，就大声地说："你先鲜红鲜红，现在扑隆扑隆。"

讲述者：桑植县沙塔坪乡瞿绍雄

整理者：黄　瑛

笨鸟先飞

在课堂上，老师说："王林脑筋笨，但是只要像鸟一样先飞，也还是可以早入林的，这就叫作笨鸟先飞。"

老师这么一说，王林受到启发。每天放学以后，他就抢先冲出教室，钻进屋外那片竹林，天天如此。老师气极，罚王林站到讲台前，质问："王林，你这些天发疯，一放学第一个冲出教室。"王林笑着说："老师，你不是说笨鸟先飞早入林？我这是向笨鸟学习，也飞入林。"

讲述者：桑植县谷罗山乡刘宗明

整理者：黄春林

百合花

百合花开在山坡,美丽极了。路边的阳雀花、扁担花等小花,谁也比不上它。于是,它骄傲了,对小花投去鄙视的眼光。

百合花来到花园,高雅的牡丹、艳丽的芍药、飘香的君子兰,争芳斗妍,灿烂无比。百合花气馁了,觉得比不上它们。

这时,花匠师傅进来,看到百合花那一副懊丧相,关切地询问,百合花向他讲了心事。花匠师傅听了,对百合花说:"你在路边小花之间不应骄傲,在百花园中也不应该气馁。"百合花像是听懂了,昂起了头。

讲述者:桑植县沙塔坪乡黄绍清

采录者:黄　瑛

民间笑话

写文章与生孩子

从前,有个书生,很快就要赶考去哒。

他在家里坐也不是,站也不是;饭不吃,茶不沾。看着一天比一天瘦。

他的妻子问他:“你怎么了?”

书生说:“明天就要赶考,还要作文章,你看急不急?”

妻子一听便说:“原来作文章还这么狠啦,看起来,就跟我生伢儿差不多啊!”

书生接着说:“比生伢儿还难,生伢儿只要肚子里有,就生得出来。现在,我肚子里什么也没有,叫我哪门写得出来啊!”

讲述者:陈上清

整理者:卓美绒

一个瓦匠吃饭之时,故意说吃到了猪油渣。老板得知后,骂老婆为什么大手大脚?老板娘指着瓦匠的鼻子说:“我早就把猪油渣吃完了,你为什么说吃到了猪油渣?害得我挨骂?”

整理者:戴楚洲

岂　敢

船到河中时,船老板说:“同船过渡,五百年修就。我们讲个四言八句,其中要有尖尖、圆圆、岂敢。”

相公拿出一支笔,开口讲:“我的笔头尖尖,笔杆圆圆,一状把你们告到京城。”船老板和大姐问:“你想要我们坐牢?”相公答道:“岂敢!”船老板手握竹篙,接着说:“我的篙头尖尖,篙杆圆圆;一船撑过去,一船又撑过来。”相公和大姐问:“你不让我们上岸?”船老板答道:“岂敢!”

整理者:戴楚洲

哪个是先生的

从前有个妇人一胎生了两个儿子。

到七岁时,请了一位教书先生。这个教书先生进屋看见双胞胎后,就一语双关地问:“大嫂,这两个孩子,哪个是先生的?”

大嫂将计就计,顺口答道:“管他的,先生是我的儿,后生也是我的儿”。

整理者:戴楚洲

胡子为何长不出来

男人不长胡子也愁人。

从前,有个人三十岁了,一根胡子都没有。他跑到阎罗殿阎王那里讲道理,阎王也答复不出来,便叫判官给他查查。

判官翻开生死簿一看,说道:“禀大王,他本来有胡子,因为脸皮厚。所以,长不出来。”

整理者:永定区胡开堂

抬 猪

地主婆要去山那边探亲，一对“粽粑脚”哪走得动呢？就叫家人请了两个穷后生抬她过山。

正值六月天气，两人抬起肥胖的地主婆，累得上气不接下气。

地主婆坐在上面打着扇子，要两人和她讲白话。两人精疲力尽，气都喘不过来，问话太多，叫人厌烦。地主婆问前面的人：“你姓什么？”前面的人回答：“我姓抬。”

地主婆又问：“你有几兄弟？”“有三兄弟。”

“你大哥叫什么名字？”“抬龙。”

“这个名字取得好，那你二哥呢？”“抬虎。”

“这个名字也取得好。那你三哥呢？”

“三哥就是我。”“是你！你叫什么名字？”

“我小时候不好养，名字取得贱。”“贱就贱吧！是喊什么名字？”

后生高声喊道：“抬猪！”

讲述者：永定区四都坪乡符九公

整理者：符太基

参考资料

1. 中国民间故事集成·湖南卷,中国 ISBN 中心 2002 年版。

2. 中国民间故事集成湖南卷·湘西土家族苗族自治州分卷,1989 年版。

3. 中国民间故事集成湖南卷·桑植县资料本,1987 年版。

4. 中国民间故事集成湖南卷·慈利县资料本,1987 年版。

5. 中国民间故事集成湖南卷·大庸市资料本,1987 年版。

6. 戴楚洲编著《张家界市民族风情》,岳麓书社 1997 年出版。

7. 戴楚洲编著《张家界旅游指南》,华文出版社 2001 年版。

8. 戴楚洲、赵葛编著《世界奇观张家界》,西北工业大学出版社 2015 年版。

9. 戴楚洲编著《中国少数民族风情游丛书·土家族》,中国水利水电出版社 2006 年版。

10. 金克剑编著《张家界的故事》,湖南地图出版社 2002 年版。

11. 刘光亮、戴楚洲、戴澧兰编著《张家界市少数民族历史文化概览》,西南交通大学出版社 2021 年版。

12. 覃儿健编著《张家界掌故》,湖南地图出版社 1998 年版。

后　记

从 2011 年起,我们开始《张家界市民间故事精选》一书资料的搜集整理,刮垢磨光,历经十年,本书总收录 50 多万字的民间故事资料。经过我们反复修改、几易其稿,最后的书稿精简到 20 多万字,仍是张家界市种类齐全、内容丰富的民间故事全书。《张家界市民间故事精选》编委会成员怀着不负先人、造福后人的责任感和使命感,在做好所在单位本职业务工作之余,整理资料,辛勤编撰书稿。我们还在 1987 年编印的大庸市、慈利县、桑植县的民间故事集成资料本中挑选多篇精彩动听的民间故事。

《张家界市民间故事精选》一书是张家界市民间故事讲述者和整理者集体智慧的结晶,是弘扬张家界市地方优秀传统文化的范本,是珍贵的非物质文化遗产。

此书的出版,得到张家界市文化旅游广电体育局、市地方志编纂室、市民政局、市财政局、市社科联和郑州大学出版社等单位的大力支持。尤其是张家界市民间故事采录者走街串巷、下到乡村,倾听讲述,耐心记录,并把记录资料无私献给《张家界市民间故事精选》编委会。在此,我们谨向支持出版图书《张家界市民间故事精选》的所有单位和个人表示真诚的谢意,并承诺向《张家界市民间故事精选》整理者赠送此书！

我们选编的《张家界市民间故事精选》一书难免仍有疏漏之处，故请读者和学者指正！

《张家界市民间故事精选》编委会

2022 年 8 月